Hörden

Teil 3

Klaus Gehmlich   2020

Bibliografische Information der Deutschen Nationalbibliothek

Die Deutsche Nationalbibliothek verzeichnet diese Publikation in der Deutschen Nationalbibliografie; detaillierte bibliografische Daten sind im Internet über http://dnb.dnb.de abrufbar.

Bibliographic information published by the Deutsche Nationalbibliothek

The Deutsche Nationalbibliothek lists this publication in the Deutsche Nationalbibliografie; detailed bibliographic data are available in the Internet at http://dnb.dnb.de.

© **PAPIERFLIEGER VERLAG** GmbH, Clausthal-Zellerfeld, 2020
Telemannstraße 1 · 38678 Clausthal-Zellerfeld
www.papierflieger.eu

Urheberrechtlich geschützt, alle Rechte vorbehalten. Ohne ausdrückliche Genehmigung des Verlages ist es nicht gestattet, das Buch oder Teile daraus auf fotomechanischem Wege (Fotokopie, Mikrokopie) zu vervielfältigen.

1. Auflage, 2020

ISBN 978-3-86948-770-0

Vorwort

Es freut mich sehr, dass ich nunmehr, nach Teil 1 anno 1984 und Teil 2 im Jahre 1997 hiermit den 3. Band der Hördener Chronik vorlegen kann.
Manche Themen, die in den ersten Bänden behandelt wurden, habe ich nicht fortgesetzt (Kirche, Schule u.a.). Auch in diesem 3. Band der Chronik werden einige Themen noch nicht abgeschlossen (Forst, Schützen) sein.
Inzwischen habe ich Chroniken einiger Hördener Vereine geschrieben. Deshalb habe ich diese Themen in Band 3 nicht aufgenommen.
Mit diesem Band habe ich das 19. Jahrhundert in Hörden abschließend bearbeitet. Einige weitere Kapitel sind damit abgeschlossen. Das Konzept, die Themen bis in die Jetztzeit zu behandeln, sorgt in manchen Fällen auch für einen Abschluss (Post, Kyffhäuser).
Dieser Band führt erneut in die Geschichte des Dorfes Hörden. Er soll Vergessenes wieder ins Gedächtnis rufen und bisher Unbekanntes vermitteln. Wenn sich neue Erkenntnisse ergeben (Zurück auf Anfang!), bin ich auch in Zukunft durchaus bereit, eigene Aussagen zu revidieren.
Band 4 der Hördener Chronik wird die Zeit von der Jahrhundertwende bis in die 1950-er Jahre enthalten.

Im 19. Jahrhundert

Der Beginn des 19. Jahrhunderts war geprägt vom Handeln Napoleons. Mit ihm endete das „Heilige Römische Reich Deutscher Nation". Am 6. August 1806 verzichtete Kaiser Franz II. auf den Titel und die Rechte eines Deutschen Kaisers. Er nahm den Titel eines Kaisers von Österreich an.

Der Partikularismus hatte zu einer buntscheckigen Landkarte Deutschlands geführt. Napoleon ordnete das neu. Insgesamt 112 Reichsbistümer und Reichsabteien sowie 350 Reichsritterherrschaften verloren ihre Selbständigkeit. Insgesamt 160 Zwergstaaten, darunter 45 der zum Ende des 18. Jahrhunderts 51 Reichsstädte verschwanden von der politischen Landkarte.

Napoleon setzte Verwandte als Herrscher unterworfener Gebiete ein. So rief er am 18. August 1807 das „Königreich Westphalen" aus und setzte seinen Bruder Jérome (Hieronymus) als Herrscher ein. Unsere Region wurde diesem Königreich mit der Hauptstadt Kassel zugeschlagen.

Verwaltungsmäßig wurde das Land nach französischem Muster in insgesamt acht Départements eingeteilt. Das „Département Harz" mit der Hauptstadt Heiligenstadt war in vier Districte unterteilt. Zum „District Osterode" gehörte unter anderem der „Canton Herzberg", *„... welcher aus folgenden Communen bestehet: Flecken Herzberg, Cantons-Hauptort, mit Rothenberger Haus, Aschenhütte und Rodemühle, den Dörfern Hörden mit Dühna, Elbingerode, Pöhlde ..."*.

Das Hördener Dorfoberhaupt nannte sich nun „Maire" (Bürgermeister). Der Hördener „Maire" war 1809 Johann Andreas Oppermann, und Andreas Jacob Kunstin war „Maire Adjunct" (Beigeordneter). Das Haus des „Maire" war die „Mairie".

(Im November 1815 ist es wieder der „Voigt Johann Andreas Oppermann".)

Die Teuerung war groß: 1 Scheffel (50 l) Korn kostete 2 Taler 35 Groschen. Zum Vergleich: Der Wochenlohn eines Zimmermanns betrug 1 bis 2 Taler. Zudem mussten erhebliche Abgaben geleistet werden.

Die jungen Männer wurden in französische Uniformen gesteckt, und zum Russland-Feldzug stellte das „Königreich Westphalen" 25.000 Mann. Der Hördener Andreas Kahle gehörte zum 1. westfälischen Infanterie-Regiment und fiel bei Wilna.

Die Wirren jener Zeit schlagen sich auch in den Kirchenbüchern nieder:

Am 9. Oktober 1804 wird Wilhelm Timler, „Sergeant Major unter der teutschen französischen Legion", als Vater eines unehelichen Kindes angegeben.

Am 30. Oktober 1804 ist Friedrich Carl Grunert, „Preußischer Mousquetier", als Pate eingetragen.

Ebenfalls Pate ist am 20. Dezember 1804 Heinrich Spilner, „Mousquetier im 12. Hannoverschen Regiment".

Und schließlich ist am 13. August 1805 Heinrich Conrad Fischer, „Dragoner des 6ten Cavallerie Regiments", Vater einer Tochter geworden.

Schließlich begann man überall, sich gegen die Fremdherrschaft aufzulehnen. Für den Freiheitskampf gegen Napoleon stiftete der Preußische König Friedrich Wilhelm III. am 10. März 1813 als Kriegsauszeichnung das „Eiserne Kreuz". Am 1. Oktober 1813 rückten die Verbündeten in Kassel ein und verjagten Jérome. Sie erklärten das „Königreich Westphalen" für aufgelöst.

Nach preußischem Vorbild wurden nunmehr Landwehr-Bataillone aufgestellt, die sich erfolgreich am Befreiungskampf beteiligten. An der Entscheidungsschlacht bei Waterloo im Juni 1816 nahmen auch hannoversche Regimenter an hervorragender Stelle teil.

In der Folgezeit, bis etwa 1818, taucht die Bezeichnung „Landwehrmann", immer wieder in den Kirchenbüchern an Stelle einer Berufsbezeichnung auf.

Der Wiener Kongress ordnete 1815 Europa neu. Der Deutsche Bund trat an die Stelle des Deutschen Reiches, Hannover wurde zum Königreich erhoben.

Im Kampf um die Vorherrschaft in Deutschland standen sich Preußen und Österreich gegenüber. Hannover, das nach dem Tod Wilhelms IV. anno 1837 die Verbindung mit England gelöst hatte, schlug sich auf die Seite Österreichs. Ein Bündnis-Angebot des Preußischen Königs Wilhelm I. lehnte der König von Hannover, Georg V. ab. Es kam zur Schlacht bei Langensalza.

In Hörden wurden Heinrich Reinhardt und Wilhelm Minne noch lange, selbst in ihrer Todes-Anzeige, als „Langensalza-Kämpfer" bezeichnet.

Die Hannoveraner siegten am 27. Juni 1866, wurden aber am folgenden Tag von preußischen Truppen völlig eingeschlossen und mussten die Waffen strecken. Das Königreich Hannover wurde am 3. Oktober 1866 preußische Provinz.

Wesentliche Veränderungen dadurch, dass man nun „preußisch" geworden war, ergaben sich zunächst für Hörden nicht. Die Verwaltungsstruktur und sonstigen Einrichtungen wurden erst einmal beibehalten.

Am 4. November 1866 wurde in der Provinz Hannover des Königreichs Preußen die allgemeine Wehrpflicht eingeführt. Manche junge Männer mit viel Geld empfanden es als unangenehm, dass sie sich nun nicht mehr, wie vorher in der hannoverschen Armee möglich und üblich, einen Stellvertreter kaufen konnten, der für sie den Waffendienst versah.

1/3 Taler 1804 Grube St. Andreasberg

Der Krieg gegen Frankreich 1870/71, dessen offizieller Auslöser die Frage der Thronfolge in Spanien war, vereinte die Deutschen wie selten zuvor. Unter Preußens Führung gelang ein unerwartet schneller Sieg.

Am 18. Januar 1871 erfolgte die Gründung des „Neuen Deutschen Reiches". Der König von Preußen wurde zum Deutschen Kaiser Wilhelm I. gewählt. Bismarck wurde Reichskanzler.

Daran, aber auch an den Sieg bei Waterloo 1815 nach über zehnjähriger Fremdherrschaft, sollte die „Friedenseiche" auf dem Spahnberg erinnern.

Es heißt in der Schulchronik: „... Am 2. September 1871 wurde auf dem Spanberg eine Friedenseiche gepflanzt ... In einem festlichen Zuge zogen die Hördener nach dort hinaus. Die Schulkinder, jedes mit einem Kranze in der Hand, zogen voran. Der Zug nahm von der Kirche aus seinen Anfang, wo zunächst ein Gottesdienst abgehalten wurde. An Ort und Stelle wurde der großen Kriegstaten der Deutschen in Frankreich und vor allem auch der Gefallenen gedacht. Die Festlichkeit wurde von Herrn Pastor Thimme geleitet ...".

Als das 25-jährige Jubiläum der Schlacht bei Sedan (1./2. September 1870) gefeiert wurde, „...unternahm man wiederum einen Ausflug nach der Friedenseiche. Die Feier wurde vom hiesigen Kriegerverein und dem Gesangverein veranstaltet. Leider entstand bei dieser Festlichkeit ein Streit zwischen den beiden Vereinen, jeder von ihnen glaubte sich berechtigt vorne zu marschieren. Die Spannung, die durch diesen Streit entstanden ist, konnte bis heute (1909) noch nicht vollständig beseitigt werden ...".

Am 22. November 1873 erfolgte eine „Bekanntmachung behuf der Wahlen zum deutschen Reichstag" durch den Amtshauptmann. Die Wählerlisten für Hörden mit Aschenhütte, Dünaer Ziegelei, Papenhöhe, Domaine Düna und Elbingerode waren „ausgelegt in der Wohnung des Bauermeisters Barke zu Hörden bzw. Bauermeisters Deppe zu Elbingerode ... Wahllocal der Röttcher`sche Krug zu Hörden".

Besonders die Entwicklung der Eisenbahn erfolgte im 19. Jahrhundert in atemberaubendem Tempo. Am 7. Dezember 1835 wurde die „Ludwigsbahn" zwischen Nürnberg und Fürth als erste deutsche Eisenbahn eröffnet, und am 1. August 1854 war bereits die Strecke von Hannover über Göttingen nach Kassel fertig gestellt.

Ärztliche Gutachten rieten allerdings vom Eisenbahnfahren ab: „... Ortsveränderungen mittels irgendeiner Art von Dampfmaschinen sollte im Interesse der öffentlichen Gesundheit verboten sein. Die raschen Bewegungen können nicht verfehlen, bei den Fahrgästen das delirium furiosum (geistige Unruhe) hervorzurufen. Der Staat muß vor allem auch die Zuschauer vor dieser Krankheit schützen. Es ist daher unumgänglich, daß eine Bretterwand, wenigstens 6 Fuß hoch, auf beiden Seiten der Bahn errichtet wird ...".

Auch sonst hatte man erhebliche Bedenken: „... Auf den glatten Schienen müssen die Räder ausrutschen! ... Bei Glatteis kann`s ja nimmer anhalten!".

Der Fortschritt ließ sich jedoch nicht mehr aufhalten.

Am 1. Dezember 1868 wurde die Bahnstrecke Northeim – Herzberg mit den Stationen Catlenburg und Hattorf in Betrieb genommen.

Auch eine Eisenbahn-Anschlussstrecke Hattorf – Elbingerode – Hörden – Aschenhütte – Herzberg war 1870 geplant, scheiterte aber am Einspruch der betroffenen Kommunen. Die Gründe sind nicht bekannt.

Dafür erfolgte 1882 der Ausbau der „Chaussee" von der Aschenhütte bis zum Denkmal vor Hattorf. Alle anderen Wege blieben sozusagen „naturbelassen".

Anzeigen in Zeitungen dokumentieren in gewisser Weise auch den Zeitgeist. Daher hier eine Anzeige aus dem „Leipziger Intelligenzblatt" vom 9. Mai 1812:

„Vier honette, sehr schöne achtzehn- bis vierundzwanzigjährige Mädchen guter Erziehung vom Lande wünschen in einer größeren Stadt durch Heirat bald eine Versorgung zu finden. Sie schmeicheln sich, gute Hauswirtinnen zu werden, und nur wegen Abgelegenheit ihres Vaterorts von anständigen Heiratslustigen ungesucht zu sein, denn sie sehen mehr auf Rechtschaffenheit als auf Vermögen.

Ueber das Nähere können nicht über vierzig Jahre alte und mit keinen leiblichen Gebrechen gehaftete Subjekte sich schriftlich erkundigen unter der Aufschrift: ´Suchet, so werdet ihr finden!`"

Man hielt mit der Absicht nicht hinter dem Berg.

Ein anderes Beispiel aus dem „Friedberger Kreisblatt" aus dem Jahre 1895:

„Ich bin Willens, mich mit Herrn Kühl in Wildenow zu verheirathen, aber in keiner Gütergemeinschaft mit ihm zu leben, da sämmtliche Sachen, selbst der Trau-Anzug, mir gehören und ich auch für keine Kosten aufkomme. Ich heirathe Herrn Kühl nur, um einen Mann zu bekommen.   Alwine Preuß-Hammelstall"

Eine Trauer-Anzeige aus der „Speyerer Zeitung" vom 27. Mai 1829:

„Mein theuerster Ehegatte, der Stadtzinkenist (Zink = historisches Blasinstrument) Nikolaus Jeremias Wenk dahier, hatte das schmerzhafte Unglück, bei seinen Lebzeiten gestern Mittag zwölf Uhr, indem er durch allzu große Verlängerung eines in seinem Beruf geblasenen Trillers das Gleichgewicht verlor, vom hiesigen protestantischen Kirchturm herabzustürzen. Schon in der Mitte des Falles hatte er seinen Geist aufgegeben, setzte jedoch seinen Sturz bis auf das Straßenpflaster ungestört fort, wo derselbe vollends verschied. Wer die edle Seele meines Ehemannes kannte, wird die Höhe dieses Unglücksfalles zu schätzen wissen. Für alle meinem seeligen Gatten insbesondere auch während seines Sturzes erwiesene Teilnahme danke ich verbindlichst und verbitte mir alle Condolenz, da mich schon jetzt die Aussicht auf ein besseres Leben tröstet, welches wir beide, ich und er, beginnen; als die nach Wiedervereinigung schmachtende Stadt-Zinkenistin Witwe Maria Ursula Wenk, Wirtschaft „Zum grünen Bären" und Schneiderherberge."

Anzeigen halfen schon früh auch bei uns die Lokalzeitung zu finanzieren.

Gras-Verkauf.

Sonntag, den 30. Juli, Nachmittags 3 Uhr,

beabsichtige ich das Gras auf dem großen Teufelsbade und den anliegenden Wiesen, circa 80 Morgen, öffentlich meistbietend an Ort und Stelle auf Credit zu verkaufen.

Barke,
Bauermeister in Hörden.

Dorfleben im 18. und 19. Jahrhundert

Kirchenbücher

Besonders die Kirchenbücher liefern Informationen und Einzelheiten über die Bevölkerung des Dorfes und das Dorfleben seit dem 17. Jahrhundert und wurden hier als Quellen in erster Linie herangezogen. Allerdings sind diese Informationen sehr lückenhaft und zum Teil nicht eindeutig zuzuordnen, denn Familiennamen sind in Elbingerode und Hörden oft identisch. Manchmal ist bei der Taufe neben Vor- und Familiennamen des Kindes lediglich das Datum der Geburt festgehalten. Dann wieder sind die Angaben allumfassend. Ähnlich ist es bei den Todesfällen. Einmal enthält die Eintragung nur das Nötigste:

> *Den 2ten Apr (1774) ist zu Hörden der alte Junggeselle Otto Borchert gestorben, begraben den 4ten, alt 77 Jahr.*

oder

> *Den 4 Juny (1714) Caspar Drögen Rx (Witwe) zu Hörden begr., ihres Alters 55 Jahr.*

Dann wieder folgt die gesamte Krankengeschichte:

> *Den 18 Jan (1759) Abends zwischen 8 und 9 Uhr ist der Kuhhirte zu Hörden Hans Michel Möhlen gestorben. Drey Wochen vor seinem Lebens Ende bekahm er ein hitziges Brustfieber. Hier auf erfolgte eine gäntzliche Abzehrung. Er wurde den 2. Feb. festo Purif. Mar. begraben. Deßen Alter hat sich erstrecket auf 74 Jahr weniger 4 Tage.*

oder

> *Den 23 Febr (1757) Morgens um 6 Uhr, ist And. Wedemeier, vulgo Krüger in Hörden, nachdem er am Abende des vorher gehenden Tages mit Frost und Schauder überfallen und dabey auf einmahl die Sprache und den Gebrauch seines Verstandes eingebüßet, verstorben und den 27 eiusdem Dom. Innocavit begr. worden. Sein Lebensziel hat er gebracht auf 85 Jahr weniger 11 Wochen und 2 Tage.*

Nicht immer ist der Ort von Geburt oder Tod angegeben. Dann wieder kommt es vor, dass die Ortsnamen Hörden und Elbingerode vertauscht wurden. Manchmal sind alle Personennamen angegeben (Welcher der vier Namen ist der Rufname? Der steht nicht immer an erster Stelle.), dann wieder nur der Rufname. Manchmal sind Berufe angegeben, häufig fehlen diese Angaben.

Die Kirchenbücher enthalten für unterschiedliche Zeiträume Taufen, Hochzeiten und Beerdigungen. Im 18. Jahrhundert sind Taufen und Trauungen durcheinander geraten. Die Buchbindung ist nicht immer fortlaufend, manche Jahrzehnte sind darüber hinaus rückwärts geheftet. Etliche Einträge sind unzuverlässig, viele fehlen.

Dennoch: Die Kirchenbücher sind wertvolle und unverzichtbare Quellen für die Dorfgeschichte. Aus ihnen erfahren wir viel über das Dorfleben, das Zusammenleben und besondere Ereignisse im 18. und 19. Jahrhundert. Die Originaltexte vermitteln zudem in gewisser Weise jenen Zeitgeist.

Ein Beispiel aus dem Jahre 1825:

Die „Übersetzung":

Dom. 18. und 19. p. Trin. wurde proclamirt und den 9ten Oct. zu Hörden copulirt Der Soldat Johann Heinrich Andreas Bierwerth zu Hörden gebohren den 9ten Jul. 1800, des weiland Leinewebers Heinrich Christian Bierwerth und seiner Ehefrau Anne Margrethe Elisabet Reinhard zweiter ehelicher Sohn und Hanne Sophie Elisabet Peter zu Hörden, gebohren den 24ten Dec. 1801, des weiland Schäfers Friedrich Peter und seiner Ehefrau Hanne Christine Gödeke dritte eheliche Tochter.

Familiennamen

Älteste Kunde über die Bewohner von Hörden liefern neben den Kirchenbüchern das „Verzeichnis über die Zahlungspflichtigen" *(der Kriegssteuer)* aus dem Jahre 1623/24 und die „Kopfsteuerbeschreibung der Fürstentümer Calenberg-Göttingen und Grubenhagen" von 1689.

Viele der im 17. Jahrhundert genannten Familiennamen tauchen schon im folgenden Jahrhundert nicht mehr auf. Andere gehören bis heute zu den typischen Hördener Familiennamen. Manche werden im 18. Jahrhundert, einige sogar erst im 19. Jahrhundert erstmals für Hörden genannt.

Für uns ist es heute selbstverständlich, dass jeder einen Vor- oder Personennamen und einen Familiennamen besitzt. Dabei entstanden die Familiennamen bei uns erst im 12. Jahrhundert. In den kleinen Dörfern mit wenigen Häusern genügte ein Name, den wir heute den Personen- oder Vornamen nennen, um die Identität jeden Bewohners festzulegen. Der Name wurde dem Neugeborenen von den Eltern und der Sippe als Wunsch mit auf den Weg gegeben: „Nomen est omen!" Der Name wurde nach seiner Bedeutung bewusst ausgewählt: „Gerhard = Speerträger"; „Ludwig = Sieger im Wettkampf"; „Rowitha = die Ruhmesstarke".

Mit der wachsenden Größe der Dorf- und Sippengemeinschaft reichte aber schließlich ein Name nicht mehr aus. Die Dorfgemeinschaft fand zusätzliche Unterscheidungsnamen, die entweder einen Hinweis auf den Beruf (Schmied), auf die Herkunft (Diekmann = Teich-Anwohner) oder ein charakteristisches Merkmal des Betreffenden enthielten: Hans (der) Krauskopf; Karl (der) Kluge; Dietmar (der) Kleine.

Es ist sicher kein Zufall, dass die Einführung von Familiennamen einherging mit den Städte-Gründungen, und hier insbesondere mit dem Aufblühen der Zünfte.

Nach den Adligen, die schon immer gerne ihren Wohnsitz zusätzlich im Namen führten (von Hardenberg, von Oldershausen), waren es nun vor allem die Mitglieder der Zünfte und Gilden, die sich im Rahmen der Gesellentaufe einen zusätzlichen Namen aussuchen durften. In einer Aufzeichnung aus dem Jahre 1703 ist über die Lossprechung eines Lehrjungen bei den Büttnern festgehalten

> *Der Schleifpfaffe* (Altgeselle), *der von zwei Schleifpaten unterstützt wird, fragt den Ziegenschurz (Lehrjunge der Küfer): „Wie willst du heißen mit deinem Schleifnamen? Erwähle dir einen feinen, der kurzweilig ist und den Jungfrauen wohlgefällt!"*

Durfte sich der Handwerksgeselle seinen Namen noch selbst aussuchen, so war es im Allgemeinen doch die Umgebung, manchmal aber auch ein Urkundenschreiber oder eine Behörde, die eine zusätzliche Bezeichnung zur Unterscheidung fand und festhielt – nicht immer zur Freude des Namensträgers.

Bezog sich dieser Beiname zunächst nur auf eine bestimmte Person, ging er im Laufe der Zeit allmählich auch auf die Nachkommen über: Er wurde zum Namen für die ganze Familie und deren Nachkommen. Da musste die Bedeutung des Namens (der Rademacher; aus Herzberg; der Lange) gar nicht mehr zutreffen.

Erst um 1500 hatte sich schließlich der Gebrauch dieser Familiennamen durchgesetzt. Der Taufname blieb aber zunächst noch die Hauptsache. So wurden zum Beispiel Verzeichnisse nicht nach dem Anfangsbuchstaben der Familiennamen, sondern der Vornamen angelegt.

Die Häufigkeit verschiedener Namen wie Meier, Müller, Schulze erklärt sich aus dem häufigen Vorkommen des betreffenden Amtes oder Gewerbes. Jedes Dorf hatte seinen Dorfschulzen, fast jede Siedlung eine Mühle, und die meisten Ackerhöfe waren „gemeiert" (gepachtet). (Siehe in „Hörden Teil 2")

Dass bestimmte Namen in einer Gemeinde zeitweise häufig auftauchen, in Hörden zum Beispiel Reinhardt, Bierwirth oder Wehmeyer, liegt unter anderem daran, dass viele männliche Nachkommen dieser Familien im Ort blieben, denn die Familie besaß genügend (Pacht-) Land, um auch Teilungen zu verkraften. Oder die Söhne heirateten in andere Familien im Ort ein, denn der Name wurde in männlicher Linie weiter gegeben.

Und auch hier greift die Bevölkerung wieder zum Mittel des zusätzlichen Namens, um die vielen Brakel und Deppe unterscheiden zu können. In Hörden gilt das bei der Zahl „88". Da weiß jeder, dass die „Reinhardts in der Schulstraße 3" gemeint sind, obwohl die alten Hausnummern schon vor Jahrzehnten aufgehoben wurden.

Zum Teil wird dieser Unterscheidungsname gebraucht, obwohl selbst der Sinn des Namens der Dorfgemeinschaft nicht mehr oder doch nur vage bekannt ist. Wer denkt schon beim „Vogel-Albert" in Elbingerode daran, dass damit einmal der „Vogt Wehmeyer gemeint war, der auf dem ehemaligen „Vogtshof", dem „Edelhof" in Elbingerode wohnte? Erneut ist das Phänomen zu beobachten, dass der Beiname fortbesteht, obwohl das Unterscheidungsmerkmal nicht mehr zutrifft.

Die Geschichte der Dörfer Hörden und Elbingerode weist viele Parallelen auf. Das zeigt sich auch in den Familiennamen. Teilweise entsprechen sich die „typischen" Familiennamen beider Siedlungen. Es lässt sich kaum noch feststellen, in welchem der beiden Dörfer der Name zuerst auftauchte. Den Namen „Deppe" hingegen finden wir im 17. Jahrhundert nur in Elbingerode, erst später auch in Hörden. Umgekehrt erscheint die Familie „Rettstadt" zunächst in Hörden und Düna, später auch in Elbingerode.

Manche Familiennamen haben jedoch kein Pendant im anderen der beiden Nachbardörfer. So kommt der Name „Holzapfel" nur in Elbingerode, die Namen „Grüneberg", „Beuershausen" und „Borchert" nur in Hörden vor.

Nur wenige Familiennamen haben sich in der Schreibweise über die Jahrhunderte nicht verändert. Andere variierten im Laufe der Zeit stark. Dabei ist nicht immer eine kontinuierliche Entwicklung festzustellen.

So taucht der Name „Wehmeyer", so geschrieben, schon im 17. Jahrhundert auf. Doch zwischenzeitlich wurde er auch „Wedemeier, Wehemeier oder Wehmeier" geschrieben.

Für den Namen „Kunstin" sind die Schreibweisen „Kohnstien, Kunstein und Kuhnstein" festzustellen.

Der Name „Brakel" wird auch „Braakel, Prackel oder Brackel" geschrieben. Ähnlich ist es mit „Barke": Backe, Baake, Bahrke, Berke, Bake.

Für „Beuershausen" steht im 18. Jahrhundert „Beushausen", im 19. Jahrhundert vor allem „Beurshausen", um 1740 jedoch „Boiershausen".

Der Familienname „Dix" wird auch „Diks" oder „Dicks" geschrieben. „Bierwirth" ist im 19. Jahrhundert „Bierwert" oder „Bierwerth".

Die Reihe ließe sich fortsetzen.

In den Kirchenbüchern finden wir auch Namen, die sich in kurzer Zeit ziemlich veränderten. So schrieb der Pastor den Namen des Kuhhirten in Hörden 1761 Johann Henrich Grimesen, 1763 Krimmensen und 1765 Kremsen.

Das erste Auftauchen bestimmter Familiennamen in Hörden lässt sich nicht feststellen, lediglich ihre erste Erwähnung in den Kirchenbüchern und in den eingangs erwähnten Listen.

Hier ihre erste Erwähnung, wiedergegeben in der heutigen Schreibweise:

Barke, Viet	1661	Klaproth, Johann	1738
Beuershausen, Andreas	1722	Koch, Hennig	1759
Bierwirth, Jacob	1756	Kunstin, Hanß	1623
Böker, Jacob	1756	Minde, Ludowig	1696
Borchert, Andreas	1623	Niemeier, Jobst	1623
Brakel, Just	1663	Oppermann, Hennig	1668
Deppe, Tönnies	1663	Pape, Hanß	1623
Diekmann, Jürgen	1665	Peter, Clauß	1623
Dix, Stephan	1780	Reinhardt, Hanß Jürgen	1695
Gärtner, Casper	1669	Rettstadt, Barthold	1664
Gruppe, Barthold	1623	Reuter, Matthias	1664
Hendorf, Henrich	1721	Spillner, Hanß	1623
Kahle, Hanß	1623	Wehmeyer, Herman	1623

Der Name der „Familie von Berkefeld" vom Edelhof in Hörden ist zwar im 17. Jahrhundert in den Kirchenbüchern vertreten, aber als Paten tauchen die „von Berkefeld" selten auf. Begraben wurden Mitglieder der Adelsfamilie in einer Gruft in der Kirche (Siehe auch in „Hörden Teil 1").

Der Wappenschild der Herren von Berkefeld

Allerdings gab es einige uneheliche Kinder der Junker im Dorf. Im Jahre 1709 zum Beispiel wurde

> *ein von Berkefeld`sches Hurenkind zu Hörden von einer papischen* (katholischen) *Huer gebohren*

Das Verhältnis zum Pfarrhaus scheint, das geht auch aus einigen weiteren Aufzeichnungen hervor, zu jener Zeit nicht besonders herzlich gewesen zu sein. Bemerkenswert ist, dass die Männer der Familie stets mit dem Adelstitel genannt werden, die Frauen meistens nicht.

Viele der in Hörden über Jahrhunderte anzutreffende Familiennamen sind auf noch ältere Personennamen zurück zu führen:

Borchert	- Burchard
Dix	- Benedict
Georg	
Gödeke	- Godefried
Reinhard	- Reginhard

Andere sind nach ihrem ursprünglichen Wohnort benannt, so dass in der Regel ein „an / am" vorzusetzen ist:

Barke	- Birke (an der Birke)
Daake	- Schilf
Diekmann	- Teich
Grüneberg	
Gruppe	- Grube
Schlott	- Sumpf

Auf Berufe oder Tätigkeiten weisen unter anderem hin:

Becker	Gärtner	Oppermann
Bierwirth	Koch	Reuter
Büttner	Müller	Schäfer

Der Name „Beuershausen" bezieht sich auf „das der Allgemeinheit durch Einhegung Entzogene", der Name „Brakel" deutet auf „Rodung von Busch- und Strauchwerk" hin. Erklärungen für weitere Familiennamen in Hörden:

Kahle	- Kahlkopf	Minde	- klein
Kunstin	- kunstfertig	Pape	- Pfaffe
Böker	- Schildträger	Spillner	- Spindelmacher
Oppermann	- sammelt Kirchenopfer (Kollekte) ein		
Wehmeyer	- Meier auf Kirchenland		

Die Bedeutung des Namens „Deppe" ist umstritten. Einige Gründe sprechen dafür, dass es sich um eine Kurzform der früher geläufigen Vornamen „Detbert" oder „Detmar" handelt.

Der Familienname „Klaproth" kommt vom Ortsnamen „Clapperoth", das ist eine Wüstung in der Nähe von Hattorf. Das Grundwort bedeutet „(Wald)Rodung". Das Bestimmungswort kann von mittelniederdeutsch „klapp = Fels, Spalte, Riss" abgeleitet sein, aber auch auf die „Klappe", ein Tor in der Umhegung des Ortes, hinweisen.

Das Vollwappen der Herren von Oldershausen

Personennamen

Jeder Name hat einen Sinn, und so wurden früher Rufnamen häufig nach ihrer Bedeutung ausgesucht. So ist zum Beispiel „Bernhard" zusammengesetzt aus althochdeutsch (ahd.) „bero = Bär" und „harti = hart", also „kräftig wie ein Bär". „Wiltrud", ahd. „willio = Wille" und „heit = Stand" ist „von edler Abstammung". „Ludwig", ahd. „hlut = berühmt" und „wig = Kampf" ist „berühmt als Kämpfer".

Manche dieser alten Namen kennen wir heute noch. Einige sind von diesen alten Namen abgeleitet, aber ihre Stammform ist nicht mehr zu erkennen. So zum Beispiel der weibliche Vorname „Elke", der von „Adelheid" abgeleitet ist.

Rufnamen wurden aber früher nicht nur nach ihrer Bedeutung ausgewählt. Oft taucht bei Jungen der Vorname des Vaters im Taufnamen des Kindes auf. So blieben manche Namen über Generationen in der Familie erhalten. Auch der Vorname des Paten ist häufig im Personennamen des Täuflings enthalten. Und wenn der Regent Pate war, erhielt auch das Kind seinen Namen.

Am 6. November 1881 wurde Ernst August Albert Minne in Hörden getauft. Vater war der Maurer August Minne, Mutter Henriette geb. Beyer. Erster Pate:

> Seine königliche Hoheit der Herzog Ernst August von Cumberland und zu Braunschweig und Lüneburg

Vornamen waren daneben aber auch immer schon einer gewissen Mode, einem bestimmten Lebensgefühl oder einem Zeitgeist unterworfen. So ist zum Beispiel im 18. Jahrhundert vor allem „Johannes" der erste Taufname, während es im 19. Jahrhundert „Heinrich" oder „Hans Heinrich" ist.

In der zweiten Hälfte des 18. Jahrhunderts sind laut Kirchenbuch folgende Rufnamen am häufigsten gewählt: Andreas, Caspar, Christian, Christoph, Conrad, Hanß, Henrich, Jacob, Johannes, Wilhelm.

Rund ein Jahrhundert später, Ende des 19. Jahrhunderts, sind vor allem folgende Vornamen gegeben worden: Andreas, Christian, Conrad, Ernst, Friedrich, Georg, Heinrich, Johann, Wilhelm, Zacharias.

Das Patriarchat unserer Vorfahren zeigte sich unter anderem auch in der Namensgebung für die Mädchen. Viele gerade der alten männlichen Vornamen wurden durch das Anhängsel „-ine" zu weiblichen Namen: Augustine, Conradine, Ernestine, Philippine, Wilhelmine, um nur einige zu nennen. Nicht selten erhielt ein weiblicher Täufling eine solche Ansammlung eigentlich männlicher Vornamen mit in die Wiege gelegt.

In der ersten Hälfte des 18. Jahrhunderts tauchen vor allem folgende Namen in den Kirchenbüchern auf: Anna, Catharina, Christina, Dorothea, Elisabeth, Magdalena, Margreta, Maria, Ortey, Sibylle.

Am Ende des 19. Jahrhunderts sind es: Auguste, Charlotte, Caroline, Dorothea, Elise, Henriette, Luise, Rebecca, Sophie, Wilhelmine.

In den Jahren 1715/16 fällt auf, dass in Hörden die weiblichen Vornamen besonders variantenreich und ausgefallen sind. Es tauchen sonst selten in unseren Kirchenbüchern zu findende Namen auf, und zwar nur in diesen beiden Jahren gehäuft: Agnese, Amplonia, Catrina, Engel, Illenora, Ilsebeth, Lucia, Marina, Sabina. Eine solche Anhäufung eigentlich „unüblicher" Namen wiederholt sich in unseren Kirchenbüchern nicht.

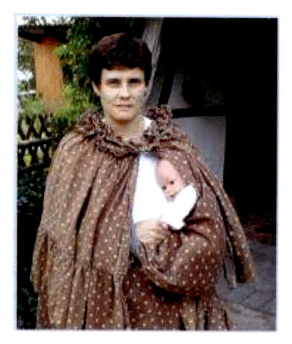

Kind in der „Nenne"

Ein Menschenleben

Aus den Eintragungen in den Kirchenbüchern und an der Art dieser Eintragungen lässt sich manches herauslesen. Normalerweise wurde eine Geburt wie folgt eingetragen:

> Den 3 Oct. (1742) ist Zacharias Reinhards Sohn Johann Otto zu Hörden geboren und den 7 ej. (ejusdem = desselben) getauft.

Oder:
> Den 9 Aug. 1757 Nach Mittages um 4 Uhr ist zu Hörden ein Sohn aus der ersten Ehe in Ansehung des Vaters und der zwoten Ehe in Ansehung der Mutter geboren worden.

Anders jedoch, wenn das Kind unehelich zur Welt kam. Da wurde das klar dokumentiert:

> Den 3 April (1741) ist Sophia G.... Huren Sohn von Hanß Ernst N.... Henrich Christian zu Hörden geb.

Oder:
> Margretha Elisabeth, ein uneheliges Kind, gebohren zu Hörden nachmittags um 4 Uhr den 12 Juni und getauft den 16 eiusdem. Parentes (Eltern) Stuprator (Schänder) Joh. Jacob B ... Stuprata mater (Mutter) Ilse Marie B ....

Immerhin waren zum Beispiel 1720 von 6 Geburten 3 so genannte „Hurenkinder".

Manchmal wurde die außereheliche Zeugung auch so festgehalten:

> Den 30 Xbris (Dezember 1670) ward Bartold T... Söhnlein Andreß Jürgen 9 Wochen post nuptias (nach der Hochzeit) gebohren ...

Oder:
> Dieses Kind ist 14 Tage nach der Eltern copulation (Hochzeit) zur Welt gekommen (1774)

Auch solche Eintragung ist zu finden:

> Zum Vater ist angegeben, welcher sich auch nachher mit ihr copuliren lassen ...

Oder:
> Der Ziegelarbeiter Christian B ... in Hörden erklärte sich in Uebereinstimmung mit der Mutter des Kindes, geb. 26. Mart 1854, für den Vater des Kindes am 15 April 1854. (Sie heirateten am 22. April 1855.)

Und auch das gab es:

> Den 22 Sept. 1822 war zu Hörden von Hanne Sophie B ... eine uneheliche Tochter gebohren. Der angegebene Vater ist der Müller Andreas S ... zu Hattorf. Ehe das Kind getauft wurde, ward ein Müllerbursche Ludewig B ... als Vater angegeben.

Eine Vaterschafts-Anfechtung fand unter anderem 1766 statt. Das Kind war am 8. Juli geboren:

> NN (Invalide) will bis nach ausgemachter Sache nicht Vater zum Kinde seyn. Er erkennt den Vogt in NN davor, welcher den 17 Sept 1765 deßen Ehefru NN mit Gewalt soll stupiret (geschändet) haben.

Ein weiterer Sohn des Invaliden wurde am 6. April 1768 geboren.

Da ist das Folgende doch eher zum Schmunzeln:

> Den 20ten Decbr. 1785 ist zu Hörden ein Töchterlein von Dorothea Elisabeth Z ... geborene B ... zur Welt gebohren. Ihr Mann, der 4 Jahr abwesend, wird zum Vater angegeben.

Manche der Familiennamen sind auch heute noch in Hörden präsent, deshalb wurde nur der Anfangsbuchstabe angegeben oder NN (nomen nemine = kein Name).

Viele Kinder, aber auch Mütter, starben früher bei der Geburt. Doch dieses Risiko war bekannt, und der Tod bei der Geburt oder im Kindbett wurde als ganz natürlich hingenommen. So finden wir in unseren Kirchenbüchern auch solche Hinweise:

> Den 15 Januarii (1733) ist Hennig Backens todtes Tochterlein gebohren.

Oder: *Den 21 Mart (März 1740) ist Otto Reuters Sohn tod gebohren*

Und 1733: *Den 9 Xbr ist Julius Großkopf Sohn im mutterleibe gestorben*

Es fällt auf, dass zwar der Name des Vaters genannt ist, der Name der Mutter jedoch fehlt. Sogar beim Tod der Mutter wird ihr Name nicht genannt:

Die Zeit der Geburt wurde meistens akribisch festgehalten:

> ... nachts zwischen 11 und 12 Uhr ...
> ... vormittages nach 9 Uhr ...
> ... Morgens zwischen 6 und 7 Uhr ...

Aber auch so wurde die Zeit beschrieben:

> ... mit der Sonne Aufgang geboren ...

Nicht immer herrschte Freude über die Geburt eines Kindes. War das Neugeborene schwächlich oder gar missgestaltet, war sein Schicksal besiegelt. Im Kirchenbuch ist 1754 ein solches Kind beschrieben:

> Den 24 Oktobr ist dieses Kind ungestalt zur Welt kommen und an eben demselben Tage auch getaufet worden, zwar mit Augen liedern, doch ohne Augen, mit einer breiten Nase ohne Nasenlöcher, ohne Ober Lippe, an deren statt zwey stükgen Fleisch in Gestalt der großen Erbsen neben einander befinden

Auch aus diesem Beispiel geht hervor, wie wichtig es den Menschen war, dass die Kinder getauft wurden. Das zeigt auch der folgende Fall:

> Den 17 Junii (1708) ist ein gefundenes Kind zu Hörden Agnesa Cathrina getauft.

Die Taufe sollte möglichst bald nach der Geburt erfolgen, verbunden mit dem ersten Kirchgang der Mutter nach der Niederkunft. Nach kirchlicher Auffassung kamen die ungetauft gestorbenen Säuglinge in die „Hölle der unschuldigen Kinder". Dort erwartete sie zwar keine Strafe, wohl aber würden sie nicht das Angesicht Gottes schauen.

So verwundert folgende Eintragung nicht:

> Am 23 Januarii (1669) ward Hanß Wiegers Söhnlein (welches durch die Eltern und Großeltern wie auch die Bademutter (Hebamme) nachläßigkeit der h. Tauffe nicht fähig worden) begraben, atatis 24 Stunden.

Die Mutter wurde am 31. Januar begraben.

Normalerweise lautet die Eintragung wie folgt (die in diesem Fall zeigt, dass sie nicht immer korrekt ist):

> *Den 29 Febr 1681 ward Tönnies Trögen Sohnlein des morgens umb 5 uhr in diese welt gebohren, den 25 ej. (?)mit dem Nahmen Hanß Jacob durch die heil Tauffe wieder gebohren und ins buch des lebens aufgezeichnet.*

Nicht selten musste die Bademutter auch eine Nottaufe vornehmen, wenn das Kind offenbar nicht lebensfähig war:

> *Den 8 Julii* (1674) *ward Henning Gerkens Töchterlein Anna Elisabeth gebohren und aus Noth denselben Tag zu Höhrden im Huse getauffet.*

Oder: *Den 20 8br* (Oktober 1738) *ist Hanß Henrich Oppermanns Tochter Christina Magdalena gebohren und eod. die* (am gleichen Tag) *getauft in der Noht.*

Die Hauptperson bei der Taufe war der Pate. Er wurde Gevatter oder Compater (Mitvater), manchmal auch Suscreptor genannt, was so viel wie „Neben- / Herbergsvater" bedeutet. Auch die Bezeichnung „Taufzeuge" zeigt die rechtliche Bedeutung der Patenschaft an. Der Pate blieb seinem Patenkind ein Leben lang verbunden. Arme Leute versuchten daher oft, Paten „aus besseren Kreisen" zu gewinnen, um eine Beihilfe zum Unterhalt des Kindes zu erhalten.

Adolf Thimme, Sohn des Pastors Thimme in Hörden / Elbingerode im 19. Jahrhundert, beschreibt eine solche Patenschaft, die seine Mutter übernommen hatte, und besonders die Folgen sehr anschaulich, denn nach dem Tod der leiblichen Eltern oblag es der Patin, für den Lebensunterhalt und die Ausbildung des Patenkindes Sorge zu tragen.

Bei der Auswahl der Paten fällt auf, dass die Patenschaft häufig von Berufskollegen des Vaters ausgeübt wurde. „Bessere Kreise" hingegen (Pastor, Förster u.a.) setzten besonders auf Auswärtige, meist aus der Verwandtschaft. Häufig nahmen Personen eine Patenschaft an, die selbst in absehbarer Zeit Paten für ihr eigenes Kind benötigen würden.

Bei der Benennung der Paten fällt auf, dass ledige weibliche Patinnen mit Namen genannt sind, Verheiratete dagegen als „Frau des ...", zum Beispiel am 26. Dezember 1703:

Hanß Henrich Papen frau, Johann Kunstins f.

Normalerweise hatte das Kind drei bis vier Paten. Bei unehelichen Kindern waren es 10 – 12. Es ist erstaunlich, dass Paten auch aus weit entfernten Orten zur Taufe kamen. Manchmal verhinderten das aber die Witterungsverhältnisse. Dennoch waren sie dem Kind als Pate verpflichtet.

Es kam immer wieder einmal vor, dass bei besonders Kinderreichen der Regent als erster Pate genannt wurde.

Am 12. August 1854 wurde Georg Friedrich Alexander Reinhard abends 10 Uhr ehelich geboren. Vater war Heinrich Reinhard, Ackermann in Hörden, Mutter Henriette geborene Oppermann. Taufzeugen: S. Majestät Georg Friedrich Alexander Carl Ernst August geruheten Pathenstelle bei diesem 7ten Sohn zu übernehmen.

Es werden keine weiteren Paten genannt.

Am 13. Januar 1884 haben folgende Personen die Patenschaft übernommen:

*Seine königliche Hoheit der Herzog Ernst August von Cumberland und zu Braunschweig und Lüneburg
Ackermann Wilhelm Reinhard
Maurer Wilhelm Minne
die beiden letzteren zu Hörden*

Die Eltern des Kindes richteten in der Regel das Taufessen aus. Doch das war in Notzeiten nicht immer möglich, und dann verzichtete man auf Paten, die nicht der Familie angehörten. Da heißt es am 30. Dezember 1804:

… den 30ten ej. getauft … Da denn bei diesen kriegerischen Zeiten nur der Vater Taufzeuge gewesen, um keine Kosten zu haben …

Ausschließliches Nahrungsmittel des Kleinkindes war die Muttermilch oder, wenn die Mutter nicht stillen konnte, Kuhmilch und Brei. Manchmal übernahm auch eine Amme das Stillen. Grundsätzlich wurden die Kinder gestillt, bis sie das Laufen gelernt hatten. In einer Beschreibung aus der ersten Hälfte des 16. Jahrhunderts heißt es:

Dann man gibt den Kindern nit zu essen bis sie oft 4 oder 5 Jahr alt werden, sunder allein Milch zu säugen ...

Als Windeln dienten Stoffbahnen, die man dem Kind eng um den Körper wickelte. Das Laufenlernen geschah am „Gängelband", einer Art Geschirr, das mit der Kleidung des Kindes fest verbunden war.

Eine ausgesprochene Kinderkleidung gab es zunächst nicht. Jungen und Mädchen wurden, wenn sie die „Kinderhaube" abgesetzt hatten, wie kleine Erwachsene gekleidet. Das geschah im Allgemeinen mit dem 7. Lebensjahr. Im 16. Jahrhundert kam dann allmählich, zunächst beim Adel und Bürgertum, eine Art Kinderkleidung auf.

Pastor Hasenbalg schrieb über die Schulstube in Hörden Mitte des 19. Jahrhunderts: *„... wegen des unausstehlichen Dunstes und übler Gerüche für völlig unbrauchbar ...".* Das lag einmal an der Enge des „Klassenraums", aber auch daran, dass die Jungen zum Beispiel höchstens zwei Hosen und zwei Hemden besaßen, und davon gehörte ein Exemplar zum Sonntagsstaat. Häufig war aber schon der „Reserve-Dress" der pure Luxus, den sich die meisten Familien nicht leisten konnten. Unterwäsche war unbekannt. Fließendes Wasser gab es nur in der Sieber und im Bach. Gebadet wurde daher selten – wenn überhaupt, denn jeder Eimer Wasser musste herangeschleppt werden. Kein Wunder also, dass in der Schulstube gar kräftige Duftmarken gesetzt wurden. Der Unterschied zu den Mädchen bestand lediglich darin, dass die „Kleid mit Schürze" trugen.

Der Alltag der Kinder war je nach dem Stand der Eltern und der Umgebung sehr verschieden. Die Kinder auf dem Land wurden schon früh in die Arbeit der Erwachsenen eingespannt, mussten schon mit 5 oder 6 Jahren bestimmte Aufgaben und Pflichten im Tagesablauf auf dem Hof oder im Haus übernehmen. Zum Spielen blieb da wenig Zeit.

Das Haus war im Allgemeinen für Spiele tabu, und auch im Stall oder in der Scheune war das Spielen grundsätzlich verboten, weil dort leicht Unheil angerichtet werden konnte. (Über das Spielen im Heu sah man in der Regel hinweg.) Meistens und wann immer möglich spielten die Kinder auf dem Land im Freien.

Ein beliebtes Spielzeug der Jungen war die „Schusser" oder Murmel, schön gefärbte oder geformte Steine oder Tonkügelchen, selten Glaskugeln. Später wurden sie, wie wir von Adolf Thimme wissen, durch Knöpfe ersetzt.

Die Mädchen kannten die „Docke" oder Puppe. Sie war aus Holz geschnitzt oder aus Lumpen hergestellt.

Daneben gab es das „Reifen treiben", man spielte Ball mit Holzkugeln oder kegelte damit. Auch das Stelzenlaufen wurde schon früh geübt. Verstecken oder Fangen, Blindekuh, Reiterkämpfe oder Bockspringen waren schon immer bei den Kindern beliebt. Auch die Rollenspiele (Vater – Mutter – Kind; Tauschen – Kaufen – Verkaufen; Berufe darstellen) waren / sind wohl nichts anderes als eine spielerische Vorbereitung auf die Welt der Erwachsenen.

Der Übergang von der Kindheit in die Erwachsenenwelt war besonders auf dem Land ein fließender. Je ärmer die Familie war, umso eher wurden die Kinder zu den Arbeiten der Erwachsenen herangezogen, oft auch als Arbeitskräfte an andere „ausgeliehen". Damit entfiel dann nicht nur der Unterhalt für diese Kinder, zum Teil erhielten die Eltern für deren Arbeit auch zusätzlich die Entlohnung in Form von Naturalien.

Die Ernährung auch der Landbevölkerung war bis in die Neuzeit hinein recht einseitig. Es dominierten die pflanzlichen Nahrungsmittel, vor allem die Getreidearten. Die üblichste und billigste Getreideart war der Roggen. Es ist nicht mit Sicherheit zu sagen, ob man ihn hauptsächlich als Brei oder in Form von Brot zu sich nahm.

Die anderen Getreidearten wie Gerste, Hirse oder Hafer wurden vorwiegend als Grütze gegessen. Außerdem wurden auch von ihnen und weiteren Sämereien verschiedene Breie zubereitet, die man oft mit weiteren Zutaten vermischte und sie „Mus", also „Gemüse" nannte.

Brot wurde in den Haushalten selbst gebacken. Aber die Brotversorgung schwankte sehr stark, denn oft waren Missernten oder Verwüstungen durch Kriege zu beklagen. Und es darf nicht vergessen werden, dass die Erträge mit den heutigen auch nicht annähernd zu vergleichen sind. Hinzu kam, dass das Saatgut die dreifache Menge bringen sollte: Ein Drittel wurde wieder Saatgut, ein Drittel war Abgabe an den Grundherrn, und nur ein Drittel war für Eigen- oder Fremdverbrauch.

Die einseitige Ernährung führte häufig zu Mangelerscheinungen. Zwar erlitten die Menschen auf dem Land selten den Hungertod, dennoch war Entkräftung oft die Todesursache.

Die klassischen Obstbäume unserer Breiten gehörten schon immer in das Dorfbild. Beim Gemüse boten Steckrüben, Kraut, Bohnen, Linsen, Sauerampfer und Löwenzahn jedoch keine große Auswahl.

An tierischen Nahrungsmitteln stand weniger zur Verfügung als man für unseren ländlichen Raum annehmen sollte. Das Schwein war hauptsächliches tierisches Nahrungsmittel. Die Borstentiere waren kleiner als unsere heutigen Exemplare und lieferten als Weidetiere nur einen Bruchteil dessen, was wir heute von einem Mastschwein erwarten dürfen.

Kühe waren vor allem Zugtiere. Die Milch wurde kaum getrunken, diente vor allem zur Herstellung von Milchprodukten und Breigerichten. Auch die Schafe lieferten in erster Linie die wertvolle Wolle und spielten als Nahrungsmittel keine große Rolle. Die Eier vom Hausgeflügel belebten den Speiseplan etwas.

Fisch aß man im Mittelalter zwar mehr als heute, aber nicht nur auf Grund der Fastenvorschriften. Unterhalb der Krummbreite und am Hainholz befanden sich Teiche, die gemeinsam bewirtschaftet wurden.

Wild gab es gar nicht, denn die Jagd oblag allein den Herrschaften, und Wilddieberei wurde hart bestraft.

Ein Problem war die Haltbarmachung von Nahrungsmitteln. Man versuchte sie, wann immer möglich, zu bevorraten. Dazu wurde Fleisch oder Fisch entweder getrocknet oder gedörrt, manchmal auch geräuchert. Eine weitere Methode war das Einpökeln oder Einsalzen nicht nur von Fleisch, sondern auch von Fisch, Kohl und Früchten. Selbst Obst wurde so länger haltbar gemacht.

Als sich dann auch in unseren Breiten die Kartoffel einen festen Platz im Speiseplan der Hausfrauen verschafft hatte, wurde sie zu einem wichtigen Bestandteil der Ernährung: Pellkartoffeln, Kartoffelsalat, Kartoffelsuppe und Kartoffelklöße unter anderem bereicherten den Speisezettel ungemein.

Vor Arbeitsbeginn wurde im 19. Jahrhundert im Allgemeinen ein Schmalzbrot gegessen und dazu Kaffee getrunken. Bei den Wohlhabenden war der Anteil des Bohnen- gegenüber dem Malzkaffee größer. Als wohlhabend galt, wer sich schon die Mischung „ein Drittel Bohnenkaffee zu zwei Drittel Malzkaffee" leisten konnte.

Das „Morgenbrot", zwischen 8 und 9 Uhr eingenommen, ist mit unserem Frühstück vergleichbar. Da gab es Brot und Wurst. Getrunken wurde Braunbier. Das wurde zum Teil aus gemahlenem Roggen, Hopfen und etwas Hefe selbst hergestellt oder vom „Kreuger" geholt.

Zu Mittag gab es meistens eine Suppe, entweder aus Graupen, Bohnen, Kartoffeln oder Sauerkraut. Manchmal wurde auch Gemüse in Wasser gekocht, das man hinterher abgoss – sodass jeglicher Nährwert verloren ging. Das nannte man „Durcheinandergekochtes".

Wenn im Sommer auf dem Feld gearbeitet wurde, gab es meist kein warmes Mittagessen, sondern zum Frühstück belegte Brote, was sich zum Vesper wiederholte. Im Sommer war das Abendbrot die warme Mahlzeit.

Holzbort mit Geschirr an der Flettwand

Das mittelalterliche Essgeschirr bestand in allen Bevölkerungsschichten vorwiegend aus Holz und Keramik. Ab dem 14. Jahrhundert wurde auch Zinngeschirr verwendet. Trinkgefäße aus Glas waren ab der Mitte des 13. Jahrhunderts in wohlhabenden Kreisen üblich.

Löffel und Messer gehörten zum persönlichen Besitz und wurden oft im Lederfutteral am Gürtel getragen. Einfache Holzlöffel steckte man sich auch manchmal an den Hut. So hatte man sein eigenes Essbesteck immer verfügbar. Die individuelle Essgabel wurde im Großen und Ganzen erst im 16. Jahrhundert in Europa allmählich eingeführt, und zwar von Italien her. Ein deutscher Kanzelprediger verdammte diesen „teuflischen Luxus" und fragte: „Hätte Gott uns Finger gegeben, wenn er gewollt hätte, dass wir dieses Instrument benutzen?" Und noch Martin Luther beschwor Gott, ihn vor Gabeln zu behüten.

Als „typisch" für das 16. Jahrhundert schilderte ein Reisender folgende „Tischsitten":

> *Ungeniert schnäuzten die mit Fingern essenden und hinsichtlich Intimlebens keineswegs zimperlichen Gäste sich ihre Nasen in Tischtücher, rülpsten und furzten, wann immer ihnen danach zumute war.*

Das Mobiliar war auf dem Lande auf das Nötigste beschränkt. Tisch und Bänke, Wandbort für das Geschirr und Truhe für die Kleidung genügten. Schränke und Stühle waren etwas für die „Reichen". Stühle waren hier oft „Marke Eigenbau".

Die Kleidung war immer schon das äußere Zeichen des gesellschaftlichen Ranges. Bereits in der Zeit der Jäger trug der Geschickteste auch die besten Felle. Über Jahrtausende galt die Art der Kleidung als eine Art Rangabzeichen und fand das Wetteifern um Anerkennung in der Kleidung seinen Ausdruck – und nicht in den „Anziehsachen".

Kenntnisse über die Kleidung im Mittelalter und in der frühen Neuzeit haben wir vor allem für die Stadtbewohner und die Adligen. Abbildungen schildern uns die Kleidung recht gut. Ganz anders sieht es da für die Landbevölkerung aus. Zwar sind auf einigen Gemälden auch Bauern und Mägde abgebildet, aber sie tragen kaum einmal auf den Bildern die Kleidung, wie sie uns in wenigen schriftlichen Aufzeichnungen geschildert wird.

Die Landbevölkerung gehörte zu den ärmsten Bevölkerungsschichten. Es heißt in vielen Beschreibungen, dass

Bauern und arme Geistliche in Lumpen gekleidet einhergehen.

Im Winter hüllte man sich in grobe Wollmäntel und umwickelte die Füße mit Lappen. Dennoch versuchte man, wenn irgend möglich, die Kleidung der Adligen oder wenigstens der Stadtbewohner nachzuahmen. Die Kleidung von Männern und Frauen unterschied sich zunächst nur wenig. Dabei waren es vor allem die Männer, die eine neue „Mode" einführten. Die Frauen zogen dann nach.

Die Trachten entwickelten sich verhältnismäßig spät und wurden nur zu hohen Festtagen getragen. Die hier dominierenden Erdfarben waren auch die vorherrschenden Farben der normalen Kleidung der Landbevölkerung.

Nebenstehende „Erlaubnis" habe ich wörtlich „übersetzt":

Demnach von dem Königlichen Cabinets Ministerium Namens Seiner Königlichen Hoheit des Prinzen Regenten vermittelst vom 5ten d. M. der Witwe weiland Ackermanns Christian Bierwirth, Philippine geborne Wehmeyer zu Hörden Inspection Osterode, die Erlaubniß ihres verstorbenen Ehemanns Brunder, Conrad Bierwirth

wiederum ehelichen zu dürfen ertheilet worden; Und dann zu solchem Ende hiermit verstattet wird: daß diese verlobten Personen, falls, außer der dispensirten Verwandschaft, sonst kein Impedimentum Canonicum ihrer Heyrath im Wege stehet, nach vorgängig-gewöhnlichen Aufgeboth von der Canzel, ungehindert copulirt werden können:

So hat der Prediger, dem die Copulation zu verrichten gebühret, sich darnach zu achten, und dispensirtermaßen zu verfahren. Urkundlich des hierunter gedruckten Consistorial-Siegels.

Die Witwe des Ackermanns Christian Bierwirth musste also die Erlaubnis ihres Schwagers einholen und diese von höchster Stelle „absegnen" lassen, um wieder heiraten zu „dürfen". Dass hier ein Vordruck verwendet wurde, zeigt an, dass ein solches Verhalten in jener Zeit noch normal war und ohne diese Erlaubnis kein Pastor eine Trauung vorgenommen hätte. Eine „standesamtliche Trauung" gab es da noch nicht.

1.

[Handschriftlicher Text:]

Praes. Osterode 27 Nov. 1818. R. Egan

Demnach von dem Königlichen Cabinets Ministerio,
einem Namen Seiner Königlichen Hoheit des Prinzen Regenten, unmittelst Rescript vom 5ten d. M.
den Bittern weiland Peter und Christian Bierwirth,
Philippine gebornen Wehmeyer zu Förden Inspection
Osterode, die Erlaubnitz ihren verstorbenen Ehemann,
und Bruders, Conrad Bierwirth

wiederum ehelichen zu dürfen ertheilet worden;

Und dann zu solchem Ende hiermit verstattet wird: daß diese
verlobten Personen, falls, außer der dispensirten Verwandschaft, sonst
kein Impedimentum Canonicum ihrer Heyrath im Wege stehet, nach
vorgängig-gewöhnlichen Aufgeboth von der Canzel, ungehindert copulirt
werden können:

So hat der Prediger, dem die Copulation zu verrichten gebühret,
sich darnach zu achten, und dispensirtermaßen zu verfahren. Urkundlich
des hierunter gedruckten Consistorial-Siegels.

Gegeben Hannover den 19ten Novbr. 1818.

Königliche Großbritannisch-Hannoversche, zum Consistorio verordnete ~~D~~irector, Vice-Director, auch Consistorial- ~~c~~hen-Räthe.

Rund um die Ehe gab es viele Rituale, die einzuhalten waren, damit das junge Glück Bestand hatte. Aber gerade bei diesem Ereignis musste sogar die Obrigkeit einschreiten, damit das junge Paar nicht gleich in den Ruin getrieben wurde.

So sollte sich das größte Familienfest – entgegen den Gepflogenheiten – in Bescheidenheit üben, und man beschränkte es zeitlich (höchstens 2 Tage) und von der Größe her (Personenzahl) deutlich ein.

Am Tage vor der Hochzeit, dem Polterabend, sollten mit viel Lärm die bösen Geister vertrieben werden, die dem jungen Paar Unglück bringen könnten.

Nur die jungfräuliche Braut durfte den geschlossenen Myrtenkranz tragen, und nur sie wurde vor dem Altar getraut. – Bei den Jünglingen zählte schon immer die Erfahrung.

Auch der Schleier hat mit der Jungfräulichkeit zu tun. Er wurde deshalb um die Mitternacht des Hochzeitstages „abgetanzt". Wer von den Brautjungfern das größte Stück Schleier erwischte, sollte die nächste Braut werden.

Beischlaf vor der Ehe? Das wurde in den Kirchenbüchern eindeutig vermerkt:

> *Den 5 Martij (1726) ist Andreas Jacob W ... mit seiner deflorata Anne Dorothee R ... zu Hörden zum 1 mahl copuliret*

Oder: *Den 10 November (1755) ist Johann Caspar W ... Einwohner und Ackermann in Hörden, Seel. Hans Melcher W ... Einwohners und Ackermanns in Hörden Sohn, mit der von ihm geschwängerten Anna Margretha ...., seel. Andreas H ... Tochter, zum erstenmahl in Hörden copuliret worden.*

Immerhin war 1740 bei sieben Trauungen die Braut dreimal „deflorata". Zeitweise ist das „deflorata" auch durch „ohne Kranz" ersetzt worden, das heißt, der Myrtenkranz blieb hinten offen.

Die durchschnittliche Lebenserwartung eines Neugeborenen lag bis in das 19. Jahrhundert bei 35 Jahren. Das lag unter anderem an der großen Säuglings- und Kindersterblichkeit:

> *Den 1 Nov. ward Hans Bierwerths Tochter zu Hörden begr., ihres Alters 1 Jahr und 36 Wochen.*

Oder: *Den 5 Apr. ist Sophie M ... Huren Kind von Otto B ... Johann Andreas gestorben, alt 7 Monaht.*

Ein gewisses Rätsel ist folgender Eintrag:

> *Den 15 9br (November 1711) ist ein frembdes Kind zu Hörden begraben, seines Alters 30 Wochen.*

Ein Kriminalfall? Oder wollte man schlicht die Beerdigungskosten sparen? Warum „fremd", wenn das Alter bekannt war?

Seuchen traten immer wieder sporadisch auf und rafften besonders die Kinder dahin. So starben 1723 an den Blattern 6, an Masern 5 Kinder. Von 11 Toten starben 7 an den Pocken.

Die Hördener Totenliste von 1668:

> Hanß Jürgen Elster   14 Tage
> Henrich Peinemann   64 Jahre
> Henning Oppermann   61 Jahre
> 1 todtgebohrenes Söhnlein
> 1 todtgebohrenes Töchterlein
> Rx (Relicta/Witwe) Peinemann   55 Jahre

Die Eintragungen der Todesfälle sind sehr unterschiedlich und bringen eine gewisse Haltung zum Ausdruck. Normalerweise waren sie neutral:

> *Den 17 9br ist Anna Catharina Wedemeyer, Rx Jacob Kunstien zu Hörden, am Schlagfluss gestorben, ihres Alters 93 Jahr.*

Aber auch:

> *Elisabeth W... , unverheiratete Frauensperson, gestorben am 11 Mrz. (1838) an Schwindsucht, alt 36 Jahr, hinterläßt 3 uneheliche Kinder.*

Der Tod war eine alltägliche Realität und den Menschen früher mehr als heute immer gegenwärtig. Er drohte jedem zu jeder Zeit und war als „Jedermann" vertraut. Das kleine Kind stand am Sterbebett des Vaters, die Eltern bestatteten das Neugeborene.

Trost inmitten der Unberechenbarkeit des Lebens bot der Glaube, auch der Glaube unserer germanischen Vorfahren. Er gab den Menschen ebenso Hoffnung auf ein besseres Leben nach dem Tod wie der christliche Glaube – zunächst. Denn während im Frühmittelalter Tod und Begräbnis vorwiegend von dem Gedanken an die Auferstehung geprägt war, trat im Hochmittelalter immer stärker die Angst vor dem „Jüngsten Gericht" in den Mittelpunkt. Deshalb fürchtete man am meisten den unerwarteten Tod. Er ließ die Bereitschaft auf den Tod nicht zu.

So wie am Anfang des christlichen Lebens die Taufe stand, um das „ewige Leben" zu erhalten, stand am Lebensende das Abendmahl als Zeichen der Vergebung der Sünden:

> *Den 17ten Martii 1792 ist in Hörden der Ehemann und Leineweber Johann Heinrich Bierwerth an einer hitzigen Brustkranckheit, nachdem er das hl. Nacht-Mahl recht mit Andacht genossen, gestorben.*

Oder: *Den 4ten May (1799) ist zu Hörden eine recht christliche, fromme, eifrig betende Witwe, Rel. Ilse Marie Borchert gebl. Bierwirth an Entkräftung, nachdem sie zuvor auf ihrem Krancken-Lager sich mit Jesu im heiln. Abend-Mahl ausgesöhnet, ganz gelassen gestorben.*

Die Toten wurden in der Regel auf der Diele aufgebahrt. Familienmitglieder, Nachbarn oder Freunde hielten Totenwache.

Der Akt der Grablegung war ein wichtiges Zeremoniell, und eine würdige Bestattung für die Familie eine ernste Pflicht. Der im Hausflur aufgebahrte Leichnam wurde im Trauerzug zum Kirchhof geleitet.

Die Toten wurden rund um die Kirche bestattet, wo jeden Sonntag die Gemeinde zusammenkam. Die Toten gehörten noch zur Gemeinde, die sich nicht nur sonntags zur Gemeinschaft der Lebenden und der Toten bekannte.

Todes-Anzeige.

Am 6. Juni Morgens 1 Uhr verschied hieselbst mein Bruder, der Pr.-Lieutenant a. D. Friedrich Laurentius im Alter von 81 Jahren. — Allen Freunden und Bekannten diese Traueranzeige mit der Bitte um stille Theilnahme.

Hörden, den 6. Juni 1873.

C. Laurentius,
Gutsbesitzer.

Hörden, den 15. August 1876.

Am 14. d. M., Nachmittags 2½ Uhr, entschlief hierselbst, unser geliebter Vater und Bruder, der Oeconom und Rittergutsbesitzer **Carl Friedrich Laurentius** im Alter von 79 Jahren. Diese Trauer-Anzeige widmet allen Freunden und Bekannten

die trauernden Hinterbliebenen.

Nur Pfarrer, deren Familienangehörige oder Mitglieder der Adelsfamilie wurden, soweit es gestattet wurde und von ihnen finanzierbar war, in der Kirche bestattet. Sonst spielte die Lage des Grabes zur Kirche eine Rolle. Am begehrtesten waren die Plätze an der Südseite (Sonnenseite) der Kirche. Die Ärmsten ruhten an der Kirchhofmauer, am weitesten von der Kirche entfernt, dem gemeindlichen Mittelpunkt.

Den hier abgebildeten „Kronenkasten" habe ich auf dem Boden der alten Schule gefunden. Solche Kästen wurden seit Anfang des 19. Jahrhunderts als Verwahrungs-Utensilie für Totenkränze und -kronen genutzt.
„Totenkränze" oder „-kronen" sind seit dem 13. Jahrhundert bekannt. Sie wurden den Verstorbenen, ursprünglich nur den Ledigen, während des Trauerzuges auf den Sarg gelegt und anschließend in der Kirche zur Erinnerung an den Toten aufbewahrt.
Die „Totenkränze" bestanden in der Regel aus einem Drahtkranz, in den Kunstblumen aus verschiedenen Materialien eingearbeitet waren.

Unfälle

Unfälle mit Todesfolge kamen häufig vor. Unfall-Schilderungen nehmen in den Kirchenbüchern einen großen Raum ein. Meistens sind die Anzeigen knapp:

> *Hanne Charlotte Riechel starb in Folge eines Sturzes von der Treppe im Hause (1844) alt bei 60 Jahr.*

Oder: *(1748) starb Jürgen Wilhelm Kahle, 49 Jahr, an einem Fall aus der Scheune*

Von diesen Stürzen mit Todesfolge wird noch mehrfach berichtet. Der folgende Unfall fand in der Lehmgrube oberhalb der heutigen Dünaer Straße statt.

> *Friedrich Famme (1848) getödtet durch einen Lehmsturz in der Lehmgrube bei Hörden*

Unfälle mit Fuhrwerken kamen nicht selten vor:

> *Der Verstorbene endete sein Leben in Folge des Ueberfahrens mit einem Wagen (1849) alt 30 Jahr*

Oder: *Den 24ten Dec.! (1817) endigte der Ackermann Johann Christian Bierwerth zu Hörden auf eine unglückliche Art sein Leben, indem er von dem mit Holz beladenen Schlitten im Meinzthal beym Umfallen des Holtzes erdrückt und tod nach Hause gebracht wurde, 32 Jahr. Er hinterläßt eine Witwe und 4 Kinder.*

Andere Berichte sind ausführlicher:

> *Heinrich Christian Wehemeier, 17 Jahr, am 9. Sept. (1844) ertrunken im schwarzen Pfuhle bey der Aschenhütte. Der Verunglückte wurde erst am 18. Sept. aufgefunden und nach eingestellter Untersuchung und Besichtigung vom Amte Herzberg begraben.*

Sehr ausführlich hingegen:

> *Anno 1764 in der vollen Woche nach Ostern hat sich folgendes in der Hördensche Gemeine zugetragen. Den 2 Maii des Morgens war Andreas Matthias B ... gesund und munter von seinem Lager aufgestanden. Er hatte sein Morgengebet verrichtet und einige Lieder darauf gesungen, als er sich gegen seine Schwester und seinen Schwager Andreas M ... verlauten laßen, wie ihn die Zeit zu lang währete. Er wollte ein wenig nach der Wiese gehen. Solches hat er auch bewerkstelliget.*

> Wie er seine auf der Wiese vorgenommene Arbeit zu Ende gebracht gehet er weiter in den so genannten Krücker, um einen starken eichenen Block aus seiner Lage zu rücken, damit solcher in das daran gräntzende Thal herunter schießen möchte. Wie er nun bey dieser Bemühung sich mit dem Kopfe unter besagten Block mochte gebücket und sich folglich in einer gebeugten Stellung des Leibes befunden haben, rollet im Roden das unglückliche Holtz über ihn und zerquetschet sein Rückgrad, auch in der Seite seiner Brust drey Ribben, und drehet deßen linken Arm oben bey der Schulter aus dem Wirbel. Des folgenden Tages den 3 Maii ist der Erschlagene gegen 12 Uhr des Mittages von seinem Schwager, von seiner Schwester und vielen anderen, die ihn gesuchet haben, in einer erbärmlichen Gestalt auf der Erde als seiner Wahlstatt, da er mit dem Tode hat kämpfen müßen, gefunden worden ... Sein Alter hat er gebracht auf 63 Jahr 13 Wochen ... und ist er unverheyrathet gestorben.

Etwas Besonderes ist da schon das Folgende:

> Den 23 Mai 1760, Nachmittages um 3 Uhr, ist Henrich Jacob D ... gestorben. Im Jahre 1754 den 22 Sept. Dom. XV post Trinit. des Mittages gerieth er im Garten hinter seinem Hauße mit seinem Nachbar, dem musquetier Christian B ... des Obstes wegen in einen Streit und wurde durch einen gefährlichen Schlag über die Hirnschale auf den Kopfe fast tötlich verwundet. Von derselben Zeit an hat er seine an sich selbrecht dauerhafte Gesundheit dergestalt eingebüßet, daß er oft mit der fallenden Sucht und häufigen Anstößen von Schlagflüßen ist heimgesuchet worden. Den 2 Feb. a.c. stellete sich mit besonderem Nachdruck ein Schlagfluß bey ihm ein, der ihn beständig das Lager zu hüten genöthiget hat. Er wurde immer schwächer, bis er unter einer ersten Zubereitung zu seinem seel. Abschiede bey ziemlichen Verstande seinen Geist aufgegeben. Er hat in dieser Zeitlichkeit gelebet 58 Jahr weniger 10 Wochen.

Aber auch das gab es:

> NN gestorben in Folge eines übermäßigen Genusses von Brannwein, alt 5 Jahr.

Kinderarbeit

Kinder wurden schon früh zu Arbeiten herangezogen. Dokumentiert ist das unter anderem für den Kupferbergbau am Hägerfeld bei Herzberg, wo die Kinder in die niedrigen Stollen geschickt wurden, um Erz haltiges Gestein abzubauen. Bekannt ist auch, dass Kinder zur Versorgung des Viehs, zum Melken oder zum Hüten der Gänse unter anderem willkommene Arbeitskräfte waren.

Wie sehr die Kinder bei der täglichen Arbeit gebraucht und beansprucht wurden, zeigt das folgende Schreiben des Pastors Hasenbalg an das Königlich Hannoversche Amt am 22. Januar 1840:

> *Mit einem so großen Mißfallen als Befremden haben wir aus einer von Herrn Superintendenten Hölty in Osterode uns zu gesandten Absenten-Liste der Schulpflichtigen Kinder zu Hörden von den Monaten October, November und December 1839 ersehen müssen wie groß die Anzahl der pflichtvergessenen Eltern sei, die ihre Kinder in den gedachten drei Monaten nicht zur Schule geschickt haben.*

Um diesen gesetz- und pflichtwidrigen Betragen der Eltern oder Vormünder in der Gemeinde Hörden indeß ein Ziel zu setzen, soll von jetzt an das jedes malige Ausbleiben eines schulpflichtigen Kindes vom Schulunterricht für den halben Tag mit 4 Pfennig und für den ganzen Tag mit 1 Pfennig zum Besten der Kirchen- und Armen-Casse in Hörden so dann unabbittlich gestrafet werden, wenn das pflichtige Kind nicht durch Krankheit an dem Schulbesuche verhindert ist.

Diese Strafe soll nach den Schullehrer Fischer in Hörden bei uns nach Ablauf eines jeden Monats einzureichenden Absenten-Listen von den Eltern der ausgebliebenen Kinder oder den Vormündern der Letzteren mit aller Strenge auf deren Kosten eingezogen werden, sodann aber wenn dieselben wegen Armuth nicht zahlen können am Leibe entweder mit angemessener Arbeitsstrafe zum Besten der Gemeinde oder aber mit Gefängniß gleichfalls unabbittlich gestrafet werden.

Dem Schullehrer Fischer geht eine Abschrift dieser Verfügung wegen Aufstellung der Absenten-Liste zu, und hat der Voigt Oppermann der dortigen Gemeinde den Inhalt derselben gehörig bekannt zu machen.

Im Kirchenbuch geschilderte tödliche Unglücksfälle zeigen ebenfalls Einsätze der Kinder auf:

Heinrich Friedrich Wilhelm Steuerwald, 7 Jahre, am 29 Apr (1844) erschlagen durch einen gefällten Tannenbaum.

Oder:

Heinrich Christian Friedrich Becker, 10 Jahre alt, wurde (1833) unter Hörden, da er den mit Bauholz beladenen Wagen seines Vaters lenken wollte, durch einen unglücklichen Fall vor das Rad überfahren und starb 8 Stunden nachher.

Oder:

1823 starb die 13-jährige Anne Christine Henriette Elisabeth   Sie hatte das Unglück, durch den Schlag eines Pferdes ihrer Dienstherrschaft, das sie auf der Wiese hütete, so sehr am Kopfe beschädigt zu werden, daß sie unter vielen Schmerzen ihr Leben endigte.

Die Kirchenbücher schildern noch mehr solcher Unglücksfälle. Auch die Schulchronik berichtet noch im 20. Jahrhundert von Kinderarbeit:

Bitte entschuldigen Sie für heut Helmuth …. von der Schule, da daß er uns beim Maschinen helfen kann. Es fehlen uns Leute, die durch die Kinder ersetzt werden müssen.

Oder:

Da unser Ackermann heute um ½ 3 Uhr unsere Wiesen am Teufelsbad mähen will, möchte ich Sie höflichst bitten, unseren Sohn … zu beurlauben. Gleichzeitig auch für folgende Tage, sobald Heuwetter ist.

Oder:

Ilse-Marie konnte nicht zur Schule kommen, da eine Kuh Sie beim melken aufs Bein getreten hatte.

Frauenarbeit

In manchen unserer Kirchenbücher ist bei der Geburt eines Kindes der Beruf des Vaters angegeben. Bei Trauungen spielte der Beruf des Mannes ebenfalls eine Rolle, auch der des Vaters von Braut und Bräutigam. In den Todesanzeigen ist neben Name und Alter des Verstorbenen auch oft der Beruf angegeben oder die Funktion, die er innehatte.

Bei den Frauen fehlen solche Angaben, obwohl sie einen erheblichen Anteil an der Arbeit für die Großfamilie in Haus und Hof hatten. Haus, Hof und Garten waren das tägliche Betätigungsfeld der Frauen. Zudem waren sie während der Ernte – wie auch die Kinder – von Sonnenaufgang bis Sonnenuntergang auf den Feldern gefordert. Dennoch: In den Todesnachrichten im Kirchenbuch ist oft nicht einmal ihr Name genannt:

(1751) *ist Andreas Oppermanns Vxor* (Witwe) *gestorben*

Die Bezeichnung „Dienstmagd" oder „Kleinmagd" kam in beiden Jahrhunderten nur wenige Male vor und bezog sich nur auf den Edelhof.

Einzig die Hebamme oder Bademutter, und das war kein Beruf, von dem man leben konnte, war Frauensache.

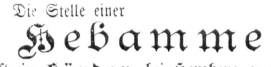

Die Stelle einer **Hebamme** ist in **Hörden** bei Herzberg a. H. vacant geworden. Reflectantinnen wollen sich bei Gemeindevorsteher **Reinhardt** in Hörden melden.

Eine Anzeige aus dem Jahre 1903

Diese Bademütter waren nicht nur während der Geburt für Mutter und Kind verantwortlich, sondern hatten auch dafür zu sorgen, dass das Kind auf jeden Fall getauft wurde. Eventuell notwendige Nottaufen nahmen diese Frauen dann gegebenenfalls selbst vor. Nur einmal habe ich gefunden, dass diese Nottaufe durch eine spätere Taufe in der Kirche bestätigt wurde.

Der Name „Bademuhme" oder „Bademutter" rührt von dem Ritual nach der Geburt her. Das Neugeborene wurde gesäubert und im angewärmten Wasser gebadet. „Bademutter" konnte nicht jede Frau werden:

> man sol zu dem ambt der Bademuhme keine nehmen die nit zuvor im Ehestand gelebet undt zum ofermahl selber an ihr erfahrn hatt was kinder haben und geborn erfordertt

Für Hörden konnte ich folgende „Bademütter" finden:

Zwischen 1665 und 1677 Gertrud Bades, die 1677 mit 83 Jahren gestorben ist. Ilse Catharina Hase war 26 Jahre Bademutter in Hörden und starb anno 1761. Im Jahre 1773 starb die Bademutter Anne Regina Spilner im Alter von 53 Jahren.

Die „Witwe Christoph Möhlen" ist 1797 als Bademutter in Hörden bezeichnet, erst ein Jahr später mit „Dorothee Margarethe gebl. Brökel". Im Jahre 1802 ist eine Frau Macke, im Jahre 1805 die Witwe Anne Christine Bierwerth als Bademutter benannt. Anno 1820 war die Wwe. Siegner Geburtshelferin und 1850 Charlotte Pollmann. Luise Heise ist 1877 und 1881 als Hebamme benannt.

Von 1904 bis 1934 war Albertine Schlott Hebamme in Hörden. Ihr folgte Gertrud Peters.

5. Mai 1896

Funktionen und Berufe

Vögte, Vorsteher und Bauermeister sind im 18. und 19. Jahrhundert zwar oft benannt, aber nicht durchgehend, so dass nur ihre erste und letzte Erwähnung laut Kirchenbuch festgehalten ist. Die letzte Nennung – unter Umständen auch als Pate – ist also, wenn nicht entsprechend vermerkt, keineswegs das Todesjahr. Wenn das festgestellt werden konnte, wurde das Todesjahr durch ein + gekennzeichnet.

Vogt

Der Vogt wurde vom Amtmann in Herzberg eingesetzt, und in Hörden war die Funktion über Jahrzehnte eine Familien-Angelegenheit. Der Vogt hatte dafür Sorge zu tragen, dass die Anordnungen des Amtmannes umgesetzt wurden. Als Salär erhielt er im 18. Jahrhundert 4 Reichstaler und 32 Mariengroschen. Sein Haus und sein Land waren von allen Dienstverpflichtungen befreit. Er erhielt weiter einige Morgen Land zur freien Bewirtschaftung und 4 Klafter Holz (1 Klafter = 14,36 m^3) sowie 2 „Rauchhühner" aus jedem Haus, aus dem Rauch aufstieg. Zudem erhielt der Vogt vom Amt 3 Malter Roggen (360 kg) jährlich, 2 Himbten (40 kg) Hafer für die Bestellung der Dorfbewohner zu Dienstleistungen, 1 Fuder Heu, 1 Schock Käse und wöchentlich 1 Kanne (2 l) Bier.

Vögte in Hörden:

Henrich Brakel	1665 / 1685
Johann Andreas Oppermann	1743 - 1772 +
Johann Henrich Oppermann	1773 - 1799
Johann Andreas Oppermann	1800 / 1845
Friedrich Christian Kunstin	1845
Georg Wilhelm Oppermann	1851 / 1852

Johann Heinrich Oppermann war bis 1799 Vogt und Licentschreiber. Er starb anno 1802. Johann Andreas Oppermann wird 1809, während der französischen Besatzung, „Maire" genannt, und Andreas Jacob Kunstin war sein „Maire Adjunct".

Bauermeister

Der Bauermeister wurde von der Gemeindeversammlung gewählt. Dabei wählte man in der Regel einen reicheren Bauern, da zur Ausübung des Amtes eine eigenständige materielle Absicherung nötig war, denn der Bauermeister erhielt keine Vergütung.

Im Laufe der Zeit wurden dem Bauermeister so viele Aufgaben übertragen, dass er in einem Zwiespalt zwischen den Anforderungen des Landesherrn und der Gemeinde geriet, die er zu vertreten hatte.

Dem Bauermeister wurden im 18. Jahrhundert „Vorsteher" beigestellt, die ihn unterstützen und gleichzeitig kontrollieren sollten. Sie nahmen ihm Amtsgänge ab und übernahmen die Gemeinderechnung.

Bauermeister und Vorsteher traten dann gemeinsam in Erscheinung, wenn es galt, die Interessen der Gemeinde nach außen zu vertreten, unter anderem bei Verhandlungen mit dem Amtmann.

Bauermeister in Hörden:

Erich Bierwerth	1771 / 1775
Christian Friedrich Wehmeier	1843 / 1851
August Wehmeier	1856
Zacharias Barke	1862 / 1885
Heinrich Reinhardt	1892

Vorsteher in Hörden:

Johann Christsoph Wedemeier	1756
Henrich Christian Brakel	1760 / 1761
Hans Henrich Wedemeier	1761
Erich Bierwerth	1775
Stephen Wedemeier	1777 / 1780
Hans Henrich Hendorf	1786 / 1788
Johann Heinrich Hendorf	1788 / 1798
Hans Heinrich Hendorf	1799 / 1813
Heinrich Kahle	1815
Jacob Hendorf	1840
Heinrich Barke	1844
Heinrich Böker	1883

Förster

Im Jahre 1824 wurde das Forsthaus in der Kirchstraße (Kirchstraße 12) gebaut und 1938 an die Familie Schlott verkauft. Am Messweg (Messweg 1) war 1934 ein neues Forsthaus gebaut worden.

Die Förster nahmen eine gehobene gesellschaftliche Stellung ein. Sie waren bei königlichen Beamten und bei Adligen als Paten beliebt. Folgende Förster sind in Hörden aus dem 17. – 19. Jahrhundert bekannt:

Caspar der Förster	1677	
Hermann Mücke	1689 / 1696	
Otto Gärtner	1742	(+ 82 Jahre alt)
Otto Gärtner	1745 / 1756	
Johann Andreas Meienberg	1757 / 1765	
Johann Christoph Rennebom	1767 / 1778	(gehender Förster)
Adolph Rennebom	1787 / 1792	(„ein junger Förster")
Ludolph Rennebom	1800	
Christoph Friedrich Domeyer	1814 / 1822 +	
Friedrich Edel Schröder	1831	
Christian Friedrich Jacobs	1841 / 1846	
Gustav Ferdinand Tourain	1846	
Paul Julius Harry Denicke	1855	
Carl Brandt	1865 / 1868	
Christian Friedrich Jacobs	1871	
Ferdinand Altenthal	1872 / 1881	
Johann Heinrich Gärtner	1886	

Im Jahre 1777 wird Georg Carl Ziegner „Jäger beim Förster Rennebom" genannt. Als „Jäger" taucht er bis 1798 auf, 1801 ist er „Forstbediensteter". Zwischen 1806 und 1836 ist ein Karl Siegener (Abwandlung von „Ziegner") Forstaufseher in Hörden.

> Hörden, den 1. Februar 1873.
>
> **Todesanzeige.**
>
> Verwandten, Freunden und Bekannten die traurige Mittheilung, daß Gott uns unsern lieben theuren Sohn Adolph im Alter von 5 Jahren und 5 Tagen gestern Abend 10 Uhr durch den Tod entriß.
>
> Förster **Altenthal**, und Frau.

Christoph Friedrich Domeyer ist „Chur hannoverscher Förster", Friedrich Edel Schröder „Königlich Hannoverscher Förster".

„Forstaufseher" ist 1857 Heinrich Christian Carl Schomburg, 1865 Heinrich Beushausen. Im Jahre 1896 erhielt der Forstaufseher Peter das Ehrenzeichen für 50-jährige Dienstzeit.

Flurschütze

Der „Flurschütze" oder „Feldhüter" hatte für die Ordnung in der Feldmark zu sorgen. Er stammte aus gutem Grund im Allgemeinen nicht aus dem Dorf, denn er hatte Verstöße zu ahnden.

> *Den 1 Julij (1718) ist der hördische catholische Flurschütze gestorben und den 3 ej. zu Hörden begraben.*

Nicht aus dem Dorf und dann noch katholisch, da brauchte man den Namen nicht zu nennen!

Weitere Flurschützen (soweit bekannt):

Martin Benzeich	1754
Heinrich Jürgen Völks	1756
Adam Georg Schwabe	1763 / 1767 +
Andreas Jürgen Löwenau	1768 / 1772
Johann Joseph Bäsuke	1815
Heinrich Kahle	1836
Heinrich Jacob Dröge	1838

Feldhüter wurden offiziell bestellt und mussten ein Dienstabzeichen führen. Sie hatten das Abhüten von gepachteten Wegen, das Entwenden von Feldfrüchten und Holz, das Befahren verbotener Wege und das Lenken von Wagen über bestellte Äcker und das Vergehen gegen „gemeinheitliche Einrichtungen" sowie Schäden durch unbeaufsichtigtes Vieh unter anderem zu melden. Sie konnten auch Vieh auf fremden Grundstücken pfänden.

Nachtwächter

Der Nachtwächter hatte vor allem dafür Sorge zu tragen, dass die strengen Feuerschutz-Bestimmungen eingehalten wurden. Vorsicht war vor allem beim Umgang mit offenem Licht geboten. In Ställen und Scheunen war deshalb das „Lichthaus" vorgeschrieben, in das die Lampe oder Laterne gestellt werden musste.

Auch für die Wohnhäuser gab es ähnliche Vorschriften. So war es zum Beispiel verboten, den leicht entzündbaren Flachs „herumliegen" zu lassen. Dazu war selbst die Inspektion der Schlafkammer erlaubt. Auch die Tabakspfeifen mussten vorschriftsmäßig gehandhabt werden. Diese strengen Vorschriften werden verständlich, wenn man bedenkt, dass durch Unachtsamkeit das ganze Dorf eingeäschert werden konnte. Die Streife des Nachtwächters war somit eine zusätzliche Schutzmaßnahme. Für ungebetenen Besuch waren die Hunde zuständig.

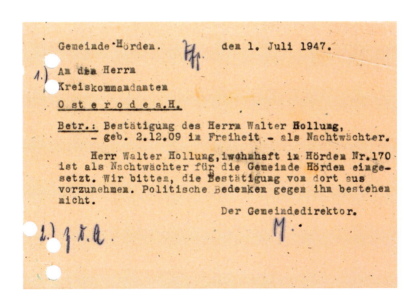

Der letzte Nachtwächter in Hörden war Walter Hollung von 1946 – 1968. Bis 1963 war Walter Hollung zudem Ausrufer der Gemeinde.

Ackermann

Im 18. und 19. Jahrhundert war Hörden vor allem landwirtschaftlich geprägt. Die gesamte Großfamilie einschließlich Großeltern und Kinder war in die Arbeit auf dem Hof eingebunden, jeder hatte seine Aufgaben. Größere Bauernhöfe rekrutierten, insbesondere während der Ernte, aus den Familien, die dem Ackermann verpflichtet waren, Arbeitskräfte. Das konnte zum Beispiel geschehen, wenn der Ackermann das Feld mitgepflügt oder Platz für einen Garten zur Verfügung gestellt hatte. Auch als Gegenleistung für zur Verfügung gestelltes Stroh oder Arbeitsgerät konnte eine solche Verpflichtung bestehen.

In den Kirchenbüchern ist die Zahl der Ackermänner sehr hoch. Der Begriff „Ackerköther" zur Unterscheidung taucht erst in der zweiten Hälfte des 19. Jh. auf. Deshalb ist hier auch noch nicht auf die Verkoppelung eingegangen.

Bei den folgenden Benennungen der Ackermänner, die in den Kirchenbüchern auftauchen, ist zu beachten,
- dass auch auf dem Hof arbeitende erwachsene Söhne als „Ackermann" bezeichnet wurden
- dass Söhne oft den Vornamen ihre Vaters oder Großvaters erhielten und eine Unterscheidung schwer fällt
- dass es, zum Beispiel durch eine frühere Erbteilung, mehrere Familien gleichen Namens gab.

Die folgende Aufstellung soll einen Überblick über die Bauernhöfe im 18. und 19. Jahrhundert in Hörden geben. Durch / getrennt ist die erste und letzte Erwähnung als „Ackermann" im Kirchenbuch festgehalten. Wenn das Todesjahr bekannt ist (+), wird daneben das Alter des Verstorbenen aufgeführt, wenn es zu ermitteln war.

Ackermänner in Hörden:

Barke, Andreas Christian	1755	
Barke, Hennig	1766 / 1768	
Barke, Zacharias	1788	
Barke, Christian	1817	+ 71 Jahre
Barke, Andreas	1819	+ 70 Jahre
Barke, Zacharias	1844 / 1856	
Barke, Jacob	1849	
Barke, Heinrich	1876 / 1887	

Bierwerth, Hans Jürgen	1750	
Bierwerth, Johann Jacob	1756 / 1770	
Bierwerth, Johann Zacharias	1769 / 1779	
Bierwerth, Conrad	1788 / 1792	
Bierwerth, Heinrich Christian	1816	+ 75 Jahre
Bierwerth, Johann Christian	1817	+ 32 Jahre
Bierwerth, Heinrich Conrad	1819	
Bierwerth, Christian	1820 / 1853	
Bierwerth, Karl Friedrich	1845 / 1851	
Bierwerth, August	1851 / 1852	
Bierwerth, Conrad	1857 / 1884	
Bierwerth, Christian	1874 / 1892	
Bierwerth, Heinrich	1884	
Borchert, Hanß Henrich	1758 / 1772	
Borchert, Hans Heinrich	1790	+ 41 Jahre
Borchert, Johann Andreas	1817	+ 62 Jahre
Borchert, Johann Hermann	1821 / 1849	
Borchert, Friedrich	1858 / 1870	
Böttcher, Benjamin	1756 / 1758	
Böttcher, Christian	1787	
Böttcher, Andreas	1794 / 1816	
Böttcher, Christian	1846 / 1847	
Brakel, Hans Henrich	1751	
Brakel, Henrich Christian	1753 / 1760	
Brakel, Johann Conrad	1797	
Brakel, Johann Zacharias	1797	
Brakel, Johann Heinrich	1801	+
Brakel, Heinrich Andreas	1798 / 1895	+ 60 Jahre
Brakel, Johann Heinrich	1828	
Brakel, Heinrich	1858	

Deppe, August	1870 / 1877	
Deppe, Ernst	1871 / 1886	
Deppe, Louis	1879 / 1889	
Deppe, Gustav	1888 / 1891	
Kahle, Hanß Henrich	1758	
Kahle, Johann Jacob	1765	+
Kahle, Johann Andreas	1765	+ (und Halbmeier)
Kunstin, Johann Andreas	1752	
Kunstin, Hanß Caspar	1753	
Kunstin, Andreas Stephan	1757	
Kunstin, Hanß Henrich	1775	
Kunstin, Matthias	1783 / 1786	
Kunstin, Christoph	1790 / 1794	
Kunstin, Christian	1794 / 1797	
Kunstin, Johann Heinrich	1847	
Kunstin, Heinrich	1853 / 1881	
Niemeier, Jacob Christian	1756 / 1759	
Niemeier, Christoph	1773	+ 63 Jahre
Niemeier, Christoph	1792	
Niemeier, Friedrich	1798 / 1820	
Niemeier, Wilhelm	1815	
Niemeier, Heinrich	1877 / 1879	
Niemeier, August	1882	

Oppermann, Henrich	1753 / 1762	
Oppermann, Johann Barthold	1758 / 1777	
Oppermann, Johann Heinrich	1801	+ 39 Jahre
Oppermann, Heinrich Georg	1818	+ 36 Jahre
Oppermann, Johann Christoph	1822	+ 54 Jahre
Oppermann, Andreas August	1846 / 1854	
Oppermann, Conrad	1847	
Oppermann, Andreas Georg	1847 / 1856	
Oppermann, Friedrich	1852 / 1856	
Oppermann, Wilhelm	1853 / 1883	
Oppermann, Georg	1872 / 1877	
Reinhard, Johann Zacharias	1755 / 1757	
Reinhard, Wilhelm	1760 – 1792	
Reinhard, Christian	1774	+ 63 Jahre
Reinhard, Heinrich Jacob	1809	+ 69 Jahre
Reinhard, Christian	1815	
Reinhard, Heinrich Christian	1846	
Reinhard, Conrad	1846	
Reinhard, Jacob	1852 / 1863	
Reinhard, Heinrich	1852 / 1890	
Reinhard, Georg	1877	
Reinhard, Wilhelm	1883	

Ehren-Erklärung.

Die von mir, dem unterzeichneten Schmiedegesellen **Philipp Waßmann** in Hörden gegen den Ackermann Louis **Deppe** in Hörden am 26. December 1898 in der Rögener'schen Gastwirthschaft ausgesprochene Beleidigung nehme ich hiermit zurück.

Hörden, den 8. Februar 1899.

(gez.) **Ph. Waßmann.**

Wehmeier, Johann Andreas	1752 / 1774	
Wehmeier, Hanß Henrich	1753	+ 80 Jahre
Wehmeier, Andreas Jacob	1754 / 1792	
Wehmeier, Caspar	1755 / 1800	
Wehmeier, Johann Christoph	1762	+ 56 Jahre
Wehmeier, Christian	1774 / 1792	
Wehmeier, Hans Heinrich	1791	
Wehmeier, Johann Heinrich	1793	
Wehmeier, Adam	1797 / 1812	
Wehmeier, Christian	1797 / 1822	
Wehmeier, Ernst	1802	+ 62 Jahre
Wehmeier, Christian	1811	+ 31 Jahre
Wehmeier, Ernst	1812	
Wehmeier, Heinrich	1846	
Wehmeier, Christian Friedrich	1844 / 1849	
Wehmeier, August	1850	
Wehmeier, Christoph	1856	
Wehmeier, Georg	1865 / 1879	

Weitere Namen sind mit „Ackermann" benannt, wobei nicht feststeht, ob sie alle in Hörden begütert waren:

Becker, Christian	1771 / 1791	
Beuershausen, Johann Andreas	1759 / 1768	
Böte, Nicolaus	1750	
Böte, Balthasar	1774	
Daak, Heinrich	1867	
Dicks, Matthias	1810	+ 73 Jahre
Diekmann, Heinrich	1850	
Ebbrecht, Hans Jürgen	1759 / 1763	
Gruppe, Conrad	1772	+ 67 Jahre
Müller, August	1878 / 1885	
Rettstadt, Andreas Christian	1761 / 1763	

Heinrich Andreas Christian Pape wird 1852 als „Ackermann und Gypsschläger" bezeichnet. Sein Domizil dürfe demnach bei Aschenhütte gewesen sein.

Ackerköther

Die Unterscheidung zwischen „Ackermann" und „Ackerköther" wird erst im 19. Jahrhundert in den Kirchenbüchern vorgenommen. Es ist aber nicht dargelegt, wie es zu dieser Einordnung kam. Offenbar ackerten die Ackerköther weiter mit Zugtieren, denn daneben gibt es in den Kirchenbüchern noch den „Handköther".

Wenn man Adolf Thimme folgt, so ackerten die „Ackermänner" mit Pferden, die „Ackerköther" aber mit Kuhgespannen.

Als „Ackerköther" in Hörden bezeichnet:

Barke, Heinrich	1880 / 1888
Barke, Gustav	1881
Barke, Zacharias August Jacob	1846 / 1855
Barke, Heinrich Wilhelm August	1854 / 1855
Bierwerth, Heinrich	1874 / 1887
Bierwerth, Heinrich Louis	1878
Bierwerth, Wilhelm	1878 / 1879
Böker, Heinrich	1877 / 1892
Borchert, Heinrich	1861
Böttcher, Christian	1858
Hendorf, Johann Jacob	1851 / 1858
Hendorf, August	1852
Hendorf, Georg	1869
Kunstin, Georg	1876 / 1883
Müller, Carl	1880 / 1889
Niemeier, August	1885 / 1889
Oppermann, August	1865 / 1891
Reinhard, Conrad	1882
Wehmeier, Johann Conrad	1851 / 1858
Wehmeier, Heinrich	1882 / 1891

Anzumerken ist, dass Barke, Zacharias August Jacob 1844 „Ackermann" genannt ist, ebenso Daake, Heinrich 1867. Dabei kann es sich um eine andere Person, um eine Verkleinerung des Hofes oder um ein Versehen in der Eintragung handeln.

Handköther

Der „Handköther" oder „Handkötner" besaß zwar ein Haus und ackerte nicht mit Tieren, sondern ließ sein Feld zum Beispiel von einem Ackermann mit beackern.

Als „Handköther" in Hörden werden genannt:

Böttcher, Johann Heinrich Christian	1897
Brakel, Heinrich Andreas	1847
Koch, Christian	1821

Meier

Es fällt auf, dass der Begriff „Meier" nicht häufig in unseren Kirchenbüchern auftaucht. Es handelt sich beim „Meierland" um Pachtland, hier wohl vor allem um Land, das zur Domäne in Düna gehörte. Pfarrmeier waren Pächter von Kirchenland.

Johann Barthold Oppermann war 1727 „Meier und Ackermann", das heißt, er bewirtschaftete neben seinem eigenen Land auch Pachtland.

Als „Vollmeier" werden in den Kirchenbüchern Henrich Arend Kahle 1766/67 und Heinrich Andreas Wehmeier 1847 bezeichnet.

Halbmeier:	Johann Christoph Wehmeyer	1762
	Johann Andreas Kahle	1762
	Ernst Wedemeier	1763 / 1766
	Johann Jacob Kahle	1766
	Hanß Henrich Borchert	1767
	Friedrich Borchert	1812

Die Begriffe „Kotsaß" oder „Brinksitzer" tauchen jeweils nur einmal auf.

Eine Besonderheit in den Kirchenbüchern soll nicht unerwähnt bleiben. Der Besitzer des Edelhofes in Hörden, Carl Wilhelm Othello Laurentius, wird 1876 „Gutsbesitzer" genannt, 1881 als „Landwirt" bezeichnet, und 1882 ist er nur noch „Rentner".

Knechte

Die Knechte unterschieden sich von den Tagelöhnern dadurch, dass sie in festem Lohn standen und meistens auf dem Hof lebten und wohnten, das heißt, sie nahmen auch an den Mahlzeiten der Familie teil.

In den Kirchenbüchern wird unterschieden zwischen „Ackerknecht" und „Dienstknecht". Während der Ackerknecht vor allem Arbeiten auf dem Feld verrichtete, arbeitete der Dienstknecht in erster Linie im Haus, Hof und Stall. Es fällt allerdings auf, das „Dienstknechte" erst im 19. Jahrhundert neben den „Ackerknechten" benannt werden.

Ackerknecht

Bierwerth, Conrad August	1855 / 1858
Bierwerth, Wilhelm	1892
Borchert, Georg Heinrich	1819 / 1822
Brakel, Johann Heinrich Conrad	1847
von Daak, Johann Heinrich Georg	1815
Diekmann, Ludwig	1864
Dix, Friedrich	1888
Dräge, Christian Friedrich Wilhelm	1815
Grobecker, Zacharias	1815 / 1847
Koch, Carl	1853
Müller, August	1866
Spilner, Ernst	1820
Wehmeier, August	1881 / 1883
Wehmeier, Christoph	1815
Weise, Heinrich	1888

Bei Conrad August Bierwerth steht 1855 vermerkt: „genannt Müller". Da ist es schon erstaunlich, dass 1866 tatsächlich ein August Müller als Ackerknecht auftaucht. Vermutlich ist der Name, der auf seinen ursprünglichen Beruf hinweisen könnte, zum Familiennamen geworden.

Im Jahre 1761 ist Andreas Christoph Barke als „Landarbeiter" bezeichnet. Diese Bezeichnung kommt sonst nicht weiter vor.

Die Namen „Ackerknecht" und „Dienstknecht" scheinen auch nicht stringent getrennt voneinander gebraucht worden zu sein, denn Georg Heinrich Borchert ist 1819 und 1822 „Ackerknecht", 1821 aber „Dienstknecht" genannt, ähnlich Karl Koch.

Dienstknecht

Borchert, August	1853
Borchert, Georg Heinrich	1821
Brakel, Heinrich	1854
Diekmann, August	1868 / 1869
Koch, Karl	1847
Kunstin, August	1853
Lohrengel, Jacob	1852 / 1860
Minne, August	1882
Peter, Christian Friedrich	1853
Rettstadt, August	1864
Schwarz, Heinrich Christian	1848
Wehmeier, Wilhelm	1868

Dann wird 1852 noch der „Fuhrknecht" August Schaper genannt.

Hirten

Das Hirtenhaus, heute „Am Edelhof 1 / 3", ist nach Abriss und etlichen Umbauten als solches nicht mehr zu erkennen. Es war ursprünglich erheblich kleiner, hatte kein Stockwerk und beherbergte dennoch zwei Hirten-Familien. Die Hirten wurden von der Gemeinde angestellt. Wer Tiere in ihre Herde schickte, hatte eine Abgabe an die Gemeindekasse zu entrichten. Diese Abgabe konnte auch aus Naturalien oder Arbeitsleistungen bestehen.

Der Kuhhirte war im Allgemeinen der „Gemeindehirte", der Schweinehirte wurde auch „Schweens" genannt. Der Schäfer war der Schafhirte und schlief, wenn die Tiere ausgetrieben waren, in seinem Schäferkarren bei der Herde.

Kuhhirte

Möhle, Hanß Michel	1753 / 1759	
Kremsen, Johann Heinrich	1760 / 1767	
Kempf, Andreas Heinrich	1773 / 1774	
Borchert, Andreas	1781 / 1802	
Spilner, Christian	1816	+ 63 Jahre
Spilner, Carl	1818	
Wenzel, Johann Friedrich Gottlieb	1823 / 1824	
Reuter, Heinrich Jacob	1844 / 1855	
Reuter, Heinrich	1896 / 1899	

Den 2. August 1753 ist der Wittwer Martin Förster, Kuhhirte in Förste, seel. Jobst Försters, Kuhhirte zu Gittelde Sohn, mit Dorothee Sophie Möhlen, Kuhhirtens in Hörden Hanß Möhlen Tochter, zum zweyten mahl copuliret worden.

Schweinehirte

Hofmann, Lorentz	1664
Nuß, Johann Carl	1751
Borchert, Johann Andreas	1767 / 1783
Böker, Jacob	1788 / 1798
Dröge, Johann Casper	1813 / 1814
Ernst, Heinrich Andreas	1823
Rettstadt, Andreas	1841 / 1845

Schafhirte

Wehmeier, Andreas	1728	
Spilner, Henrich Andreas	1758	
Riechel, Conrad	1769	
Ernst, Andreas	1778 / 1814	+ 58 Jahre
Fiedler, Christoph	1787 / 1800	
Brakel, Bartholomäus	1796	+ 79 Jahre
Brenneke, Johann Conrad	1797	+ 70 Jahre
Spillner, Johann Conrad	1810	
Ernst, Heinrich Andreas	1823	
Kunstin, Andreas Jacob	1830	
Brenneke, Jacob Georg	1846	
Reinhard, Wilhelm	1850 / 1886	

Es ist durchaus möglich, dass es mehr als eine Schafherde im Dorf gab. So dürfte der Edelhof eine eigene Schafherde gehabt haben.

Im Jahre 1936 bestand noch eine Weide-Genossenschaft in Hörden, denn es heißt in einer Mitteilung:

Am 23. November kehrten die Schafe von der Weide zurück.

Schäferkarren

Neben den genannten Hirten ist 1823/24 ein Ziegenhirte Johann Friedrich Gottlieb Wenzel erwähnt, und 1847 der „Gehülfe des Gänsehirten", Andreas Friedrich Kahle, mit 55 Jahren gestorben.

Die Kühe wurden auf den Triften, das waren breite Schneisen, an den Rändern häufig von kleinen Erdwällen begleitet und noch heute zwischen Uehrde und Dorste gut erhalten, in die Hudewälder getrieben. Dort wurden sie auf dem „Kuhlager" gemolken. Sie fraßen die Blätter der Bäume bis zu der Höhe ab, die sie erreichen konnten. Es gab in diesen Hudewäldern deshalb kein Unterholz.

Schweine wühlen gerne, deshalb mussten die Hirten darauf achten, dass sie nur auf Flächen weideten, die zum Ackern nicht geeignet waren. Im Herbst wurden sie zur Eichelmast in den Wald getrieben.

Schafe weideten bei uns bevorzugt im Siebertal. Abends blieben sie entweder auf vorher bestimmten Feldern in der Hürde, um im Nachtlager das Feld zu düngen, oder wurden in den Stall getrieben.

Ziegen, die „Kühe des kleinen Mannes", waren bei der Obrigkeit recht unbeliebt, da sie unkontrolliert alles Grün abfraßen. Deshalb war ihre Zahl zeitweise eingeschränkt.

Der Straßenname „Im Gänsewinkel" zeigt an, wo die Gänse gemeinhin den Tag verbrachten. (Siehe dazu auch in „Hörden Teil 2".)

Schmied

Die Schmiede war ein besonderer Ort im Dorf. Sie war Neuigkeitenbörse und allgemeiner Treffpunkt, sie diente dem Meinungsaustausch und der Information. Sie war eine reine Männer-Domäne. Nebenher wurde hier Dorfpolitik gemacht. Und das alles umsonst!

In Hörden gab es schon im 18. Jahrhundert zwei Schmieden. Da war einmal die Schmiede Wedemeier oder Wehemeier oder Wehmeier. Sie stellte von etwa 1750 bis 1890 einen Schmiedemeister, häufig auch den „Amts-Schmiedemeister" des Amtes Herzberg, und war damit auch zuständig für das Vorwerk auf Düna.

Die andere Schmiede geht auf die Familie Kahle zurück. Im Jahre 1770 übernahm Christian Kahle die Schmiede des verstorbenen Christoph Helwing, und bis 1819 blieb die Schmiede in der Hand der Familie Kahle.

Schmiede in Hörden:

Helwing, Christoph	1769	+ 44 Jahre
Kahle, Christian	1770 / 1792	+ 47 Jahre
Kahle, Christian	1792 / 1804	
Kahle, Johann Heinrich	1802 / 1819	+ 44 Jahre
Kahle, Johann Heinrich	1841	
Wedemeier, Johann Zacharias	1755	
Wehmeier, Johann Christoph	1756	
Wedemeier, Henrich Ernst	1762	
Wehmeier, Johann Zacharias	1770	+ 42 Jahre
Wedemeier, Christoph	1771 / 1780	
Wehemeier, Johann Zacharias	1774 / 1792	
Wedemeier, Jacob	1786 / 1791	
Wehmeier, Christoph	1791 / 1804	
Wehmeier, Johann Jacob	1792 / 1796	+ 36 Jahre
Wehmeier, Christian Friedrich	1817 / 1821	
Wehmeier, Heinrich	1840 / 1852	
Wehmeier, Heinrich	1870 / 1886	

Im 19. Jahrhundert wechseln die Namen der „Schmiede Kahle" häufig, wobei dennoch festzustellen ist, dass die Schmiede ständig in Betrieb war.

Oppermann, Conrad	1846
Beurshausen, Henrich Andreas	1849
Bierwerth, Andreas Jacob	1851
Dieterich, Johann Georg Wilhelm	1851
Hendorf, Georg	1852
Diederich, Georg	1854
Hendorf, Carl Friedrich	1855
Beurshausen, Heinrich	1870
Reinhard, Wilhelm	1881
Bierwirth, Heinrich	1886
Kirbach, Heinrich	1888 / 1892

Oft werden die Schmiede auch „Hufschmied" genannt, nur je einmal „Grobschmied" (Christoph Wedemeier 1771) und „Klingenschmied" (Johann Georg Wilhelm Dieterich 1851).

Ernst Reinhardt 1980

Rademacher

Der „Rademacher", später „Stellmacher" und in Süddeutschland „Wagner", war ein Handwerker, der Räder, Wagen und landwirtschaftliche Geräte aus Holz herstellte. Diese Namen gehen auf ursprünglich unterschiedliche Berufe zurück. So fertigte der <u>Stellmacher</u> das „Gestell" eines Wagens oder einer Kutsche, heute würde man vielleicht „Karosserie" sagen, der <u>Rademacher</u> aber die „Räder".

Der Beruf des Rademachers taucht 1766 erstmals in Hörden auf. Der Übergang von der Bezeichnung „Rademacher" zu „Stellmacher" ist fließend und begann nach 1850.

Offenbar hat es hier zwei dieser Werkstätten gegeben, die vorwiegend von den Familien Reuter und Reinhard über Generationen betrieben wurden. Vorläufer der Reinhard'schen Werkstatt dürfte die der Familie Goedecke gewesen sein.

Goedecke, Hans Ernst	1770	
Goedecke, Christian	1770	
Goedecke, Andreas	1772	
Goedecke, Hanß Henrich	1770 / 1792	+ 57 Jahre
Reinhard, Johann Zacharias	1795 / 1827	
Reinhard, Johann Henrich	1819	
Reinhard, Jacob	1821 / 1845	
Reinhard, Jacob Wilhelm August	1845 / 1861	
Reinhard, Conrad	1843 / 1854	
Reinhard, Carl	1876 / 1885	
Reuter, Johann Otto	1745 / 1766	
Reuter, Christian	1774 / 1790	
Reuter, Johann Otto	1804	
Reuter, Johann Henrich Christian	1769 / 1807	+ 70 Jahre
Reuter, Johann Heinrich Jacob	1813 / 1821	
Reuter, Andreas	1854	
Reuter, Heinrich	1879	
Reuter, Georg	1879	
Reuter, Carl Conrad Wilhelm	1890	
Bierwerth, Johann Henrich	1798 / 1799	
Bierwerth, Johann Erich	1806	+ 70 Jahre

Tischler, Schneider und Schuster

Weiter war das Handwerk in Hörden durch Tischler, Schneider und Schuster vertreten. Teilweise handelte es sich dabei ebenfalls um Meister-Betriebe. Es ist auch hier festzustellen, dass die Werkstätten, wenn möglich, in der Familie weitergegeben wurden, manchmal an die Schwiegersöhne.

„Schuhmacher" und „Schuster" sind gängige Bezeichnungen für ein und denselben Beruf. Schon früh trennte sich der Beruf des Gerbers, der das Leder herstellte, von dem des „Lederverarbeiters" oder „Lederschneiders", der das Schuhwerk herstellte.

> Ein Sohn rechtlicher Eltern, welcher Lust hat, die **Schuhmacherei** zu erlernen, kann sofort oder später bei mir in die Lehre treten.
> **Carl Peter,**
> Hörden.

Schuhmacher

Lufft, Johann Christian	1788 / 1817	+ 64 Jahre
Beyer, Johann Christian	1821 / 1847	
Schlott, Christian Georg	1844 / 1850	
Diekmann, Georg	1868 / 1888	
Koch, Heinrich	1870 / 1887	
Peter, Carl	1881 / 1887	
Rettstadt, Wilhelm	1884 / 1890	

> Diejenigen **Forderungen** meines verstorbenen Mannes, des Schuhmachers H. **Deppe**, welche bis zum 20. **September 1899** nicht entrichtet sind, werden durch Herrn Mandatar **Brakel** hierselbst eingezogen.
> **Wwe. Louise Deppe.**

Tischler

Die „Tischler" oder „Schreiner" spalteten sich im 14. Jahrhundert von den „Zimmerleuten" ab. Der Name „Tischler" leitet sich von „Tisch" ab. Unter einem „Tisch" verstand man ursprünglich eine „Kiste". Deshalb wurde der Tischler in manchen Gegenden auch „Kistler" genannt. Der Name „Schreiner" ist eine Ableitung von „Schrein". Darunter verstand man eine Truhe, einen Schrank oder einen Sarg.

Tischler hatten gegenüber anderen mit Holz arbeitenden Berufen das Recht, Hobel als Werkzeug und Leim als Verbindungsmittel zu nutzen. Nur der Tischler durfte Fenster, Türen, Möbel, Wand- und Deckenvertäfelungen herstellen.

Weise, Gottlob	1798 / 1824	
Weise, Gottlieb	1803 / 1852	
Minde, Andreas Heinrich Hartwig	1832	
Minde, Ludwig	1844 / 1865	
Minde, Johann Georg	1806 / 1850	+ 80 Jahre
Minde, Andreas	1856	
Minne, Georg	1803	
Minne, Wilhelm	1875 / 1889	
Minne, Heinrich	1877	
Minne, Albert	1881 / 1888	
Bierwerth, Conrad	1871 / 1890	
Rettstadt, August	1878	

Schneider

Aufgabe des Schneiders war es, Textilien zur Bekleidung zu verarbeiten. Das Handwerkszeug des Schneiders ist von alters her: Nadel, Faden, Schere und Bügeleisen, im 19. Jahrhundert zunehmend die Nähmaschine.

Der Schneider verdankt seinen Namen seinem Werkzeug, der Schere, mit der er die Textilien „schneidet".

Schneider in Hörden:

Kunstin, Johann Jürgen	1755 / 1782	
Kunstin, Hanß Henrich	1756 / 1766	
Kunstin, Hans Jürgen	1766 / 1808	+ 74 Jahre
Kunstin, Johann Georg	1782 / 1792	
Kunstin, Johann Georg	1834	
Kunstin, Heinrich	1844 / 1852	
Bierwerth, Heinrich Andreas Jacob	1848 / 1855	
Bierwerth, Heinrich August Christian	1853	
Bierwerth, Heinrich	1885	
Bierwerth, Friedrich	1892	
Möhle, Christian Friedrich	1796	+
Möhle, Johann Friedrich	1795 / 1816	
Möhle, Christian Friedrich	1799 / 1831	+
Beurshausen, Ernst	1773	
Beushausen, Heinrich Andreas	1849 / 1860	
Beurshausen, Johann Ernst	1868 / 1873	
Kahle, Hanß Henrich	1791 / 1797	
Oppermann, Conrad	1844 / 1850	
Hendorf, Georg	1852 / 1869	

Zimmermann

„Zimmermann" ist ein Beruf des Holzbau-Gewerbes. Während der Zimmermann heute den Dachstuhl des Hauses nach vorgegebener Zeichnung richtet (Richtfest), war er früher beim Fachwerkhaus für die gesamte Konstruktion verantwortlich.

In vielen Dörfern ist der „Zimmerplatz" bekannt, wo die Balken nach Vorgabe des Zimmermanns gesägt und zugeschnitten wurden. Auf dem Bauplatz wurden sie dann zusammengefügt. Der Name „Zimmermann" ist abgeleitet von althochdeutsch „zimbar = Bauholz".

Der Beruf des Zimmermanns taucht in den Hördener Kirchenbüchern erstmals um 1850 auf:

Kunstin, Conrad	1852 / 1888
Kunstin, Heinrich	1877 / 1895
Barke, Heinrich	1863 / 1881
Barke, Wilhelm	1888 +
Barke, Wilhelm	1892
Schulze, Wilhelm	1877 / 1888
Reinhard, Heinrich	1882 / 1886

Seiler

Die Seiler im 18. und 19. Jahrhundert verwendeten zur Herstellung von Seilen und Tauen Naturfasern wie Hanf und Flachs. Einzelne Fasern wurden zu Fäden zusammengefügt, die verdreht wurden. Aus mehreren Fäden wiederum wurde ein Seil gedreht.

An der Küste geschah das in größerem Stil auf den „Reeper-Bahnen".

Seiler in Hörden:

Knorre, Johann Gottfried	1761 / 1773	+ 66 Jahre
Knorre, Johann Christian	1772	+ 32 Jahre
Kettler, Friedrich	1808 / 1822	

Leineweber

Als Beruf taucht der „Leineweber" gehäuft erst in der zweiten Hälfte des 18. und in der ersten Hälfte des 19. Jahrhunderts auf. Zwar stand auch vorher schon in manchem Haus ein Webstuhl, aber die Arbeit wurde vor allem von den Frauen für den Eigenbedarf verrichtet. Mit Beginn des Industrie-Zeitalters wuchs der Bedarf an Leinen enorm, und es kam zu einer neuen Arbeitsteilung: Die Frauen ans Spinnrad, die Männer an den Webstuhl!

Die Vielzahl der Namen zeigt an, in wie vielen Häusern der Webstuhl tätig war und zum Broterwerb beitrug:

Barke, Zacharias	1800 / 1808	
Barke, Johann Jacob	1815	
Barke, Georg Wilhelm Friedrich	1853	
Berkefeld, Zacharias	1846	
Beurshausen, Johann Andreas	1809	
Beushausen, Heinrich Andreas	1806 / 1815	
Bierwerth, Johann Heinrich	1776 / 1792	+ 61 Jahre
Bierwerth, Johann Heinrich	1792 / 1795	
Bierwerth, Christian	1793 / 1805	
Bierwerth, Jacob	1848 / 1851	
Bierwirth, Johann Heinrich Christian	1797 / 1856	
Bode, Johann Heinrich	1811 / 1822	
Böker, Johann Heinrich Andreas	1846	
Böker, Heinrich August Ludwig	1846 / 1848	
Böker, Heinrich	1856 / 1872	
Böttcher, Johann Andreas	1760 / 1763	
Böttcher, Johann Christoph	1757	
Böttcher, Ernst Christoph	1763	
Brenneke, Georg	1850	
Christ, Hinrich	1790	
Ernst, Christoph	1763 / 1765	+ 81 Jahre
Famme, August	1848	
Gruppe, Julius	1846 / 1850	
Gunkel, Andreas	1845	
Hartmann, August	1845 / 1847	
Kahle, Heinrich	1845	
Koch, Johann Friedrich	1790 / 1791	
Kunstin, Johann Heinrich	1788	+ 30 Jahre
Mönnich, Just Heinrich	1849 / 1856	
Oppermann, Andreas	1792 / 1816	
Oppermann, Heinrich	1845	
Oppermann, Wilhelm	1845	
Reinhard, Zacharias	1795 / 1804	
Reinhard, Jacob	1845 / 1847	
Rettstadt, Johann Andreas	1802 / 1812	
Rettstadt, Andreas	1852	
Spilner, Jacob	1845	
Spilner, Christian	1848 / 1856	
Steuerwald, Wilhelm	1852	

Wehmeier, Johann Wilhelm   1808 / 1810
Wehmeier, Christoph   1846
Wehmeier, Wilhelm   1847 / 1848

Maurer

Zu der Benennung „Maurer" in den Kirchenbüchern, und diese Bezeichnung ist oft angegeben, ist folgendes zu sagen: Die Vielzahl der hier genannten Maurer zeigt schon an, dass sie unmöglich allein hier oder auch nur in der Region tätig waren, denn in anderen Dörfern am Harzrand sah es ähnlich aus.

Diese Maurer waren die ersten Gastarbeiter, die im Frühjahr in kleinen Trupps, bevorzugt ins Ruhrgebiet, zogen und erst im Herbst zurückkamen. Viele waren unverheiratet, und manche blieben schließlich auch in der Fremde. Das zeigt sich unter anderem daran, dass sie nur ein-, höchstens dreimal im Kirchenbuch als Paten auftauchen. Für die, die dennoch immer wieder zurückkehrten, weil sie hier Frau und Familie hatten, musste das Verdiente und das, was von der Frau und den Kindern erwirtschaftet war, bis zum nächsten Jahr reichen. Um dieses Budget aufzubessern, setzte sich mancher der Männer im Winter an den Webstuhl.

Als Maurer in Hörden genannt:

Barke, Conrad	1870 / 1877
Barke, Christian	1876
Beurshausen, Wilhelm	1862 / 1876
Böcker, Hans Jürgen	1754
Böcker, Heinrich	1857 / 1872
Brakel, Ludwig	1860 / 1861
Brakel, Gustav	1871 / 1886
Brakel, Wilhelm	1872
Brakel, Ludwig	1874 / 1887
von Daake, Ernst	1868 / 1872
Deppe, Christian	1850
Diekmann, Wilhelm	1884 / 1891
Fiedler, Karl	1867 / 1876
Fiedler, Ernst	1871
Grupe, Heinrich	1848 / 1851
Grupe, Wilhelm	1863
Grupe, Julius	1863 / 1869
Koch, Johann Friedrich	1793 / 1797
Koch, Friedrich	1800 / 1835
Koch, Andreas	1845
Koch, Wilhelm	1846 / 1848
Koch, Heinrich	1862 / 1872
Koch, Conrad	1868 / 1878
Koch, Georg	1877 / 1884
Koch, Heinrich	1878 / 1883
Minde, Jacob	1845 / 1861
Minne, August	1875 / 1891
Minne, Heinrich	1876
Minne, Wilhelm	1877 / 1886
Niemeier, Heinrich	1853 / 1855
Niemeier, August	1860
Oppermann, Heinrich	1871 / 1874
Oppermann, Heinrich	1882 / 1886
Peter, Heinrich	1853
Peter, Theodor	1854 / 1863
Peter, Heinrich	1873 / 1877
Peter, Heinrich	1890

Schlott, August	1869 / 1872
Schlott, Conrad	1881
Wedekind, Carl	1875 / 1880
Wehmeier, Friedrich	1877
Wehmeier, Heinrich	1887

Friedrich Koch wird 1835 als „Maurermeister" bezeichnet.

Waldarbeiter

Bis in das 19. Jahrhundert hinein waren die Bauern dienstpflichtig und hatten auch im Wald Hand- und Spanndienste zu leisten. Mit der Ablösung dieser Dienste entfielen diese Arbeitskräfte in der Forst. Es mussten neue feste Arbeitskräfte eingestellt werden. Damit war der Beruf des Waldarbeiters oder Holzhauers, gegen Ende des 19. Jahrhunderts auch „Forstarbeiter", geboren.

In Hörden war es vor allem die Familie Grüne(n)berg, deren Familienmitglieder zur Arbeit in den Wald zogen.

Grünenberg, Heinrich	1845 / 1852
Grünenberg, Ernst	1851
Grünenberg, Karl	1851 / 1866
Grünenberg, Heinrich Carl	1853
Grünenberg, Wilhelm	1854 / 1865
Grünenberg, Carl	1888 / 1892
Grünenberg, Louis	1890
Kettler, Johann Heinrich	1792
Jahn, Johann Christian	1806 / 1809
Famme, Christian Friedrich	1845
Barke, Andreas	1847 / 1861
Schulze, Conrad	1847 / 1862
Peter, Heinrich Christian Friedrich	1850
Peter, Andreas	1850 / 1879
Spilner, Conrad	1862

Handarbeiter und Tagelöhner

Eine Vielzahl der Hördener Einwohner gehörte im 18. und 19. Jahrhundert zu den Tagelöhnern und Handarbeitern.

Der Tagelöhner war ein ungelernter Arbeiter und wurde nach der Zahl der Tage entlohnt, an denen er gearbeitet hatte – im Gegensatz zum Knecht, der ein festes Jahresgehalt erhielt. Der Tagelöhner war meist ein Mitbewohner oder Mieter im Haus seines Arbeitgebers. Er arbeitete stets für den gleichen Herrn.

Der Handarbeiter arbeitete da, wo es für ihn Arbeit gab. Er arbeitete für Tagelohn und hatte kein eigenes Land, wohl aber meistens ein eigenes Haus. Man nannte ihn deshalb auch „Häusling".

Dann gab es noch den „Ziegenbauern", der eigenes Land besaß und einige Ziegen hielt. Die kosteten kaum etwas und wurden manchmal als Zugtiere vor kleineren Wagen eingesetzt.

Andere in den Kirchenbüchern genannte Berufe

Neben den genannten tauchen noch weitere Berufe der Hördener Einwohner in den Kirchenbüchern auf. Genannt seien hier:

Büttner	Andreas Rettstadt	1844 / 1848
	Conrad Grünenberg	1868 / 1882
Eimermacher	Heinrich Schaper	1868 / 1886
	Karl Minne	1883
Handelsmann	Heinrich Berkefeld	1886 / 1889
Sattler	Wilhelm Reinhard	1867 / 1885
Hokenhändler	Conrad Niemeier	1852
	Friedrich Kallert	1853 / 1872

Ein besonderes Denkmal setzte der Pastor dem 1807 mit 50 Jahren verstorbenen Heinrich Christian Bierwerth. Er nennt für ihn als Beruf erstmals: „Hausschlachter"! - Ehre sei allen ihm folgenden Hausschlachtern!

Von der Ziegelei in Hörden ist aus dem 19. Jahrhundert das Folgende bekannt:

Hörden, den 20. Mai 1893.

Geschäfts-Eröffnung.

Einem verehrlichen Publicum theile ich hierdurch ergebenst mit, daß ich die von meinem Vorgänger Herrn **Louis Deppe** in **Hörden** betriebene

Ziegelei

käuflich übernommen habe und bitte ich ein verehrtes Publicum mich bei allen in dieses Fach schlagenden Artikeln gütigst berücksichtigen zu wollen. Für gute und preiswerthe Waare leiste Garantie.

Gleichzeitig bringe ich mein reichhaltiges Lager von **frischem Kalk** in empfehlende Erinnerung.

Hochachtend!

Hermann Spicher.

Belohnung.

Da meine Waaren als schlecht in aller Welt ausgerufen werden, so sichere ich Demjenigen

50 Mark Belohnung

zu, der mir eine Persönlichkeit bringt, die ich darüber gerichtlich belangen kann. Ich richte deshalb an meine werthen Kunden die Bitte, bei vorkommendem Bedarf von Ziegelei-Waaren, sich nicht an den früheren Ziegeleipächter **Louis Deppe** und den früheren Brennmeister **Heinrich Borchert** zu wenden, sondern an mich selbst.

Hörden, den 7. Mai 1894.

Hermann Spicher,
Ziegeleibesitzer.

Ziegelei-Verkauf.

Im Auftrage des Herrn Ziegeleibesitzers **Hermann Spicher**, jetzt wohnhaft zu **Braunschweig**, werde ich die demselben gehörende Grundstücke:

1) das Wohnhaus №. 60 nebst **Ziegelei** mit sämmtlichem Zubehör,
2) etwa 5 Morgen Ackerland,

unter den im Termin näher bekannt zu machenden Bedingungen,
am 14., 18. und 21. September,
in der **Spicher**'schen Gastwirthschaft hierselbst, öffentlich meistbietend verkaufen.

Hörden, den 12. September 1895.

Reinhardt,
Gemeindevorsteher.

Ziegelei- und Länderei-Verkauf.

Auf freiwilligen Antrag des Herrn Ziegeleibesitzers **Hermann Spicher** in **Hörden** sollen

dessen Ziegelei mit allem Zubehör, sowie sämmtliches Land und Wiesen,

verkauft werden und ist
2. Termin
Sonnabend, den 15. d. Mts.,
3. Termin
Sonnabend, den 22. d. Mts.,
Abends 8 Uhr,
im Spicher'schen Gasthause in Hörden angesetzt.

1894

Bekanntmachung.

Von jetzt ab sind bei mir

Ziegel, Backsteine,

Kalk u. s. w.

zu billigen Preisen zu haben.

Hörden, den 14. Mai 1895.

Ernst Deppe.

„Ziegeler" auf der Ziegelhütte zwischen Düna und Papenhöhe war 1663 Barhold Rettstadt, Ziegelarbeiter 1886 Heinrich Borchert.

Neue Berufe

Im 19. Jahrhundert tauchen auch neue Berufe in Hörden auf. Der Chaussee- und Eisenbahnbau gab auch Hördenern eine Arbeit. Den Anfang machte beim Chausseebau 1860 August Beuershausen, gefolgt von August Koch 1870 und Conrad Steuerwald 1872 als Chaussee-Arbeiter. August Spillner wird 1883 als Chaussee-Vorarbeiter und Theodor Beushausen 1890 als Chaussee-Aufseher bezeichnet.

In den Eisenbahndienst trat 1871 Johann Christian Günther als Eisenbahnwärter im Bahnwärterhaus. Heinrich Bierwirth war 1873 „Gehülfs-Bahnwärter" und stieg 1877 zum „Bahnwärter" auf. Als „Bahnwärter" genannt wurde 1883 Wilhelm Spillner, als „Hülfsbahnwärter" 1886 Georg Koch und August Bierwirth sowie 1888 Wilhelm Bierwirth. Anno 1884 und 1888 wird August Spillner, 1885 und 1891 Wilhelm Beuershausen als „Stationsarbeiter" bezeichnet.

Nur wenige Hördener arbeiteten nicht im Dorf. Im Jahre 1857 wurden August von Daake und Louis Oppermann als Müllerburschen genannt, die in einer der Herzberger Mühlen arbeiteten.

Aschenhütte

Die „Aschenhütte" spielte im 18. und 19. Jahrhundert eine besondere Rolle, beginnend mit Johann Jacob Pape, der zwischen 1750 und 1757 als „Kalkmüller" bezeichnet wird. Er starb 1779.

Der „Hausberg" an der Aschenhütte wurde zu Beginn des 13. Jahrhunderts „Kalkberg" genannt (Siehe Hörden Teil 1). Der Name änderte sich erst in „Hausberg", als eine Burg auf den Berg gebaut worden war.

An diesem „Kalkberg" wurde mindestens ab dem 17. Jahrhundert Kalk / Gips gebrochen. Die großen Brocken wurden zerschlagen (Gypsschläger) und dann in einer Mühle zermahlen, die von einer Ableitung der „Kleinen Steinau" angetrieben wurde. Das zermahlene Gestein wurde schließlich in Brennöfen gebrannt.

Vom heutigen Tage ab ist bei mir

Gyps,

pro Hectoliter = 100 Kilo, à 80 Pfennig, zu haben. Bei Abnahme von 100 Hectoliter 5 Mark Rabatt.

1895

Conrad Pape,
Aschenhütte bei Herzberg.

Hanß Henrich Pape	1708 / 1714	
Johann Jacob Pape	1751 / 1779 +	
Heinrich Pape	1769	Gypsbrenner
Johann Christian Pape	1781 / 1786	
Johann Christian Pape	1825	Kalkbrenner
August Wilhelm Pape	1827	Kalkbrenner und Oelmüller
Conrad Oppermann Ackermann	1846	Kalkbrenner und
Andreas Louis Oppermann	1870	Sägemüller
Louis Oppermann Lüderholz	1874 / 1892	Mühlenbesitzer zu
Heinr. Andr. Christian Pape	1852	Gypsschläger u. Ackerman
Heinrich Pape	1852	Gypsmüller
Conrad Oppermann	1865	Gastwirt und Ackermann

Die unterschiedlichen Arbeitsgänge bei der Gips-Gewinnung führten auch zu unterschiedlichen Berufsbezeichnungen der Unternehmer in diesem Bereich. Schließlich waren sie auch noch Ackermänner und spätestens ab 1850 auch Gastwirte.

Zeitweise war Gips unter anderem als Fußboden-Belag oder Wandverstrich begehrt. Wenn die Mühle nicht ausgelastet war, konnte sie umgerüstet werden und war Oel- oder Sägemühle.

Es heißt 1714, dass Hanß Henrich Papen Tochter Rebecca Maria „in Aschenhause" geboren wurde. Dieser Hinweis im Kirchenbuch bedeutet, dass noch im 18. Jahrhundert hier Asche verhüttet wurde.

Das bestätigt auch der Eintrag, dass der Ackermann Andreas Christian Baake am 31. Mai 1755

„... als er ... Asche nach dem Clausthal hat wollen fahren, auf der Aschenhütte vom Schlage gerühret und plötzlich gestorben ..." sei.

Noch zu erwähnen: Im Jahre 1854 heiratete Heinrich Oppermann eine geborene Pape.

Mühlen-Verkauf.

Die dem weiland Müller **Louis Oppermann** gehörende, an der Chaussee Herzberg-Osterode zu **Lüderholz** belegene

Gyps- u. Mahl-Mühle

soll sofort unter der Hand verkauft werden.

Kaufliebhaber wollen sich an den Unterzeichneten wenden.

Hörden, den 14. April 1899.

H. Reinhardt,
Vormund.

„Zurück auf Anfang!"

Der erste Band der Hördener Chronik ist 1984 erschienen. Seitdem habe ich in Sachen „Heimatforschung" dazu gelernt. Nach vielen Jahren der Recherche und im Umgang mit der Orts- und Flurnamen-Forschung unter anderem muss ich einige der in Band 1 „Hörden im Wandel der Zeit" geäußerten Vermutungen revidieren.

Die erste urkundliche Erwähnung von Hörden am Harz ist **nicht** in der Urkunde Ottos aus dem Jahre 952 zu sehen. Mit dem darin genannten „Heristi" ist inzwischen unbestritten „Harste" bei Göttingen gemeint.

Im „Urkundenbuch der Stadt Goslar V" ist jedoch eine Urkunde aus dem Jahre **1367** zu finden, in der ein „Hinrike van Hornde" genannt ist. Das ist die derzeit älteste bekannte Erwähnung von „Hörden am Harz". Auch im „Urkundenbuch der Stadt Göttingen" taucht 1368 unser „Hornde" auf.

Prof. Jürgen Udolph folgend sehe ich den Ortsnamen als „Ort, wo es sumpfig, morastig ist".

Die Zeitstellung 1367 ist auch deshalb schlüssig, weil in der Erbteilung von 1337 Herzog Wilhelm den „kalcberch" erhielt, um darauf ein „Haus", eine Burg zu bauen. Herrenhaus und Siedlung in Düna waren einige Zeit vorher zerstört und aufgegeben worden.

Die neue Burg benötigte zur Versorgung ein Vorwerk. Und dieses Vorwerk der Burg auf dem „Hausberg / Burgberg" entstand da, wo heute noch der „Edelhof" von Hörden liegt.

Der Ort Hörden dürfte sich dann in der zweiten Hälfte des 14. Jahrhunderts allmählich unterhalb des „Edelhofes" zu einem Dorf in den auf Seite 78 aufgezeigten Grenzen entwickelt haben.

Das Dorf wurde mit einer Hecke aus Schlehe, Weißdorn, Brombeere und Heckenrose sowie anderen stacheligen Sträuchern umhegt. Da, wo die heutige „Kirchstraße" und die „Mittelstraße", als die Durchgangsstraße früher „Dorfstraße" genannt, die Umhegung unterbrechen, befanden sich die mit „Klappen" versehenen Durchlässe. So konnte das Dorf gut verteidigt werden, zudem verhinderten diese Maßnahmen das Entweichen der frei laufenden Stalltiere. Die „Klappen" waren einfache Holztore, die von Erwachsenen leicht geöffnet und geschlossen werden konnten.

Wilhelm Beuershausen hatte sich in den 1930-er Jahren mit der Geschichte von Hörden auseinandergesetzt. Ob seine Angaben zutreffen, muss offen bleiben. Er hat nicht angegeben, woher seine Angaben stammen. In der 1909 begonnenen Schulchronik werden sie nicht erwähnt. Ich gebe sie dennoch hier wieder, weil die Angaben diffus noch in der Bevölkerung präsent sind.

Beuershausen meinte, dass Hörden aus vier Bauernhöfen hervorgegangen sei: Edelhof, Wallhof, Beckerhof und Blockhof.
Den „Wallhof" sah er in der *„... wüsten Hofstelle mit der Nr. 87, gehört heute je zur Hälfte zu Nr. 86 und 88 ..."* (Schulstraße 3 und 5).
Der „Beckerhof" *„... wurde ebenfalls geteilt und führt heute die Nummern 125 und 135 ..."* (Hauptstraße 3 und 5).
Der „Blockhof" *„... ist heute Gartenland mit der Nr. 58 ..."* (zwischen Mittelstraße 36 und 38).

Beuershausen gibt weitere Hinweise:

Försterhof	*Nr. 12*	(Kirchstraße 12)
Hirtenhaus	*Nr. 37 und 38*	(Am Edelhof 1 und 3)
Pfarrwitwenhaus	*Nr. 63*	(Mittelstraße 39)

Der „Zachersgoren" (Zachariasgarten) soll *„...als Baustelle die Nummern 7 und 8 ..."* geführt haben (Nr. 8 ist Kirchstraße 8).

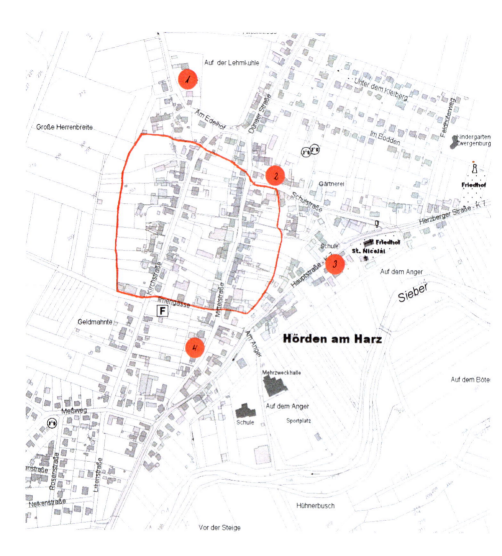

Die Umhegung des Altdorfes

Die ältesten noch bestehenden Häuser in Hörden sollen die 1552 gebauten Nr. 16 – 18 sein (Kirchstraße 20 – 24).

Von der Namenforschung her sind die Namen der vier Höfe „Edelhof, Wallhof, Beckerhof, Blockhof" durchaus zu erklären, wobei die Geschichte vom „Edelhof „ (1) bereits in Band „Hörden – Teil 1" dargestellt wurde. Die Namen der anderen Höfe, vorausgesetzt die angegebenen Namen und ihre Lage sind zutreffend, können wie folgt erklärt werden:

Der „Wallhof" (2) würde knapp außerhalb des Altdorfes gelegen haben. Und da anzunehmen ist, dass auch Hörden neben dem „Knick", den abgeknickten Dornensträuchern, auch von Wall und Graben geschützt war, würde der Name darauf Bezug nehmen: „Der Hof am Wall".

Auch der „Blockhof" (4) würde knapp außerhalb des Altdorfes gelegen haben. Mit mittelniederdeutsch „blok" ist im Allgemeinen „ein mit Graben umhegtes Grundstück" bezeichnet. In diesem Fall dürfte der Name sich ebenfalls auf die Umhegung des Dorfes beziehen.

Der Name „Beckerhof" (3) kann auf den Familiennamen „Becker" Bezug nehmen, zumal die Familie Becker hier ansässig war / ist. Aber auch ein Bezug zu „bek, beke" für „Fließgewässer" ist nicht auszuschließen, da das mögliche Gehöft am Rande der Sieberaue liegt.

Alle angegebenen Höfe lagen außerhalb des alten Dorfkerns. Eine Siedlungsgrenze markiert dessen westlichen Rand.

Im Süden begrenzt der „Rabeck", heute also etwa die „Ilmengasse", das Altdorf.

Zwischen Mittelstraße und Hauptstraße zieht sich ein gut erkennbares Tal von Nord nach Süd. Die Linie zeigt einen ehemaligen Bachlauf und die östliche Grenze des Altdorfes an.

Die Verkoppelungskarte aus dem 19. Jahrhundert hilft die Nordgrenze des Altdorfes zu finden.

Alte Straßen und Gewässer

Das Bild dörflicher Idylle mit unbefestigter Straße, auf der sich das Federvieh tummelt, mit dampfendem Misthaufen vor mit Stroh gedecktem Fachwerkhaus mit niedlichen kleinen Schiebefenstern verliert schnell das idyllische Flair, wenn kein Bilderbuchwetter herrscht.

Bei und nach schlechtem Wetter verwandelten sich die Straßen schnell in knöcheltiefen Morast, in dem sich der Kot der freilaufenden Hühner, Gänse und Schweine mit der Jauche aus den Misthaufen vermischte. Die Miste war nämlich so angelegt, dass das Material möglichst leicht abgefahren werden konnte. Und das bedeutete: Möglichst nahe an der Straße! Zudem sollte das Wasser, ob Regen- oder Abwasser, vom Hof auf die Straße laufen.

Das änderte sich auch nicht wesentlich, als 1882 die „Chaussee" zwischen Aschenhütte und Hattorf, in Hörden innerorts die „Hinterstraße", ausgebaut wurde. Im Zuge dieser Straßenbau-Maßnahme wurde auch eine Brücke in Holzkonstruktion im „See" über die Sieber gebaut. Vorher gab es hier nur eine Fußgängerbrücke. Thimme beschreibt sie so: „*... höchstens für Schiebkarren passierbar, die aus sechs der Länge nach nebeneinander liegenden Tannenbalken bestand, die allerdings doch alle 2 bis 3 Jahre durchbrachen und teilweise fortgeschwemmt wurden ... Wagen fuhren unten durch das Flußbett oder ... warteten bei Hochwasser einfach, bis es sich verlaufen hatte ...*".

Anno 1882 wurde also auch die erste Sieberbrücke zwischen Hörden und Elbingerode gebaut. Einige Wagenlenker sollen dennoch zunächst weiter den Weg durch die Furt vorgezogen haben.

Im „Vertheilungs-Register" vom „Receß über die Teilung der Gemeinheiten ..." aus 1860 sind 25 Wege in der Feldmark Hörden aufgeführt, die „für öffentliche Gemeindewege erklärt werden", darunter
- der Weg nach der Aschenhütte (1)
- der Weg nach Herzberg durch die Sackau (2)
- der Weg nach Elbingerode bis zur Sieber (3)
- der Weg nach Düna (4)
- der Weg über die Stämmen nach der Brücke (5)
- der Weg hinter dem Siebersteg als Fußweg zum Herzberger Schloß (6)

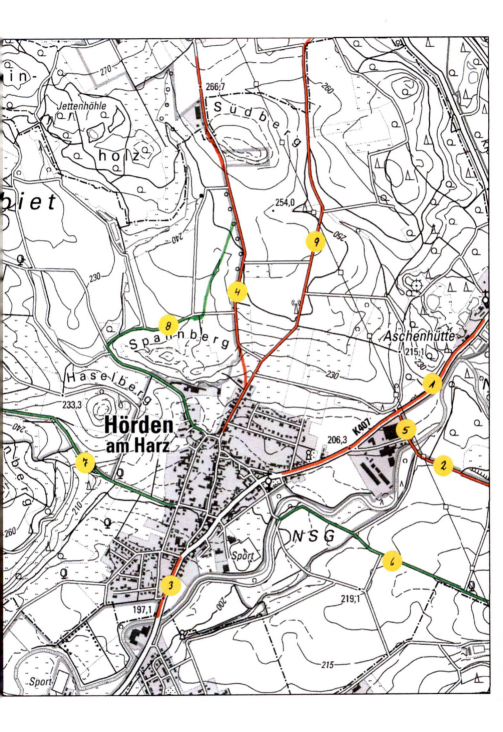

- der Weg am Hasel und auf den Fahren nach dem Krücker als Fußweg nach Schwiegershausen (7)
- der Weg hinter dem Spanberge und längs der kleinen Thalwiese als Fußweg nach Osterode (8)
- der Weg über den Kleiberg nach der Ziegelhütte (9)

Weiter war die Instandsetzung und Unterhaltung der Wege, Gräben, Stellwannen und Flussufer geregelt.

Zum Weg nach Düna, Osterode und zur Ziegelhütte siehe unter „Hörden im Wandel der Zeit" Teil 1.

Der Weg zum Herzberger Schloss führte durch die Furt hinter der Kirche und am Nüll vorbei. Er wird im Rezess als „Fußweg" beschrieben.

Der Weg nach Aschenhütte führte zweimal durch die Sieber, die damals noch gegen den „Hausberg" prallte. Der Abstieg zur ersten Furt ist da, wo der Hausberg beginnt, noch gut zu erkennen. Diese Furt wurde auch genutzt, als es die Brücke über die Sieber am „Gänsewinkel" noch nicht gab, um nach Herzberg zu gelangen.

Besonders die weitere Strecke bis „Lüderholz" und zur „Chaussee" Osterode – Herzberg war problematisch. Deshalb gestatteten die Bewohner der Aschenhütte 1861, *„... daß der Fahrweg von Hörden ab nach der Osteroder Chaussee bei Hochwasser über ihre resp. Höfe genommen werde ..."*. Diese Gestattung galt für drei Jahre.

Nebenstehend die Kopie dieser Vereinbarung.

Immer wieder wird in den Kirchenbüchern und in der Schulchronik von Überfällen auf diesen Wegen berichtet. Ein Beispiel:

„... Den 28ten Maj 1816 ward Elisabeth NN zu Hörden eine uneheliche Tochter gebohren, welche den 15ten Jun. getauft wurde. Als Vater gab sie Friedrich NN an, von dem sie am Hausberge überfallen ..."

Ob diese Schilderung eine Schutzbehauptung ist oder zutreffend, ist unerheblich. Man hielt sie damals wie auch andere für glaubwürdig.

Im Dorf selbst wurde 1886 „... *eine 590 Meter lange Strecke der oberen Dorfstraße* (Mittelstraße) ...", 1887 eine solche über 375 m ausgebaut. Es folgte dann 1888 der Ausbau eines Teils der Kirchstraße.

Doch noch 1936 ist die Gemeinde „... *damit beschäftigt, die an der Schule vorbeiführende Straße mit Pflaster zu versehen und dem bislang an dieser Straße gestauten Wasser einen neuen Abfluss zu schaffen ...*".

Bodenvertiefungen aller Art wurden sonst immer wieder mit Steinen und Kies oder mit Zweigen und Ästen passierbar gemacht.

Straßennamen

Hördener Straßennamen unterscheiden sich kaum von denen anderer Dörfer – wenn man einmal davon absieht, dass die Kirche nicht in der „Kirchstraße" und die Schule nicht in der „Schulstraße" stand.

Straßennamen gibt es in Hörden offiziell erst seit 1967. Vorher gab es nur Hausnummern, und zwar seit 1870. Die Zählung dieser Nummern begann am, aber nicht mit dem Edelhof. Die ersten Hausnummern erhielten die einstigen Gesindehäuser des Edelhofes an der „Renne". Dann wurden die Häuser auf der nördlichen Seite der „Kirchstraße" von der „Burg" (Kirchstraße 2) an gezählt. Der Hauseingang der „Burg" befand sich in der 1. Etage und war nur über eine lange Treppe erreichbar.

Nach der Vergabe der Hausnummern erhielt jedes neu gebaute Haus die nächste Nummer, egal, wo es gebaut wurde. Da konnte es schon passieren, dass Haus Nr. 87 neben Haus Nr. 36 stand und das Nachbarhaus die Nr. 123 trug.

Es gab zwar bis 1967 keine Straßennamen in Hörden, dennoch trugen Straßen und Straßenabschnitte vorher bereits inoffizielle Bezeichnungen. Bei dieser Straßennamen-Aktion 1967 verschwanden auch einige Namen, andere wurden zum Teil geändert. Allerdings wurden nunmehr auch Baulücken und potentielle Baustellen mit nummeriert.

So beinhaltet die Straße „Am Edelhof" mehrere Abschnitte mit früher völlig unterschiedlichen Namen. Der Abschnitt zwischen Mittelstraße und Kirchstraße war der „Hierbrink", denn hier stand das Hirtenhaus (Am Edelhof 1 und 3).
Dann folgte der „Kothof". Dieser Kötnerhof gehörte zum vormalig adligen Gut der Herren von Weise in Elbingerode. Zu diesem Hof gehörten die Haus-Nr. 3 - 5 (Am Edelhof 7 - 11). Nr. 5 war früher der Schafstall.
„Auf der Renne" stehen die Häuser Nr. 1 und 2 (Am Edelhof 13 und 15). Der „Lindenbach" war umgeleitet worden und floss hier über den Hof. Sein Wasser diente vielfältigen Zwecken, nicht zuletzt als Viehtränke. Die Bezeichnung „Renne" entspricht unserem „rinnen, fließen".

Die „Mittelstraße" war die „Dorfstraße" und noch im 17. Jahrhundert die Durchgangsstraße. Sie führte im Süden auf die Sieberfurt in Richtung Elbingerode und Hattorf zu. Ihr nördliches Ende war der Dorfausgang nach Osterode und Herzberg. In ihrem unteren Teil südlich der „Ilmengasse" gehörte die Mittelstraße zum „Unterdorf".

Die „Dünaer Straße" ist erst spät bebaut worden und war zunächst die „Lehmkuhle". Diese Lehmkuhle / -grube lag unterhalb des heutigen Abzweiges nach Düna. Hier konnten die Einwohner Lehm entnehmen zum Verstreichen der Hauswände.

Die „Schulstraße" war der „Quenepfuhl". Der Name nimmt Bezug auf den morastigen und weichen Untergrund. Es war die Ausfallstraße des Ortes nach Herzberg und zum Herzberger Schloss. Die Straße führte aus dem Dorf hinaus einmal an Friedhof und Kirche vorbei zur Furt in Richtung „Nüll", zum anderen in Richtung „Gänsewinkel" zur Sieberbrücke oder nach Aschenhütte.

Die „Herzberger Straße", auch „Herzberger Landstraße" oder „Chaussee" genannt, war neben der „Hauptstraße" die erste befestigte Straße in Richtung der seit dem späten Mittelalter genutzten Verbindung von Osterode nach Herzberg.

Die „Hauptstraße" beginnt an der Einmündung der „Schulstraße". Kirche und Schule lagen, als sie hier gebaut wurden, „auf dem Anger" außerhalb des Altdorfes.

Von der „Schulstraße" bis zur „Ilmengasse" war die „Hauptstraße" früher die „Hinterstraße", weil sie bis in das 18. Jahrhundert hinein „hinter dem Dorf" lag. Im unteren Teil, von der „Ilmengasse" bis zum südlichen Ortsausgang, war die Straße das „Unterdorf".

In den 1970-er Jahren erzählte mir Frau Luise Thiemert, dass man um die Jahrhundertwende noch zwei Stufen zum Eingang von Hauptstraße 21 <u>hoch</u> steigen musste. Inzwischen hat der „Kulturschutt" dafür gesorgt, dass der Hauseingang zwei Stufen <u>unterhalb</u> des Straßen-Niveaus liegt.

„Hinterstraße" um 1914

Wie sehr die „Hauptstraße" im Laufe der Zeit angehoben wurde, zeigt auch die Lage der Häuser Hauptstraße 7 und 9.

Die Straße „Am Anger" zeigt nur einen Teil des ursprünglichen Angers auf, der einmal vom Weg hinter dem Friedhof bis zum „See" an der Sieberbrücke vor Elbingerode reichte. Vom Weg am Friedhof zur Sieber hinunter bis zur Einmündung des Dorfbaches in die Sieber stand ein Teil des „Angers" den hannoverschen Dragonern als Weideplatz für ihre Pferde zur Verfügung, wenn sie hier im 19. Jahrhundert bei den Bauern im Quartier lagen. Deshalb auch „Dragoneranger".

Im Bebauungsgebiet „A" folgte man in den 1970-er Jahren dem damaligen Trend und verwendete im Neubaugebiet Blumennamen als Straßennamen.

Eine Ausnahme bildete der „Messweg", 1846 „Mistweg" genannt. Man nahm dabei offenbar Bezug auf die Straßenverhältnisse, die sich auch 120 Jahre später offenbar noch nicht geändert hatten.
Als man 1967 daran ging, die Straßennamen in Hörden neu festzusetzen, handelte es sich bei dieser Straße um die „Goldmahnte". Damit war eigentlich das Flurstück zwischen „Rabeck" und „Messweg" bezeichnet.
Das Bestimmungswort in „Goldmahnte" steht gemeinhin für einen „guten Boden". Eine solche Erklärung wird durch die Bezeichnung „Bucht" nebenan unterstützt. Wann man den Flurnamen „Goldmahnte" in den Straßennamen umgewandelt hat, ist nicht bekannt. So aber kehrte man 1967 zu der alten Bezeichnung „Messweg" für diese Straße zurück.
Dass der Name „Messweg = Mistweg" zutreffend war, stellte die Presse am 5. Februar 1957 fest: *„… Über den mehr als knöcheltief stehenden Schmutz unmittelbar vor dem Neubau der Kreiswohnbaugesellschaft führen die Anlieger Klage. Man kann kaum die Häuser erreichen, ohne im Morast zu versinken. Die Anlieger wandten sich bereits an die Gemeinde und baten darum, Schlacke oder anderes Material anfahren zu lassen. Sie erklärten sich bereit, selbst mit Hand anzulegen, um die Planierungsarbeiten durchzuführen.*

Am 20. Dezember 1958 berichtete die Zeitung, dass die Bewohner vom „Sechsfamilienhaus" und von 6 Einfamilienhäusern weiterhin nicht ohne Gummistiefel zu ihren Häusern gelangen können. Nichts sei geschehen!

Der untere Teil der „Kirchstraße" zwischen „Messweg" und „Ilmengasse" war lange unbebaut und trug den Flurnamen „Bucht". Mit „Bucht" wurde gutes Land bezeichnet, das meist von Hecken umhegt war, damit die wertvolle Bodenkrume nicht weggeweht werden konnte. Heute kennen wir noch den Begriff „einbuchten".

Die „Ilmengasse" hieß früher „Elmengasse", und beide Namen bezogen sich auf die Ulme. Diese Straße, die den südlichen Rand des Altdorfes anzeigt, war also mit Ulmen bestanden. Und die ältesten Häusern von Hörden in der Kirchstraße (Nr. 16, 17 und 18 / Kirchstraße 20, 22 und 24) sollen 1552, so Beuershausen, aus dem Holz der Ulmen erbaut sein.

Die „Kirchstraße" erhielt diesen Namen, weil die Hördener hier bis 1766 im heutigen Garten des Hauses Nr. 15 ihre Kirche hatten. Dann musste sie wegen Einsturzgefahr geschlossen werden. Hier wurden auch immer wieder Skelettreste aus dem ehemaligen Friedhof zutage gefördert.

Das Straßenstück zwischen Nr. 14 und 15 (Kirchstraße 16 und 18) war der „Winkel". Gleichzeitig war es der Anfang der „Wassergasse" quer durch Hörden von West nach Ost. Hier verlief die erste Wasserleitung (Siehe Chronik Hörden 4). Im August 1976 wurde sie in „Schulgasse" umbenannt, als die Gasse noch zur alten Schule führte.

Straßenpflasterung

Eine solche Pflasterung ist noch zwischen dem Schloss in Herzberg und den „Posthäusern" zu finden

Was die Straßennamen betrifft, hat man sich beim Bebauungsgebiet „Bodden" anders verhalten als im „Blumenviertel". Als Flur- und Straßenname taucht der „Boden / Bodden" häufig auf. Im 19. Jahrhundert schrieb man auch in Hörden „Boden". Durchweg handelt es sich dabei um „niedrig gelegenes, oft sumpfiges Gelände".

„Unter dem Kleiberg", diese Straße befindet sich unterhalb des Berges, dessen Namen sie anzeigt. Das Bestimmungswort beschreibt einen Tonerde-Boden, der früher ebenfalls zum Bewurf der Flechtwerk-Wände beim Hausbau Verwendung fand. Das Wort „kleiben" bedeutet „mit Lehm bewerfen, kleben, verschmieren". Läuft man über diesen Boden, klebt eine Menge davon später am Schuhwerk.

Der „Feldhüterweg" nimmt Bezug auf den Feldhüter, der früher in der Feldmark die Aufsicht ausübte. Er wurde von der Gemeinde bestellt.
Der damalige Vorsitzende der Feldmarks-Interessentenschaft, Willi Marx, schlug den Namen seinerzeit vor.

Gefache mit „Lehmschlag"

Gewässer

Heute gibt es kaum noch offene Wasserläufe. In der Dorflage sind die Fließgewässer fast durchweg verrohrt. Ein offener Bachlauf ist nur noch an der Hauptstraße zwischen der Straße „Am Anger" und Haus Hauptstraße 21 zu sehen. Er wird hier noch von Linden begleitet, die auch den Bach in der Kirchstraße bis zu seiner Verrohrung 1977 säumten. Es war der „Lindenbach".

Der „Lindenbach" entspringt in der Nähe der Jettenhöhle. Schon in der Eisenzeit wurde er bereits unweit der Quelle in Teichen aufgestaut und versorgte die eisenzeitliche Siedlung, die sich hier befand (1), mit Wasser. Eine Grabung wies etliche Grubenhäuser nach.

Dieser Bach hatte einen Zulauf von Düna her. Der versorgte seinerseits zunächst eine germanische, dann eine mittelalterliche Siedlung einschließlich Herrensitz (2) mit Wasser.

Die Grabungen in Düna 1981 - 1985 haben für das 2./3. Jahrhundert n.Chr. hier eine intensive Besiedlung nachgewiesen. In einer zweiten Siedlungsphase wurde um 800 ein repräsentatives Steinhaus errichtet, während sich die eigentliche Siedlung im östlichen Geländeteil konzentrierte. Etwa um 1100 fiel die Wirtschaftssiedlung einem Brand zum Opfer. Die Gehöfte wurden wieder aufgebaut, das Herrenhaus erweitert. Zu Beginn des 14. Jahrhunderts brannte die Siedlung mit dem Steingebäude nieder und wurde nicht wieder aufgebaut.

Beide Bäche vereinigten sich am heutigen südlichen Ende des Hainholzes. Ihre Wässer können mit Hilfe eines Rückhaltebeckens aufgefangen werden.

Ein weiterer Bach, der mit dem genannten am „Spahnberg" zusammentrifft, wird von Zuläufen aus dem „Krücker" gespeist. In seinem Tal ist ebenfalls ein Rückhaltebecken gebaut.

Die Vereinigung dieser Bäche aus einem recht großen Einzugsgebiet führt zwischen „Spahnberg" und „Hasel" zu einem Sumpfgebiet, „am Schilfe" genannt. Zwischen Spahnberg und Edelhof befand sich eine Senke, der „Katzenpfuhl". Der wurde vom „Lindenbach" gespeist und diente als „Feuerteich".

Ursprünglich bog der Lindenbach im Bereich des Edelhofes nach Süden ab. (Siehe „Ursprüngliches Gewässernetz".)

Mit Entstehung und Wachsen der Siedlung lenkte man den Bach um.

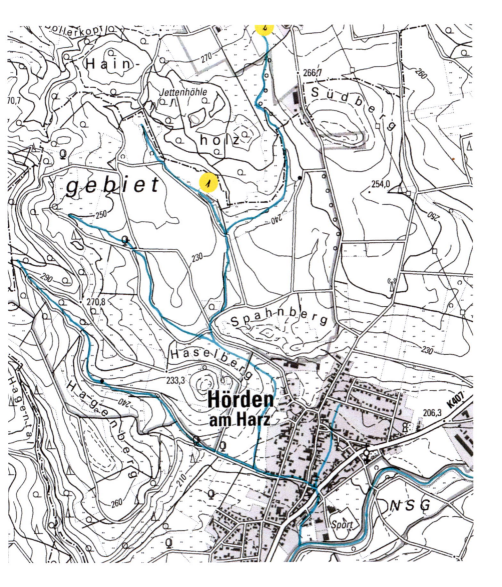

Ursprüngliches Gewässernetz

Er floss nun am Edelhof und den Gesindehäusern vorbei über die „Renne" und erreichte den Dorfkern zwischen den Häusern Kirchstraße 4 und 6. Zwischen Kirchstraße und Mittelstraße, hinter Haus Mittelstraße 20, wurde der Bach zum Dorfteich aufgestaut und floss dann nach Süden ab.

Dorfteich

In der Neuzeit begleitete der Bach die Kirchstraße auf der westlichen Straßenseite und floss im Bereich der Kreuzung „Ilmengasse / Kirchstraße" mit dem Bach aus dem „Rabeck" zusammen.

Der „Rabeck" entspringt im „Krücker". Der Name ist aus „Raben-beke" zusammengezogen. Zur Namensdeutung gibt es zwei Möglichkeiten:
Zum einen wird der „Rappe" auch „Rabe" genannt. Das Tal grenzt an den „Hasel", und das ist ein Name für „Fohlen". Das Tal kann also ein Weidegrund für Pferde gewesen sein und der Bach ein „Pferdebach".
Zum anderen kann mit dem Bestimmungswort der „Rabe" gemeint sein. Es soll im „Rabeck" eine Raben-Kolonie gegeben haben. Das Gewässer ist demnach ein „Rabenbach".

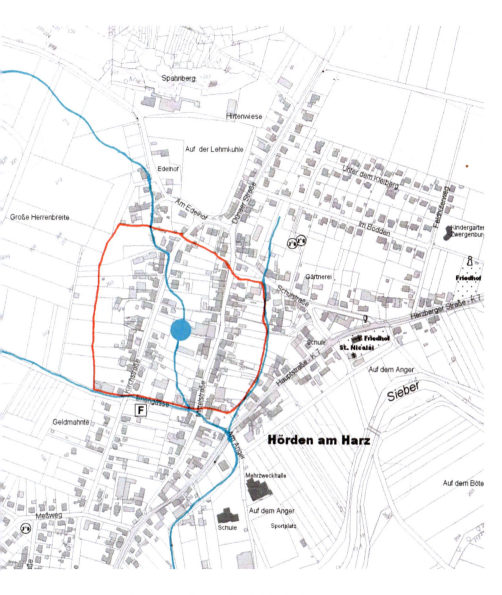

Gewässernetz nach Entstehen der Siedlung

Zwischen Mittelstraße und Hauptstraße zieht sich ein gut erkennbares Tal von Norden nach Süd. Die Linie markiert offenbar einen ehemaligen Bachlauf, der die östliche Grenze des Altdorfes darstellte. Eine nördliche Fortsetzung des Tals ist mit Hilfe der Isohypsen außerhalb des Dorfbereichs erkennbar.

Das Quellgebiet dieses Baches lag oberhalb des „Bodden", und er mündete im Bereich der Kreuzung „Ilmengasse / Hauptstraße" in den „Lindenbach". Dass dieses Tal derzeit kein Wasser führt, darf hier im Karstgebiet nicht verwundern. Auf der westlichen Seite des Talgrundes dürfte sich ein mit Hecken und / oder Palisaden bewehrter Wall befunden haben, mit dessen Material das sicher einmal tiefere Tal teilweise aufgefüllt wurde.

Die Sieber besaß für die Hördener keine große Bedeutung. Sie war eher ein Hindernis. Die jenseitigen Felder waren nur durch die Furten zu erreichen. Bei Hochwasser bedeutete das für die Feldbestellung oder Ernte: Warten – möglicherweise tagelang!

Die diesseitigen Felder mit guten Böden gehörten vor allem entweder zum Edelhof oder zum Vorwerk / zur Domäne in Düna. Die Hördener Bauern unterhielten Terrassenfelder, unter anderem im Hagental und Krücker. Und schließlich hatten sie teilweise um 1700 die Felder des wüst gefallenen Dorfes „Rüningerode" jenseits der Sieber übernommen. Andererseits waren Bewohner von Rüningerode nach Hörden gezogen und bewirtschafteten ihre Felder nunmehr von Hörden aus.

Die Sieber zwischen Hof und Feld – eine eher ungünstige Konstellation. Ein Grund mehr, weshalb Hörden wirtschaftlich eher nach Osterode als nach Herzberg orientiert war.

Allerdings lieferte die Sieber für Hörden – bis heute – Steine und Kies, gerne genutzt zum Haus- und Straßenbau. Sicher nutzte man die Sieber bei entsprechender Wasserführung auch als Waschplatz oder Tränke. Und schließlich gab es darin Krebse zu fangen – noch im 20. Jahrhundert möglich!

Für die Kinder waren / sind die Ufer der Sieber ein großartiger Spielplatz. Doch immer wieder kam es zu Unglücksfällen.   22. September 1927:
„… Ertrunken wäre am Sonnabend morgen beinahe der dreijährige Sohn des Landwirts W. Becker. In einem unbewachten Augenblick war er mit Spielfreund Karl nach der Sieber gelaufen. Als dann die Töchter des Landwirts H. Wehmeyer zur Sieber kamen, um dort Wäsche zu spülen, sahen sie den kleinen Karl allein und erblaßt unverwandt auf die Fluten schauen.

Nach dem Gegenstande seiner Sehnsucht gefragt, deutete er mit der Hand nach dem Wasser, wo die Frauen in einiger Entfernung mehrfach den Kopf eines Kindes emportauchen sahen. Fräulein Erna Wehmeyer rannte schnell entschlossen dem Kinde nach, sprang ins Wasser und rettete den schon leblosen Knaben. Die sofort von ihr vorgenommenen Wiederbelebungsversuche zeigten Erfolg und gaben den ahnungslosen Eltern ihr Kind schließlich zurück ..."

Wie wichtig es für die Hördener war, jederzeit die jenseitigen Felder zu erreichen, zeigt sich im Brückenbau. Anno 1902 heißt es zum Abbruch der alten Sackaubrücke und Herstellung der neuen: „... *Die Brücke ist im Jahre 1846 gebaut; dieselbe besteht aus steinernen Versetzungen und einem steinernen Mittelpfeiler. Der Oberbau besteht aus Holz ...*".

Die genannte Brücke in der Verlängerung des „Gänsewinkels" nutzte man vor allem als Fußweg nach Herzberg. Wenn der Wasserstand in der Sieber es zuließ, fuhr man jedoch zum Säen und Ernten weiter durch die beiden Furten unterhalb der Kirche und unterhalb des heutigen Sportplatzes.

Die Furt am Sportplatz

Der Dorfplatz

Jedes Dorf hatte früher einen Versammlungsort. In vielen Dörfern fanden die Versammlungen auf dem „Dorfplatz" statt. Zwar hatte nicht jedes Dorf einen Dorfplatz, dennoch war es in den meisten Fällen ein Platz, auf dem die Versammlungen stattfanden.

Im Mittelalter und in der frühen Neuzeit spielte der Dorfplatz eine große Rolle. Hier traf sich die Dorfgemeinschaft zu feststehenden oder anberaumten Terminen, um gemeinsam die das Dorf betreffenden Angelegenheiten zu besprechen, Streitigkeiten zu regeln oder gerichtlich zu entscheiden.

Die Dorfplätze dienten vielfältigen Anlässen. Hier wurde unter anderem über
    die Instandhaltung der Wege und Gewässer
    das Nutzungsrecht an bestimmten Wegen
    die Grasnutzung an den Wegen
    die Vergabe des Hürdenschlages
    die Verpflichtung der Hirten
    die Neu-Aufnahme von Handwerkern
    die Festsetzung der Köre (Pachtlieferung der Kirchländereien)
beraten und entschieden.

Der Dorfplatz war zudem ein „Rechtsort unter freiem Himmel". Das Dorfgericht hatte allerdings in erster Linie nur über Ordnungswidrigkeiten und Bagatellfälle zu entscheiden.

Der Dorfplatz war - neben der Schmiede - die wichtigste Nachrichten- und Informationsbörse in vor-medialer Zeit. Auf dem Dorfplatz gab das „Fahrende Volk" seine Vorstellungen, und bei Dorffesten war der Platz auch „Tanzplatz".

Allmählich wurden auf / an dem Gemeinde-eigenen Dorfplatz gemeindliche Einrichtungen gebaut. Hier stand meistens das erste „Spritzenhaus" und der von der Gemeinde gebaute und dann verpachtete „Krug". Häufig stand hier auch das „Backhaus". Im Laufe der Zeit wurden manchmal Teile des Platzes verkauft.

Bei meinen Nachforschungen zum Thema „Dorfplätze" habe ich festgestellt, dass solche Plätze in Süd-Niedersachsen unterschiedlich benannt werden. Sie heißen unter anderem „Tie, Anger, Spellhof, Plan, Brink, Lindenplatz" oder einfach nur „Platz". Ihnen ist aber in der Regel eines gemeinsam: Von diesen Plätzen gingen mehrere Ortsverbindungen aus, und oft lagen sie an einem Fließgewässer oder Brunnen.

Unsere Nachbardörfer Elbingerode, Hattorf und Wulften weisen mit einem „Tie" einen solchen Dorfplatz auf. Hörden tritt zwar erst spät in das Geschichtsbild, aber auch hier ist ein früherer „Dorfplatz" auszumachen.

Ein solcher Platz ist in Hörden knapp außerhalb der einstigen Umhegung festzustellen, und zwar das „Dreieck" an der Einmündung der heutigen Schulstraße in die Mittelstraße (1).

Dieser Platz lag an einer wichtigen Wegekreuzung, einmal an der Durchgangsstraße Düna - Elbingerode, zum anderen an der Ausfallstraße nach Herzberg. Ein Bach berührte den Platz. Schließlich wurde hier das erste „Spritzenhaus" errichtet.
Auch heute noch trifft man sich unter dem Weihnachtsbaum zum „Glühwein trinken".

Im 18. Jahrhundert war das Dorf gewachsen, die Umhegung war inzwischen verschwunden. Die Infrastruktur hatte sich verändert. Die Verlegung des Dorfplatzes war da nur eine logische Konsequenz.

Er wanderte wiederum an den Rand des Dorfes und gleichzeitig an die neue wichtige Wegekreuzung. Da war einmal die neue Durchgangsstraße, die zur „Hauptstraße" mutierte „Hinterstraße", zum anderen blieb die Verbindung nach Herzberg durch die Furt bestehen. Und wieder war es ein „Dreieck", auf dem der Dorfplatz lag.

Im Jahre 1812 errichtete die Gemeinde auf dem Dorfplatz, auf dem „Anger" einen „Dorfkrug" (2), heute Hauptstraße 2.

Wie sehr die alten Dorfplätze im Unterbewusstsein der Bevölkerung noch vorhanden sind, zeigt nicht nur das „Glühwein-Trinken" am älteren Platz. Auf dem „neuen" Dorfplatz wurde nicht nur ein Gasthaus gebaut, hier wurde viel später auch die „Adolf-Hitler-Eiche" gepflanzt. Möglicherweise hat der Baum einen Vorgänger ersetzt.

Und auch „moderne Attribute" eines Dorfplatzes sind hier wie auch in vielen anderen Dörfern zu finden: Eine Haltestelle, Informationstafeln und ein (künstlicher) Dorfbrunnen.

Dorfplatz und Gasthof Hermann Peter 1943

Der Rezess

Neben der Ablösung des Zehnten (Siehe Hörden Teil 2) bedeutete der „Receß über die Theilung der Gemeinheiten, Aufhebung der Weideservituten und Verkoppelung der Grundstücke in der Feldmark Hörden und über die Abfindung der Weide aus den Forsten der Forst-Interessenten zu Hörden" einen großen Fortschritt.

Am 16. August 1859 hatte Bauermeister Wedemeyer mit einem Antrag bei der „Königlichen Landdrostei zu Hildesheim" den Prozess in Gang gesetzt. Dieser Antrag wurde am 30. Januar 1860 „für stattnehmig erkannt".

„... Eine dagegen ergriffene Berufung ist von dem vormaligen Königlich Hannov. Ministerio des Innern unter dem 25. Juli 1860 verworfen ...".

Man darf nicht vergessen: Zwischen Beginn und Ende des Rezesses lag ein Wechsel der staatlichen Institutionen. Der Rezess begann im Königreich Hannover und wurde im Königreich Preußen beendet!

„... Zunächst wurde das Verkoppelungs-Object in Bonitäts-Abtheilungen zerlegt und die Zahl der anzunehmenden Classen festgestellt ..."

„... Das Commissionsseitig ausgearbeitete Project der in der Feldmark Hörden nun anzulegenden bzw. beizubehaltenden Wege und Wasserzüge ist, nachdem dasselbe die Zustimmung der Interessenten erhalten genehmigt ..."

„... Es stellte sich als zweckmäßig heraus, die Verkoppelung der Grundstücke in der Feldmark Hörden und die Kurification der Hördener Interessenten Forsten als eine Gelegenheit zu benutzen, die sehr unregelmäßigen Begrenzungen der fraglichen Forsten gegen die Feldmark Hörden streckenweise zu begradigen und dadurch sowohl die Forsten als die Feldmark Hörden besser zu arrondieren ..."

Zur „Aufhebung der Weide-Servituten" ist unter anderem festgehalten:

„... Die Aequivalente für die auf den weidepflichtigen Grundstücken haftenden Weide-Servitute sind auf Grund der vorgenommenen Schätzungen festgestellt ..."
„... Von den Wiesen, welche vom 11. Mai bis zum 18. August jedes Jahr für die Mähenutzung geschont und während der übrigen Zeit beweidet sind, ist an die Weideberechtigten für die Aufhebung der Weide 0,125 Theile oder 15 Ruthen vom Morgen abzutreten ..."

Die Weide-Berechtigung bezog sich grundsätzlich auf Kühe, Schweine, Gänse und Schafe. Während der Sommerzeit musste dieses Vieh in den Herden der Gemeinde geweidet werden. Doch worin bestand diese Weide-Berechtigung? Ein Beispiel:

„... *Jeder Besitzer von Reihestellen zu Hörden hatte das Recht, 10 Schafe, wenn derselbe im Besitz einer vollen Reihestelle sich befand, sonst abere nur den seinem Reihestellen-Antheil entsprechenden Theil von 10 Stück, und daneben von je 5 Morgen seines Grundbesitzes 1 Schaf, hingegen an Pferden, Hornvieh, Schweinen, Ziegen und Gänsen soviel auf den gemeinschaftlichen Weiden in den gemeinschaftlichen Heerden zu weiden als derselbe zu halten ...*"

„... *Von der nach Abfindung der auswärtigen Weideberechtigten und der Schäfereiberechtigten zu Hörden verbleibenden Weidemasse ist der Schule zu Hörden zur Verbesserung der Stelle eine besondere Abfindung von 2 Morgen Ackerboden mittlerer Qualität zugebilligt; außerdem aber sind derselben die zu gemeinsamen Zwecken als zur Lehmgrube, zum Feuerteiche, zum Zimmer- und Schützenplatze, zur Erweiterung des Todtenackers, zu einem Kalksteinbruche, zu Flachsrotten, zu Viehtränken und zur Verpachtung an so genannte kleine Leute ausgeschiedene Flächen vorabzunehmen ...*"

„Thalenfeld" zwischen Spahnberg und Sudberg

„... Der Schule zu Hörden ist für das in einer lebendigen Hecke bestehende Inventar an dem von der Schule zur Verkoppelung abgetretenen Garten an der Lehmgrube eine Geldentschädigung von 2 Thaler zwanzig Groschen aus der Theilungs-Casse zugebilligt ..."

„... Im Thalenfeld ist der als Wiese genutzten Niederung behuf Fortleitung des Wassers ein Abzugsgraben bestimmt, welchen die Eigenthümer der bezeichneten Abfindungen auf eigene Kosten vorzurichten und zu unterhalten haben ... Für der zu dem Graben erforderlichen Fläche ist dem Eigenthümer der genannten Abfindungen eine Geldentschädigung zu zahlen ..."

Weiter werden in dem Rezess Rechte der Überfahrt zu „hinterliegenden Grundstücken" geklärt. Das war bei der beibehaltenen Drei-Felder-Wirtschaft wichtig, denn das Wegenetz in der Feldmark bestand eigentlich nur aus den auf Seite 83 dargestellten Wegen, ergänzt nur durch wenige weitere Wege und Triften.

In einer Übersicht „... sind behuf der Vergleichung die gebührenden und die zugetheilten Abfindungen summarisch gegenübergestellt ... Differenzen zwischen den gebührenden und zugetheilten Abfindungen soll ... durch Geldzahlung ... ausgeglichen werden ..."

Es wurden weitere Regelungen getroffen, unter anderem das Pflügen an der Grenze betreffend, und weiter

„... in Ermangelung anderer Vereinbarung sind lebendige Hecken mind. 2 Werkfuß von den Grenzen fremden Eigenthums mit den Stämmen derselben entfernt zu halten, wogegen todte Befriedigungen unmittelbar in den Grenzen der Abfindungen hergerichtet werden dürfen ..."

„... Der Gesamtbetrag der an die Genossenschaft der Reiheleute zu Hörden für die Gemeinheitsabfindungen der wüsten Reihestellen gezahlten Renten ist unter die Mitglieder der Genossenschaft, die einzelnen Reiheleute zu Hörden, nach Verhältnis deren Reihestellen-Antheile zu vertheilen ..."

Zudem war geregelt:

„... Jeder Grundbesitzer ist verpflichtet, dem höher liegenden Grundstücke das natürlich fließende Wasser abzunehmen ..."

Schließlich: *"... Die auf die Verkoppelung entfallenden Verfahrenskosten sind nach Verhältnis derjenigen Werthbeträge aufzubringen, welche nach Abzug der Gemeinheitsabfindung und des Durchschnittswerthes von 2 Morgen aller zu den Folgeeinrichtungskosten beitragspflichtigen Abfindungen von der Gesamtabfindung jedes Interessenten verbleiben ..."*

"... Demgemäß ist der Receß von allen Beteiligten durch Unterschrift resp. Unterkreuzung vollzogen:

Die Kirche in Hörden
    vertreten durch den Lehrer Ey

Das Pfarrwitwentum
    vertreten durch den Lehrer Ey

Die Schule in Hörden
    vertreten durch den Lehrer Ey

Gutsbesitzer Carl Laurentius

Familie von Minnigerode
    vertreten durch Rittergutsbesitzer
    Baron von Minnigerode in Wollershausen

Familie von Bodecker
    vertreten durch Major von Bodecker in Göttingen

Ackermann Heinrich Wehmeyer

Georg Heinrich Oppermann

Ackermann Andreas Oppermanns Erben
    vertreten durch den Vormund Heinrich Kunstin

Halbmeier Friedrich Oppermann

Heinrich Reinhardt jun.

Altvater Heinrich Reinhardt sen.

Ackermann Christian Kunstin
    jetzt Conrad Wehmeyer

Halbmeier Heinrich Niemeyer

Ackermann Wilhelm Oppermanns Erben
vertreten durch den Vormund Heinrich Kunstin

Ackermann Friedrich Borchert
Lehnsinhaber Heinrich Oppermann

Ackermann Christian Bierwirth

Ackermann Conrad Bierwirth

Ackermann Heinrich Kunstins Erben
die volljährigen Heinrich Kunstin, Georg Kunstin
die minderjährigen Henriette Kunstin, Wilhelm Kunstin

Ackermann Conrad Wehmeyer

Viertelmeier August Deppe

Ackermann Heinrich Wehmeyers Witwe

Gastwirt Conrad Grupes Erben
vertreten durch den Vormund Lehrer Ey

Lehrer Ey 1890

Ackermann Christian Böttcher

Ackerköther Conrad Wehmeyer

Die Königliche Försterstelle in Hörden
    vertreten durch den Oberförster Brandt in Herzberg

Ackerköther Conrad Schulze

Ackerköther Ernst Wedekind

Viertelmeier Jacob Reinhardt

Ackerköther Wilhelm Reinhardt

Ackerköther, Conrad Fischer

Ackerköther Christian Lohrengel

Ackerköther Zacharias Grobecker

Ackerköther Christian Beyer

Ackerköther Heinrich Schwarze

Ackerköther Ludwig Schmidt — Ackerköther Georg Schlott

Zweidrittelköther Andreas Peter — Zweidrittelköther Heinr. Bierwirth

Halbköther Heinrich Oppermann — Halbköther Georg Hendorf

Halbköther Heinrich Barke — Halbköther Zacharias Barke

Halbköther Ludwig Minne — Halbköther Julius Gruppe

Halbköther Christoph Grüneberg, Heinrich Grüneberg, Conrad Grüneberg

Halbköther Heinrich von Daak — Halbköther Heinrich Spillner

Halbköther Heinrich Beushausen — Halbköther August Bierwirth

Halbköther Heinrich Borchert — Halbköther Christian Spillner

Halbköther Heinrich Fiedler — Halbköther Conrad Reinhardt

Halbköther Zacharias Berkefeld — Halbköther Christ. Spillners Wwe.

Halbköther Heinrich Spillner — Halbköther Ludwig Barke

Halbköther Heinrich Bierwirth
    jetzt August Bierwirth
Halbköther Christian Brakels Witwe
Halbköther Friedrich Wehmeyers Wwe.

Halbköther Wilhelm Reinhardt
Halbköther August Grünewald
Halbköther Andreas Barke

Halbköther Heinrich Mönnich
    jetzt Heinrich Reinhardt, Sattler

Halbköther Conrad Kunstin
Halbköther Heinrich Wehmeyer, Christophs Sohn
Halbköther Jacob Barke

Halbköther Heinrich Wehmeyer

Halbköther August Barke

Halbköther Andreas Kochs Erben
    der volljährige August Koch
    der minorenne Heinrich Koch,
    vertreten durch den Vormund Heinrich Böker

Halbköther Wilhelm Koch
Halbköther Heinrich Reinhardt
Halbköther Friedrich Kallert
Drittelköther Conrad Bierwirth
Viertelköther Wilhelm Beushausen
Viertelköther Heinrich Hühnholz

Halbköther, Carl Grünenberg
Halbmeier Friedrich Borchert
Drittelköther Heinrich Famme
Viertelköther August Schaper
Viertelköther Jacob Beushausen
Viertelköther Heinrich Beyer
    jetzt dessen Witwe

Viertelköther Wilhelm Steuerwald

Viertelköther Friedrich Diekmann
Viertelköther Hans Heinrich Oppermann
Viertelköther Heinrich Böker

Viertelköther Wilhelm Oppermann
Viertelköther Jacob Berkefeld
Viertelköther Heinrich Minne

Viertelköther Heinrich Borcherts Erben
    vertreten durch den Vormund Friedrich Borchert

Achtelköther Jacob Bierwirths Erben
    u.a. Heinrich, Wilhelm und August Bierwirth

Achtelköther Heinrich Bierwirth

Achtelköther Andreas Wedekinds Erben
    vertreten durch den Vormund Heinrich Böker

Achtelköther Just Kunstin

Anbauer Wilhelm Barke
    früher Christian Hartmann

Anbauer Georg Reuter   Anbauer Friedrich Kallert

Häusling Conrad Rettstadt   Henriette Beushausen

Jacob Spillner   Conrad Spillners Witwe

Just Oppermann   Wilhelm Ringeling

Christian Ringeling   Conrad Wedekind
                                         jetzt dessen Witwe

Heinrich Borchert sen.
    jetzt August Bierwirth und Jacob Beushausen

Just Hendorf	Just Mönnichs Witwe
Christian Bierwirth	August Bierwirth
Julius Grupe jun.	Heinrich Kunstin
Carl Kochs Witwe	Carl Daak
August Müller	Heinrich Reinhardt
August Spillner	Carl Hendorf
Ehefrau Elisabeth Beyer geb. Grupe	Georg Anselms Witwe
Christian Wehmeyers Witwe	

Heinrich Mönnich
    jetzt Andreas Kochs Erben
    der volljährige August Koch
    der minderjährige Heinrich Koch
    vertreten durch den Vormund Heinrich Böker

August Böttcher	Theodor Peter
Conradine Oppermann	Heinrich Bodes Witwe
Christian Kochs Witwe	Lehrer Eduard Ey
Georg Oppermann	August Brakel
Heinrich Brakel	Auguste Beyer
jetzt Julius Grupe	jetzt Christian Beyer
Conrad Niemeyer	Conrad Bierwirth

Just Hartmann
    jetzt Gastwirt Grupes Erben
    vertreten durch den Vormund Lehrer Ey

Friedrich Brakel	Carl Brakel
jetzt Wilhelm Reinhardt sen.	jetzt Heinrich Spillner
Elisabeth und Wilhelmine Grobecker	Wilhelm Brakel
Heinrich Brakel	Caroline Harenberg
Wilhelm Harenberg	Just Wehmeyer

August Famme	Carl Spillner jetzt August Barke
Wilhelm Reinhardt	Heinrich Grünenberg
August Oppermann	Die Gemeinde Hörden
	vertreten durch den Bauermeister und die Beigeordneten Conrad und Heinrich Kunstin

Von der Aschenhütte waren vertreten:

Christian Wehmeyer jetzt Conrad Oppermann	Conrad Oppermann
August Beushausen	Heinrich Pape
Wilhelm Pape sen.	Conrad Pape

    jetzt dessen Erben Heinrich Pape und Wilhelm Pape jun.

Aus Elbingerode waren 75 Personen beteiligt, aus Herzberg über 20.

Diese Liste der Hördener Beteiligten an diesem Rezess entspricht den erwachsenen männlichen Einwohnern von Hörden im Jahre 1871.

„Klappe", wie sie auch im Durchlass in der Umhegung Verwendung fand

Hördener Schützen-Gesellschaft von 1742

Zum Schützenfest 1982, 240 Jahre nach „Wiederherstellung" der Hördener Schützen-Gesellschaft, habe ich bereits über die Geschichte des Hördener Schützenwesens geschrieben. Hier nun eine erweiterte Fassung:

Das Schützenwesen ist bei uns vor allem auf die spätmittelalterlichen Wehrverfassungen zurück zu führen. So ordneten die Landesherren Mitte des 16. Jh. an, dass sich in ihren Fürstentümern „ein jedermann im Gebrauch des Feuerrohres übe!" Diese Anordnung hatte ebenso wie die schon früher eingeführten Reiterspiele (Kranzreiten!) den Zweck, die Wehrhaftigkeit und Wehrbereitschaft auch der Bevölkerung auf dem Lande zu erhöhen.

Die älteste Urkunde aus unserer Region, in der das Schützenwesen angesprochen wird, ist eine Osteroder Urkunde aus dem Jahre 1543, in der die „schutten und borgere to Osterode" Herzog Philipp II. von Grubenhagen bitten, „eynen schuttenhoff mit bussen un armborsten" (Schützenhof mit Büchsen und Armbrüsten) op den St. Johannisdag" halten zu dürfen.

Der „Schüttenhoff" wurde meistens um die Pfingstzeit abgehalten und diente der Musterung von Waffe und Waffenträger. Zudem förderte der Wettkampf die Sicherheit im Umgang mit der Waffe.

Um die Angelegenheit für Schützen und Allgemeinheit attraktiver zu machen, wurden beim Schützenhof kleine Volksbelustigungen eingeflochten, die im Laufe der Zeit immer mehr ausgeweitet wurden und die Schützenhöfe zu Volksfesten werden ließen.

Die ersten Schießscheiben waren wohl abgesägte Baumscheiben mit ihren natürlichen Jahresringen. Dass anfänglich auch die Armbrust oder Pfeil und Bogen zum Schießen benutzt wurden, scheint sicher.

Die älteste Plakette auf dem Kleinod der Hördener Schützen-Gesellschaft stammt aus dem Jahre 1742 und ist die Stiftungsplakette des damaligen Königlichen Amtmannes Johann Henrich Namme. Die Inschrift lautet:

Der im Jahre 1742 wieder her gestelten schützen geselschaft zu Hören zum andencken J.H.N.

Damit steht fest, dass schon vor 1710 in Hörden eine Schützen-Gesellschaft existiert hat.

Zwischen 1710 und 1741 fanden auf Anordnung des Königs im Königreich Hannover keine Schützenfeste statt, weil, wie es in der Gestattungsurkunde von König Georg II. zu lesen ist, *„auf denselben Mißbrauch getrieben"* worden ist.

Das Verbot, „Schüttenhoff" abzuhalten, traf die Bevölkerung schwer, denn diese Feste waren die Lichtblicke während des harten arbeitsreichen Jahres. In der „Gestattungsurkunde" vom 30. September 1741 gab der König deshalb dem Drängen der Bevölkerung nach:

> *Seine Königliche Majestät von Groß-Britannien*
> *und Churfürstliche Durchlaucht zu Braunschweig*
> *und Lüneburg gestattet denen Dorfschaften die*
> *Haltung der Schützenhöfe allergnädigst hinwiederum.*

Ein Schützenfest musste fortan beim Amt angemeldet und dort genehmigt werden. Dass die Schützenfeste amtlicherseits jedoch unterstützt wurden, zeigen die weiteren Stiftungsplaketten Herzberger Amtmänner 1815 und 1834.

Um einen geregelten Ablauf des Schützenfestes zu erreichen, wurde eine „Schützen-Verordnung" erlassen. Darin war festgehalten, dass die Schützen-Offiziere praktisch Polizeigewalt ausübten. Sie hafteten damit aber für Ruhe und Ordnung. Und das funktionierte!

Die älteste bekannte Hördener Schützen-Verordnung stammt aus dem Jahre 1751. Darin heißt es unter anderem:

> *§ 1   Jedermann, der sich bei den Schützenhofe als*
> *ein Schütze einstellt, soll der Schützen-Casse*
> *40 Pfg. zu bezahlen schuldig sein.*

> *§ 3   Derjenige Schütze, dessen Gewehr beim Schießen*
> *3 mal versagt, soll mit 15 Pfg. bestraft werden.*

> *§ 4   Wer 3 mal nach der Scheibe geschossen und nicht*
> *getroffen hat, soll mit 17 Pfg. Strafe belegt werden.*

> *§ 6   Wer sich Ungebührlich Aufführt und Unnütze Händel*
> *Anfängt oder Übergeben betrunken befunden wird,*
> *so soll der Schuldige von den Schützen-Meistern*
> *in Arest genommen und von den Schützenhofe*
> *weggebracht werden und jeder der so befunden*
> *wird mit 50 Pfg. bestraft werden.*

§ 7   Derjenige Einwohner, welcher zu den gehörigen
Mahnten kein Recht hat, kann das Kleinod so wenig
als ein Fremder gewinnen, sondern muß mit einem
Geldgewinn zu Frieden sein. Es kann auch kein
Fremder für einen Einwohner das Beste schießen.

Die „Bestemann-Plakette" aus dem Jahre 1747 zeigt einen Uniformierten mit Hund. Heinrich Bierwerth, der Bestemann, dürfte Forstaufseher gewesen sein, da zu jener Zeit Otto Gärtner Förster in Hörden war.

Die „Mahnten" waren Wiesen, die zur Allmende, zum Allgemeinbesitz gehörten. Nur Grundbesitzer hatten daran Anteil. Somit konnten auch nur Grundbesitzer am Schießen auf das „Beste" teilnehmen und „Bestemann" werden.

Die Hördener Schützen-Gesellschaft war Eigentümerin der „Schützenbreite" oder „Schützenwiese" auf dem „Kleibergsfeld" und des „Dragoner-Angers". Dem „Bestemann" wurde die „Schützenwiese" für ein Jahr zur Nutzung überlassen.

Noch 1939 besaß die Schützen-Gesellschaft an beiden Grundstücken ein dingliches Recht dergestalt, dass beide Wiesen zum Abhalten der Schützenfeste kostenlos zur Verfügung standen.

Über einen tödlichen Unfall während des Schützenfestes 1767 berichten die Kirchenbücher:

> *Den 23ten Junii Abends um 7 Uhr hat der Flurschütze*
> *Adam Georg Schwabe auf dem Schützenhofe bey der Scheibe*
> *durch einen unvorsichtigen und unglücklichen Schuß sein*
> *Leben eingebüßet. Ihm wurde die tödliche Kugel, welche*
> *im Kopfe stecken geblieben ist, am Hintertheile des Hauptes*
> *beygebracht ... Nach gehends hat er 4 Jahre als Feldschütze*
> *und ein vierthel Jahr auch als Nachtwächter der Hördensche*
> *Gemeine gedienet. Des Entleibten Begräbnis geschahe den*
> *25ten Junii a.c. deßen Alter ist so genau nicht bekannt gewesen.*
> *Vielleicht mochte er noch nicht das 30. Jahr in seinem Leben*
> *erreichet haben.*

Aus 1895 ist uns ein Nachtrag zur „Schützen-Verordnung" vom Jahre 1751 im Original überliefert:

> *§ 15 Derjenige der während der Dauer des Schützen-*
> *Festes respektive beim Aufzuge Schanzen oder*
> *Versperrungen anbringt, soll mit einer Strafe vn*
> *3 Mark belegt werden, und falls Holz oder der*
> *gleichen beschädigt wird den Schaden tragen.*

Die in manchen Orten (Schwiegershausen, Förste) noch heute übliche Errichtung und Erstürmung von Barrikaden scheint sich in Hörden nicht durchgesetzt zu haben.

Zum Schützenfest
in Hörden
am 2. und 3. Pfingstfeiertage,
sowie am Sonntag, den 29. Mai,
ladet freundlichst ein

Ww. Karl Peter.

NB. Für gute Speisen und Getränke
ist bestens gesorgt.

Anno 1918 wurde die „Sparkasse" in Hörden gegründet. Schon seit deren Gründung unterhielt die Hördener Schützen-Gesellschaft unter dem Namen „Schützenkasse" dort ein Konto in laufender Rechnung, um den nicht durch Hand- und Spanndienste abgegoltenen Verpflichtungen nachkommen zu können.

Der Bau des „Schützenhauses" 1934/35:

Nachdem die neue Schützen-Verordnung von 1934 alle Vorrechte einer bestimmten Gruppe beseitigte und alle Hördener Bürger über 25 Jahre künftig gleichberechtigt wurden, konnte an den Bau des seit langem geplanten Schützenhauses gedacht werden.
Da sich alle beteiligten Kreise einig waren, nahmen die Vorarbeiten nur sehr wenig Zeit in Anspruch. Die Forstgenossenschaft stellte das erforderliche Bauholz zur Verfügung, einen zinslosen Kredit bewilligte die Spar- und Darlehnskasse, der Landkreis gab einen Zuschuß von 2.300 RM. Nach einem festgelegten Plan wurden die Hand- und Spanndienste geleistet, so daß der Bau auf dem Grundstück recht schnell erstellt werden konnte, das schon zu alten Zeiten zur Abhaltung des Schützenfestes diente. Insgesamt wurden für die erforderlichen Materialien rund 13.000 RM über das Konto der Schützenkasse für den Neubau verausgabt.

Richtfest wurde im Juli 1935 gefeiert. Am 19. September 1835 fand die Einweihung des neu erbauten Schützenhauses in Hörden statt.

Die Presse berichtet über die „Nachfeier" zum Schützenfest 1936:

> *Am Samstag später fand das diesjährige Schützenfest sein Ende ... Unter Vorantritt der Festkapelle fand die Abholung der Schützenmeister und des Hauptmanns statt ... Unter präsentiertem Gewehr wurden die Schützenfahnen herausgeholt und unter den Klängen flotter Marschmusik ging es zum Schützenplatz, wo das Preisschießen begann. Am Abend fand das Offiziersessen statt. Etwa 40 Personen nahmen daran teil.*

Während dieser Nachfeier des Schützenfestes 1936 wurde um „die große und kleine Schützenwiese" geschossen. Das Heu der großen Wiese ging an August Oppermann sen., das der kleinen an August Oppermann jun. Das Grummet der kleinen Schützenwiese sollte der Waldarbeiter Albert Koch erhalten.

Wie in der Präambel der Schützen-Verordnung von 1936 bereits erwartet, wurde von Seiten der Behörden in den Ablauf der Schützenfeste in der Folgezeit eingegriffen. Nach den Bestimmungen des 3. Reiches sollten neu zu bildende Schützenvereine Träger zukünftiger Schützenfeste sein und die Schützen-Gesellschaften ablösen.

Eine Ablösung der „Hördener Schützen-Gesellschaft von 1742" fand nicht statt. Eine Übergabe oder Beschlagnahme von Vermögen oder Eigentum der Schützen-Gesellschaft erfolgte nicht. Als 1938 die Gründung eines „Schützenvereins" auf der Tagesordnung stand, wurde dieser Punkt „vertagt".

Im Jahre 1939 wurde dann aber doch ein Schützenfest gefeiert, das nicht von der Schützen-Gesellschaft, sondern von einem neu gegründeten Schützenverein ausgerichtet wurde. Dazu heißt es in der Presse:

> *Anfang Mai 1939 wurde in der Gastwirtschaft Hermann Peter ein Schützenverein gegründet. Um wieder ein Schützenfest feiern zu können, war es nach den neuen Bestimmungen notwendig, zunächst einen Schützen-Verein zu gründen. Der junge Verein zählt 44 Mitglieder. Mit einem erheblichen Zuwachs ist noch zu rechnen. Durch die Gründung des Schützen-Vereins ist nunmehr der Jugend Gelegenheit gegeben, sich mehr der Schießausbildung zu widmen.*

Allerdings heißt es in einem Bericht zum Schützenfest 1939:

Bevor der Umzug vorstatten ging, wurden die früheren Offiziere durch die Kapelle und eine Gewehrgruppe abgeholt.

Die alten Gewehre, zum Teil museumsreif, die sich seit Generationen in den Familien vererbt hatten. mussten nach 1939 abgeliefert werden.

Über die Schützenkasse wurden weiterhin alle Einnahmen, darunter Zuschüsse der Regierung und des Kreises für den Neubau des Schützenhauses, die Pachten für die kleine und große Schützenwiese und für die im Schützenhaus abgehaltenen Vergnügen bis zum Jahre 1945 verbucht und dienten bis dahin zur Teilabdeckung des Bau-Kredits.

Die seinerzeit von der Schützen-Gesellschaft gekauften 200 Stühle fanden wie auch das Mobiliar des Kindergartens, dem die Südseite des Schützenhauses mietfrei eingeräumt war, restlos andere Besitzer. Um einer etwaigen Beschlagnahme durch die Besatzungsmächte vorzubeugen, übernahm die Gemeinde formlos die treuhänderische Verwaltung des Schützenhauses und richtete sofort Notwohnungen für die Flüchtlinge hier ein.

In einer Gemeinderatssitzung am 17. 2. 1954 wurden die Besitzverhältnisse am Schützenhaus geklärt. Gegen Entgelt sollte es allen Organisationen und Vereinen für Veranstaltungen zur Verfügung gestellt werden. Wenn wieder einmal eine „Schützen-Gesellschaft" ins Leben gerufen würde, sollte ihr das Haus als Anerkennung für die damals geleisteten Hand- und Spanndienste bei der Erstellung des Gebäudes unentgeltlich bereitstehen.

Wilhelm Beuershausen (181) war es, der in den 1950er Jahren in erster Linie die Wiederaufnahme der Schützenfeste betrieb. Das führte dazu, dass Groß-Schützenmeister Wilhelm Barke zum 17. Februar 1957 eine Versammlung in das Gasthaus Peter einberief. Man stellte fest, dass Protokollbücher und sonstige Unterlagen nicht mehr vorhanden waren. Auch Abzeichen und Degen waren bis auf die Hauptmann-Schärpe, die Albert Minne in Verwahrung hatte, der Kriegs- und Nachkriegszeit zum Opfer gefallen.

Das Offizium selbst war nach über 20 Jahren nicht mehr vollzählig. Die verbliebenen Offiziere fühlten sich „altersmäßig" nicht stark genug, ein Schützenfest zu organisieren und durchzuführen. Es sollte ein neues Schützen-Offizium gewählt werden.

Zur Ausarbeitung einer neuen „Schützen-Verordnung", die der alten ähneln, aber den veränderten Zeiten Rechnung tragen sollte, wurde ein Ausschuss gebildet, bestehend aus

Karl Wehmeyer (96), Hermann Minne (85), Heinrich Bode (80), Wilhelm Trümper (1), Heinrich Deppe (100), Heinrich Peters (130). Wilhelm Oppermann (86), Wilhelm Georg (55), Gustav Deppe (23), Heinrich Grüneberg (36), Albert Kunstin (91), Wilhelm Beuershausen

Am 3. März 1957 wurde die neue „Schützen-Verordnung" verabschiedet. Zusätzlich wurden allgemeine Bestimmungen der „Hördener Schützen-Gesellschaft von 1742" schriftlich niedergelegt und ein neues Schützen-Offizium gewählt. Für den „alten" Bestemann des Jahres 1936, der das Kleinod wegen Krankheit nicht austragen wollte, erklärte sich der Bestemann des Schützenvereins von 1939, Wilhelm Trümper, bereit, das Kleinod auszutragen.

Hördener Schützenfest 1957

PROGRAMM

9. Juni 1957 (1. Pfingstfeiertag)

6.00 Uhr: Wecken durch Trommler und Pfeifer.
12.00 Uhr: Abholen der Offiziere mit Musik und Schützengruppe, anschließend Kranzniederlegung am Ehrenmal.
13.15 Uhr: Aufstellen des Aufzuges und Abmarsch zum Dorfumzug.
14.30 Uhr: Ankunft auf dem Schützenplatz, Begrüßung der Gäste und Verlesen der Schießordnung durch den Schützenmeister.
15.00 Uhr: Beginn des Schießens.
19.00 Uhr: Einbringen der Fahnen.

10. Juni 1957 (2. Pfingstfeiertag)

6.00 Uhr: Wecken.
10.00 Uhr: Gemeinschaftliches Frühstück
13.00 Uhr: Abholen der Kinder vom Schulhof zur Teilnahme am Umzug; Aufstellen des Umzuges, an dem die Vereinsfahnen mit Abordnungen teilnehmen, und Abmarsch.
14.30 Uhr: Beginn des Schießens.
19.00 Uhr: Proklamierung des „Bestemannes".

An beiden Tagen **Tanz** im Schützenhaus mit der beliebten Kapelle „Alvo".
Beginn: 15.00 Uhr   **Ende? ? ?**

Auf dem Schützenplatz Jubel, Trubel, Heiterkeit für jung und alt.
Für gepflegte Speisen und Getränke sorgen Günther Schreiber und Frau
Es laden ein: **Die Hördener Schützengesellschaft v. 1742 u. die Veranstalter.**

Das erste Schützenfest nach dem 2. Weltkrieg fand dann Pfingsten 1957 statt. Geschossen wurde auf dem Schießstand am Sportplatz. Dieser Schießstand war in erster Linie aus freiwilligen Spenden finanziert worden. Fast alle Dorfbewohner hatten sich beteiligt, und so konnten die Kosten für den Bau gedeckt werden.

Die Mindest-Altersgrenze für die Teilnehmer am Schießen auf das „Beste" wurde zu diesem Schützenfest von 25 Jahre auf 20 Jahre gesenkt.

Das Schützenfest 1957 war ein großer Erfolg, und deshalb fand auch 1958 ein Schützenfest statt. Zur Entlastung des ein Jahr zuvor überfüllten Schützenhauses wurde nun zusätzlich ein großes Zelt aufgeschlagen.

Leider konnte der im Vorjahr neu errichtete Kleinkaliber-Schießstand, dessen Kosten sich die Hördener mit wenigen Ausnahmen, sei es durch Geldspenden oder tätige Hilfe, und die Forstgenossenschaft durch Bereitstellung des erforderlichen Holzes beteiligten, nicht weiter genutzt werden, da der behelfsmäßige Schützenstand wieder abgebaut werden mußte. In diesem Jahr wird nun, wieder durch Gemeinschaftsarbeit und durch Bereitstellung eines Teils der Materialien seitens der Gemeinde, ein fester Schützenstand errichtet, so daß auch nach dem Schützenfest das sportliche Schießen weiter gepflegt werden kann.

Die Beteiligung am Schützenfest 1958 war noch größer als ein Jahr zuvor, aber finanziell wurde es ein Minus-Geschäft. Das Schützen-Offizium musste das Defizit aus eigener Tasche ausgleichen.

Den Auftakt beim Schützenfest 1960 bildete am Sonnabend der Kommers. Wecken am Sonntagmorgen: 6 Uhr! Um 9 Uhr Kirchgang mit anschließender Kranzniederlegung, um 14 Uhr Umzug, anschließend Schießen. Abends Schützenball in zwei Sälen. Am Montag: Wecken 6 Uhr! Um 10 Uhr Frühstück, 13.30 Uhr Umzug der Schulkinder, gegen 18 Uhr Proklamation des Bestemanns. Eine Woche später: Abschlussfeier - Da war Kondition gefragt!

Im Vorbericht zum Hördener Schützenfest vom 21. – 23. Juli 1962 geht die Presse auf das „Eintrommeln" des Schützenfestes ein:

Zur Tradition des Hördener Schützenfestes gehört das persönliche Einladen. Jedes Haus wird dabei berücksichtigt, und auch in Düna wurde kein Anwesen ausgelassen.

Das Dreier-Team - der Trommler, der Pfeifer und der sogenannte 'Scheibengucker' (der Mann, der die Ergebnisse von der Scheibe abliest) hat wahrhaftig eine Mammut-Arbeit geleistet, als es von Haus zu Haus zog und immer wieder 'Kurze' und weitere Getränke aller Art serviert bekam. Das müssen schon 'Bärenbengel' gewesen sein, die so viel Flüssigkeit in unterschiedlichen 'Prozenten' vertragen konnten.

Im Dezember wurde die „Bürger-Schützengilde Horrido" gegründet. Der Schützenmeister der Hördener Schützen-Gesellschaft, Gustav Brakel, gestattete dem Schützenverein, den Schießstand zu benutzen und in Ordnung zu halten.

Zwar versuchte die Bürger-Schützengilde in der Folgezeit immer wieder, das Offizium der Schützen-Gesellschaft für eine Fusion zu gewinnen, doch die Offiziere wichen immer wieder aus.

Im Jahre 1964 erfolgte der Um- und Erweiterungsbau des Schützenhauses zu einer Sporthalle. Der vorhandene Raum sollte sich dadurch mehr als verdoppeln. Als Erstes wurde die Schießhalle abgerissen.

Die Schützen-Gesellschaft geriet allmählich in Vergessenheit - bis in einer Sitzung des Rates der Gemeinde Hörden am 30. August 1977 der „Alt-Fähnrich" Walter Grüneberg darauf hinwies, dass er noch die Fahnen der Hördener Schützen-Gesellschaft aufbewahre.

Der Gemeinderat beschloss, einen Treuhänder für die „Hördener Schützen-Gesellschaft von 1742" zu bestellen und ernannte dazu in der Sitzung am 20. März 1979 den Ratsherrn und Schulleiter Klaus Gehmlich. Er wurde unter anderem beauftragt, Fahnen, Kleinod und weitere Unterlagen und Gegenstände der Schützen-Gesellschaft zusammen zu tragen.

Nachdem Kleinod, Fahnen und einige Unterlagen gefunden waren, fand Ende 1979 eine erste Zusammenkunft des „alten" Schützen-Offiziums von 1962 statt. Leider waren der nach altem Brauch 1962 gewählte Erste Schützenmeister Gustav Brakel, der Hauptmann August Barke und der Schützenschreiber Wilhelm Oppermann inzwischen verstorben. Als Nachfolger wurden Erwin Bagge, Willi Rettstadt und Dieter Trümper vorgeschlagen.

Da der Schießstand im Anger inzwischen abgängig war, sollte das Schießen auf dem Schießstand an der Aschenhütte stattfinden. Das neue Offizium arbeitete eine neue „Schützen-Verordnung" und eine Schießordnung aus. Die Altersbegrenzung für das Schießen auf das „Beste" wurde auf 18 Jahre gesenkt. Mit einem Satz von 3 Schuss konnte sich jeder daran beteiligen, der länger als ein Jahr in der Gemeinde Hörden ansässig war.

Mitglieder des Schützen-Offiziums 1982
Bestemann Willi Georg – Junggesellen-Bestemann Heinrich Brakel
Kleiner Fähnrich Ingo Heidelberg

Zwischen der Gemeinde Hörden und der „Hördener Schützen-Gesellschaft von 1742" wurde vor dem Schützenfest 1982 ein Vertrag geschlossen. Darin wurde unter anderem festgelegt:

Der Bürgermeister und zwei weitere Ratsmitglieder sind ordentliche Mitglieder des Schützen-Offiziums. Die Ratsmitglieder werden vom Rat der Gemeinde Hörden bestellt.

Entsteht bei der Durchführung eines Schützenfestes in Hörden ein Gewinn, wird jeweils eine Mindest-Rücklage von 1.000 DM auf dem Sparbuch der Schützen-Gesellschaft zur Organisation und Durchführung des nächsten Schützenfestes gebildet.

Darüber hinaus erzielte Gewinne werden, soweit sie nicht der Rücklage zugeschlagen werden, einem gemeinnützigen Zweck in der Gemeinde Hörden zugeführt. Die Entscheidung über die Verwendung der Gewinne trifft das Schützen-Offizium.

Für einen Verlust bei der Durchführung eines Schützenfestes in Hörden tritt die Gemeinde Hörden ein.

Vom 26. bis 28. Juli 1982 fand dann nach 20 Jahren Pause wieder ein Schützenfest der „Hördener Schützen-Gesellschaft von 1742" statt.

Das Schützenfest 1986 wurde zu einem „Fest der Begegnung". An diesem Fest nahmen neben Gästen aus den Nachbar-Gemeinden und der Region auch Gäste aus Hörden an der Murg im Schwarzwald und aus Hörden bei Weyhe nahe Bremen teil. Diese Begegnung der Hördener aus dem Harz mit denen aus dem Süden und dem Norden war der eigentliche Höhepunkt dieses Schützenfestes 1986.

Auch der Festumzug hatte es in sich:

Die Elbingeröder wurden vom Fanfarenzug „Hördelsteiner Herolde" aus Hörden im Schwarzwald abgeholt.

Die Dünaer wurden vom „Musik-Corps Buschbell" aus Frechen im Rheinland nach Hörden geleitet.

Das Hördener Schützen-Offizium wurde vom „Musikzug der Freiwilligen Feuerwehr Hörden / Harz" eskortiert.

In den Festumzug traten dann noch der „Waldarbeiter-Instrumental-Musikverein St. Andreasberg", der „Fanfarenzug Hattorf", der „Spielmannszug Wulften" und der „Musikverein und Blasorchester Hörden / Schwarzwald" ein.

Letzterer stellte am Sonnabend auch die Tanzkapelle - zum Nulltarif!

Erst im Nachhinein wird klar, welch ein tolles Ereignis das war!

Das Schützenfest 1992 fand vom 26. – 28. Juni statt. Geschossen wurde schon eine Woche vorher auf der 50-Meter-Bahn des Kleinkaliber-Schießstandes an der Aschenhütte. Die Aufsicht über das Schießen hatte die Reservisten-Kameradschaft Hörden übernommen. Der „Bestemann" stand damit zwar schon vor dem eigentlichen Schützenfest fest, aber wer es war, das blieb bis zur Proklamation „geheime Verschluss-Sache".

Erstmals tagte 1992 das „Hohe Schützengericht", initiiert von den „Schützen-Frauen". Unter anderem wurde der 1. Schützenmeister Franz Berger wegen „Verlegens von Dokumenten und Stehenlassens hochprozentiger Grund-nahrungsmittel" verurteilt. Hauptmann Axel Bellin wurde eine „Verletzung der Kleiderordnung" zur Last gelegt und er „wegen liederlichen Schärpentragens" verurteilt. Bürgermeister Werner Bojahr, der wegen „Stehenlassens von Genuss- und Verwirrmitteln" verurteilt worden war. revanchierte sich und lud die „Hohen Richterinnen" zu einer Fahrt auf das Kinderkarussell ein.

Im Jahre 1994 lud das amtierende Schützen-Offizium von 1998 unter ihrem 1. Schützenmeister Helmut Minde erstmals zum „Dorffest" ein. Premiere dann beim Dorffest 1999, als das „Schützen-Offizium 2002" unter dem Schützenmeister Heinz Bierwirth das „Boßeln in der Feldmark" einführte.

Nach bescheidenen Anfängen entwickelte sich das Boßeln zu einem echten Schlager. War die Zahl der Teilnehmer zunächst noch überschaubar, so hatten 2003 bereits 35 Mannschaften gemeldet, 2008 dann 54 Mannschaften. Nachdem sich die Zahl der teilnehmenden Mannschaften auf über 60 gesteigert hatte, flaute ihre Zahl dann wieder ab. Der Höhepunkt war offenbar „überwunden".

Inzwischen ist das „Boßeln mit Dorffest" oder „Dorffest mit Boßeln" zu einer festen Einrichtung geworden und wird jeweils vom folgenden Offizium organisiert.

Es war in Hörden bislang nicht üblich, dass der Bestemann eine „Ehrenscheibe" erhielt, sozusagen als „Hausschmuck". Während des Schützenfestes 1998 bekamen auch die Bestemänner der letzten drei Schützenfeste (Werner Paare 1982, Horst Büttner 1986, M`hamed Flitti 1992) eine solche Ehrenscheibe „nachgereicht".

DAs „Schützenfrühstück" 1998 dauerte 7 (!) Stunden. Dabei war aus dem „Schützengericht" ein „Dorfgericht" geworden mit „professionellem Personal". Aber „Übeltäter" blieben vor allem die Schützen. So hatte zum Beispiel Hauptmann Heinrich Reinhardt die Schützen-Kompanie nach dem Umzug im „Präsentiert!" stehenlassen „und sich hinweg begeben"!! Ankläger Reinhard Henkel: „Die würden heute noch so da stehen, wenn der Leutnant sie nicht erlöst hätte!"

Nachdem alle Offizien seit 1982 die Einwohnerschaft mit einem Überschuss vom Schützenfest erfreut hatten, unter anderem durch Anschaffungen von Spielgeräten oder Ruhebänken oder Ortseingangsschildern, wurden 2002 neue Schützen-Fahnen gekauft. Als zusätzliche Attraktion hatte das Offizium 2002 einen „Luftballon-Weitflug" organisiert.

Dieses Fest hatte noch ein erfreuliches „Nachspiel": Weil sich Männer-Fähnrich Ingo Oppermann nur schwer von seiner Fahne hatte trennen können und vom Dorfgericht entsprechend „verdonnert" worden war, hatte er das „Hohe Gericht" (Richter Gerd Wehmeyer, Staatsanwalt Reinhard Henkel, Gerichtsschreiberin Marion Armbrecht, Gerichtsdiener Reinhold Deppe) samt Schützendamen zu einer Feier eingeladen. Auf diesem speziellen Fest überreichte ihm der 1. Schützenmeister Heinz Bierwirth eine selbst gefertigte „Ersatz-Schützenfahne ganz für dich alleine!"

Das Abholen des neuen Schützen-Offiziums dauerte 2007 länger als drei Stunden. Und das bei 7 (!) Personen! Das lag nicht daran, dass die Abzuholenden verreist oder einkaufen waren, sondern an der angenehmen Atmosphäre bei den „Neuen". Deshalb saß man anschließend auch noch weitere Stunden zusammen.

Zum „Eintrommeln" hatte man zwei Trupps gebildet, denn diese Aktion erfordert Kondition in mehrfacher Hinsicht. So stöhnte denn auch ein Teilnehmer, nachdem man von Haus zu Haus gegangen war und zum Schützenfest eingeladen hatte: „Ich wusste gar nicht, dass es in Düna so viele Häuser gibt!"

Auch 2011 wurde in Hörden ein Schützenfest nach alter Tradition gefeiert. Allerdings dauerte das Fest wie bei den voraufgegangenen Schützenfesten nicht mehr 4 Tage wie früher, sondern „nur" 2 Tage. Aber dafür war das Schießen zwei Wochen vorher auch über 2 Tage verteilt worden.

Dieses Offizium überholte die Ehrenpforte und tauschte Teile aus.

Das „Dorfgericht" hatte sich inzwischen auch zu einem festen Bestandteil des Schützenfestes entwickelt. Wie sehr alte Bräuche missverstanden werden, zeigte sich in der „Verhandlung" gegen zwei junge Burschen. Die hatten ihren Maiden zu Pfingsten einen „Maibaum" vor die Tür gestellt – allerdings einen Tag zu spät! Und dann war der „Maibaum" auch keine Birke, wie es sich gehört, sondern eine Zitterpappel...! Das „Hohe Gericht" sah den guten Willen als strafmildernd an und verurteilte die verhinderten Casanovas dazu, in einer Baumschule die Namen der Bäume zu lernen.

Neben den vorbereitenden Treffen der Schützen-Offiziere fallen im Jahr des Schützenfestes traditionell etliche Termine an, die Teile des Festes sind und der Einstimmung insbesondere der Bevölkerung auf das Schützenfest dienen. Dazu zählt das Abholen der „neuen" Offiziere, die das nächste Schützenfest ausrichten.

Früher war es so, dass der „Neue" nichts von dem Ansinnen wusste. Ihm wurde das Amt angetragen, ohne dass er vorher gefragt oder informiert worden wäre. Man hockte hinter der Gardine und wartete – gehen sie vorbei oder bleiben sie stehen?

Es war eine Ehre, ausgewählt worden zu sein. Man konnte gar nicht ablehnen und sich damit außerhalb der Dorfgemeinschaft stellen. Inzwischen ist die Zustimmung nicht mehr selbstverständlich, und man tut gut daran, vorher anzufragen, ob das Amt angenommen werden wird. Aber es ist erfreulich festzustellen, dass auch die Jugend zur Tradition steht.

Die „Schützen-Verordnung" wurde immer wieder verändert und dem jeweiligen Zeitgeist angepasst. Seit 1982 nahmen auch Frauen gleichberechtigt am Schießen auf das Kleinod teil. Auf dem Schützenfest 2017 wurde dann erstmals eine Frau als „Bestemann" gekürt. Und weil die Ur-Bedeutung von „Mann = Mensch" ist, spricht nichts dagegen, diese Bezeichnung bei zu behalten.

Jedes Schützenfest ist ein Stück Dorfgeschichte. Mit jedem Schützenfest werden weitere Seiten darin geschrieben!

Schützen-Offizium 1982

nach Übergabe der Ehrenzeichen

Das Kleinod

Der „Bestemann" hat die Pflicht, an das Kleinod eine Münze oder Plakette anzufügen. Früher hatte er an hohen Feiertagen mit dem „Besten" zum Gottesdienst zu erscheinen.

Das „Beste" hat turbulente Zeiten, Notzeiten und Kriege erlebt – und überstanden! Das allein zeigt schon sein hohes Ansehen. In dieser langen Zeit ist es nicht verwunderlich, dass auch Schilder und Münzen verloren gegangen sind.

Im Jahre 1895 stellte man bei der Übergabe des Kleinods fest, dass zum „Besten" 23 Schilder, 23 Gulden und 5 Taler gehörten. Aus der Zeit vor 1895 waren mindestens 1 Plakette und 3 Münzen verloren gegangen.

Die Plaketten dienten zum Teil der Selbstdarstellung. Auf den Schildern sind häufig nicht nur der Name und das Jahr angegeben, in dem das „Beste" errungen wurde, meistens ist auch der Beruf im Bild dargestellt, den der Stifter der Plakette ausübte, als er das Schießen gewann.

Schwieriger ist es bei den Münzen, den Stifter festzustellen, denn nur auf einigen sind der Name und das Jahr des Schützenfestes eingraviert. Auf anderen sind nur die Anfangsbuchstaben des Namens eingeritzt. Viele Münzen wurden ohne ein Zeichen dem „Besten" hinzugefügt. Dabei fällt jedoch auf, dass mit wenigen Ausnahmen die Prägejahre der Münzen nur einmal auftauchen und aus dem Prägejahr der Münzen keine Plaketten existieren. Das bedeutet, dass in den Prägejahren der Münzen ebenfalls Schützenfeste in Hörden stattfanden.

Leider fehlen aus der Zeit vor 1742, als nach 32 Jahren wieder Schützenfeste stattfinden durften, sämtliche Unterlagen.

Der erste Bestemann der „wiederhergestellten" Schützen-Gesellschaft in Hörden war 1742 „J.H. Gértner". Auf der Plakette ist ein Horn eingraviert. Im Jahre 1742 starb mit 82 Jahren der Förster Otto Gärtner. Sein Sohn Otto folgte ihm als Förster nach. Johann Henrich dürfte Sohn oder Enkel des „alten Försters" gewesen sein. Das Horn ist demnach ein Jagdhorn.

Aus dem Jahre 1744 gibt es zwei Plaketten: „Joh. Conr. Grube" ließ sich auf der Plakette als Reiter abbilden, während „Otte Borchers" einen säenden Landmann darstellen ließ.

Eine Erklärung für die zwei Plaketten aus einem Jahr könnte sein, dass einer der beiden 1743 Bestemann wurde, aber erst 1744 die Plakette anfertigen ließ. Dafür spricht, dass aus 1743 keine Plakette existiert, wohl aber fortlaufend aus den nächsten Jahren.

Anno 1745 war „J. Otto Rüter" Bestemann. Er dürfte identisch sein mit dem im Kirchenbuch 1766 genannten Rademacher „Johann Otto Reuter", denn auf der Plakette hält er Beil und Rad in den Händen.

Bestemann 1746 war „Joh. Andr. Oppermann". Zwischen 1743 und 1772, seinem Todesjahr, ist Johann Andreas Oppermann als Hördener Vogt in den Kirchenbüchern verzeichnet.

Das Bild auf der Plakette von „Heinr. Bierwerth" im Jahre 1747 zeigt einen Uniformierten. Vermutlich war er Jagdaufseher oder Jäger.

Die Plakette des Jahres 1748 stellt „Jos. Zach. Bierwerth" als Schlachter dar.

Der Bestemann des Jahres 1749, „J.C. Bierwerth", hat ein Bild gravieren lassen, das ihn als Jäger ausweist.

Im Jahre 1751 war „H. Gertner" Bestemann. Die Plakette zeigt einen Mann mit einem Wildschwein. Er wird der Förster-Familie Gärtner zuzurechnen sein.

In den darauffolgenden Jahren konnten keine Schützenfeste stattfinden, denn die Franzosen fielen auch in das Kurfürstentum Hannover ein und zerstörten 1757 die Burg Scharzfels. Erst 1763 verließen sie unsere Region.

Im Jahre 1764 feierte man nach 13 Jahren in Hörden wieder ein Schützenfest. Bestemann war wiederum „H. Gertner". Die Plakette zeigt einen springenden Hirsch.

Förster Ludolph Rennebaum, Bestemann des Jahres 1767, ließ sich in seiner herrschaftlichen Uniform auf der Hasenjagd darstellen.

Trotz nun folgender Kriegswirren, die erst mit dem Sturz Napoleons und der Erhebung des Kurfürstentums Hannover zum Königreich Hannover 1814 beendet war, scheint man zwischendurch immer wieder auch Zeit für ein Schützenfest gehabt zu haben.

Allerdings fällt auf, dass in jener Zeit dem Kleinod nur Münzen hinzugefügt wurden. Sie tauchen gegen Ende des 18. Jahrhunderts erstmals am Kleinod auf und werden im 19. Jahrhundert häufig an Stelle einer Plakette gestiftet.

Wenn dem „Besten" eine Münze hinzugefügt wurde, bedeutet das nicht, dass der entsprechende Bestemann zu den weniger Begüterten gehörte, denn es handelt sich zum Teil um verhältnismäßig hohe Münzwerte.

Die Frage: Münze oder Plakette? scheint eine Frage der Einstellung, des Geschmacks oder der Mode gewesen zu sein. Nicht zuletzt waren in jener Zeit auch Werber für die „Grande Armée" unterwegs, denen der Name eines guten Schützen auf einer Plakette sicher nicht entgangen wäre.

Die ältesten Münzen am Kleinod stammen aus den Jahren 1790, 1791, 1800 und 1812. Diese Münzen sind Zeit-Dokumente. Die meisten Geldstücke, häufig verhältnismäßig hohe Werte, waren die in ihrer Zeit bei uns gängigen Zahlungsmittel. Nur wenige Münzen stammen nicht aus unserer Region.

Das Geldstück aus dem Jahre 1790 hat den Wert „Eine Marck". Die Münze aus dem Jahre 1791 weist die eingeritzten Buchstaben „E.B." sowie die Jahreszahl „1798" auf der einen und die Buchstaben „E BW" auf der anderen Seite auf. Es ist nicht auszuschließen, dass in beiden Jahren ein Schützenfest stattfand und der Stifter dieser Münze beide Male „Bestemann" war. Doch das ist Spekulation.

Aus dem Jahre 1814 datiert eine Plakette des „Heindrich Domeyer". Der war zu jener Zeit Oberförster in Herzberg. Er ließ punktieren: *„Zum Andenken der Schützen-Geselschaft in Hörden" – „Heindrich Domeyer 1814"*. Der spätere Förster in Hörden, Christoph Friedrich Domeyer, stammte aus dieser Förster-Familie.

Das Prägejahr 1814 weisen drei Münzen auf. In zwei Münzen sind Buchstaben geritzt, einmal ein „H D", zum anderen „I B". Entweder hat es hier zwei Bestemänner gegeben, oder eine dieser Münzen steht für das Jahr 1815, als sicher auch ein Schützenfest stattfand, denn aus 1815 stammt eine große Stiftungsplakette von

„Carl Wilhelm Lueder Ober-Amtmann zu Herzberg 1815"

Die Widmung lautet:

Für Ihn das Herz und für den Feind das Schwert!

Was Jeder giebt, das ist auch Jeder werth.

Wer mit „Ihn" gemeint ist, sagt die Vorderseite der Plakette, in deren mittlerem Oval offensichtlich sein Bildnis gehörte:

„GEORG Prinz Regent von Groß Brittannien und Hannover"

Im Jahre 1820 gab „H B" dem Kleinod eine Münze, und die Plakette des Heinrich Wedemeier stammt aus dem Jahre 1821. Heinrich Wedemeier war Schmied. Er präsentiert Hammer und Hufeisen.

Aus den Jahren 1822, 1823 und 1824 stammen die nächsten Geldstücke, alle ohne irgendein Zeichen. Die fortlaufenden Zahlen zeigen aber, dass hier „Schüttenhoff" gehalten wurde.

1825 fügte „Ch. Reuter" dem Kleinod eine Plakette an. Das Bild zeigt einen Rademacher mit Rad und Beil.

Die Münze aus dem Jahre 1826 weist die eingravierten Buchstaben „G B" auf.

„Wilhelm Bierwerth", der 1830 das „Beste" errang, war Wirt im „Weißen Roß".

Aus dem Jahre 1832 stammen zwei Münzen, aber nur in eine sind Buchstaben, und zwar „A B" und die Jahreszahl „1832" graviert.

Im Jahre 1833 gab Wilhelm Bierwirth an das Kleinod eine Münze, in die Name und Jahreszahl sorgfältig graviert sind. Offenbar wiederholte er seinen Erfolg von 1830.

Dass 1834 ein Schützenfest in Hörden stattgefunden hat, ist anzunehmen, denn Amtmann Meister stiftete der Hördener Schützen-Gesellschaft von 1742 in jenem Jahr eine Plakette.

Dem Leitsatz:

"*Ueb immer Treu und Redlichkeit bis an dein kühles Grab und weiche keinen Finger breit von den Gesetzen ab.*"

auf der einen Seite steht der Wunsch auf der anderen Seite gegenüber:

"*Es lebe der König und sein treues Volk
Zum Andenken von Amtmann Meister in Herzberg 1834
Gott mit uns*"

In eine Münze aus dem Jahre 1829 wurden die Buchstaben „Z B" und die Jahreszahl „1859" geritzt.

Im Jahre 1866 war „A. Peter" Bestemann. Er fügte dem Kleinod eine Plakette an, die Andreas Peter als Waldarbeiter ausweist.

Anno 1871 gab der Bestemann mit den Initialen „H B" dem Kleinod einen Taler zu. Die Münzen aus den Jahren 1872 und 1876 weisen keine Inschriften auf.

In den „Krönungstaler" für Wilhelm und Augusta von Preußen aus dem Jahre 1861 sind die Buchstaben „W G" und die Jahreszahl „1881" graviert.

Im Jahre 1883 war Heinrich Wehmeyer Bestemann. Er gehört zur Dynastie der Wehmeyer, die als Hördener Schmiede auftauchen. Und als Schmied ist er auf der Plakette auch dargestellt.

Aus dem Jahre 1885 stammen zwei Münzen. Es ist möglich, dass auch 1884 ein Schützenfest stattgefunden hat, aber die Gravur erst vor der Übergabe des Kleinods im darauffolgenden Jahr vorgenommen worden ist, denn die Bestemann-Würde behielt der beste Schütze bis zum nächsten Schützenfest.

In die eine Münze sind die Buchstaben „C W" und die Jahreszahl „1885" aufgenommen, in der anderen Münze wurde das Prägejahr geändert in „188**5**" und weiter eingraviert „H Koch Schucmacher".

Das sind gleichzeitig die letzten Geldstücke, die dem Kleinod angefügt wurden.

Die Tatsache, dass im Jahre 1886 die Schützenordnung überarbeitet, jedoch im Wesentlichen der Inhalt aus dem Jahre 1751 übernommen wurde (an Stelle des „Amthauptmanns" gab nun der „Herr Landrath" die ersten drei freien Schüsse ab), lässt vermuten, dass 1886 ein Schützenfest stattgefunden hat, obwohl aus jenem Jahr weder Plakette noch Münze vorliegen.

Das nächste Schützenfest war 1889. Bestemann wurde „A Müller", ein Ackermann. Das Bild auf der Plakette stellt ihn mit einem ungesattelten Pferd am Halfter dar. Er war also „Pferdebauer".

Die vorhandenen Schilder der Jahre 1894 und 1895 weisen den Ackermann Conrad Bierwerth für 1894, den Zimmermann Kunstin für 1895 als Bestemann aus. Die Plakette des Conrad Bierwerth zeigt ein ungesatteltes Pferd, Zimmermeister Heinrich Kunstin hat in die Plakette mit der Jahreszahl „1895" die Symbole seiner Zunft eingravieren lassen.

Auch 1899 fand ein Schützenfest in Hörden statt. Bestemann wurde Tischler Wilhelm Minne. Er stiftete dem Kleinod einen Gulden, der jedoch verloren gegangen ist.

Bestemann im Jahre 1902 wurde Heinrich Famme. Die Plakette, ein Oval, ist von Lorbeer umrahmt. In der Mitte sind Name und Jahreszahl graviert. (Das Oval ist eine beliebte Form der Schilder am Kleinod.)

Im Jahre 1904 errang der Schmied Wilhelm Reinhard das Kleinod. Er ließ auf dem Schild Hufeisen, Hammer und Zangen zu einem Emblem zusammenstellen.

Der Maurer Karl Fiedler wurde 1908 bester Schütze. Im Jahre 1910 sein Berufskollege Carl Rettstadt. Während auf dem Schild des Karl Fiedler neben dem Lorbeer nur Name und Jahreszahl festgehalten sind, ziert den Schild des Carl Rettstadt zusätzlich Maurer-Handwerkszeug.

Die Form der Berufsdarstellung wählte 1914 auch Tischler August Bierwirth.

Es folgte der 1. Weltkrieg, die Inflation, und erst 1930 dachte man wieder daran, ein Schützenfest zu feiern. Bestemann wurde der Forstaufseher Heinrich Barke.

In der 1936 erneuerten „Schützen-Verordnung" ist festgehalten:

> § 6 *Das Kleinot kann schießen, der Hördener Bürger ist und das 25. Lebensjahr überschritten hat. Er muß für sich schießen, wird es aber von den Schützenmeistern erlaubt, noch für einen anderen zu schießen, soll derjenige RM 0,40 in die Schützenkasse zahlen.*

> § 13 *Nach dem Schützenfeste wird das Kleinot an den Großschützenmeister abgegeben. Derselbe hat es in gutem Zustande zu erhalten und hin und wieder zur Prüfung nach Gewicht und Stückzahl vorzuzeigen.*

> § 14 *Wer das Kleinot gewinnt, soll RM 10,- zahlen oder für sämtliche Schützen zu verzehren geben.*

Die Plakette oder Münze, die der Bestemann des Jahres 1936, August Oppermann, dem „Besten" hinzugefügt hat, ist vermutlich verloren gegangen.

Das Schützenfest 1939 fand in der Regie des „Schützenvereins", nicht der „Schützen-Gesellschaft" statt. Dennoch fügte der Bestemann Wilhelm Trümper (Nr. 1) dem Kleinod eine Plakette hinzu. Schützenmeister Wilhelm Barke hielt in einer Notiz nach dem Schützenfest 1939 fest:

> *Da durch Anordnung des Reiches die Schützenfeste in ihrer alten Form nicht mehr gefeiert werden dürfen, sind die Kleinodien nebst Fahnen beim Schützenfest Pfingsten 1939 letztmalig ausgetragen. Das Kleinod bleibt vorläufig bis zur weiteren Anordnung der Behörde in den Händen des Schützenmeisters Wilhelm Barke.*

Großschützenmeister Wilhelm Barke (54) rettete das Kleinod durch den Zweiten Weltkrieg und die Besatzungszeit.

Im Bericht über das Schützenfest 1939 ist erstmals festgehalten, dass ein „Junggesellen-König" ausgeschossen wurde. Diese Würde errang der Maurer August Spillner. Ein „Junggesellen-Kleinod" existierte allerdings nicht.

Nach dem Zweiten Weltkrieg wurde das „Beste" am 13. Juli 1953, als der Hördener Turnverein sein 50-jähriges Bestehen feierte, während des Umzugs erstmals wieder ausgetragen.

Auf dem ersten Schützenfest nach dem Zweiten Weltkrieg, im Juni 1957, wurde Malermeister Hans Bagge Bestemann. Er ließ eine recht plastische Plakette anfertigen.

Bestemann des Schützenfestes 1958 wurde Albert Minne (105). Allerdings schoss Albert Minne nicht selbst auf das „Beste". Für ihn schoss Richard Minne, was nach der Schützen-Verordnung möglich war. Es war, soweit bekannt, das einzige Mal, dass der Bestemann auf diese Weise das „Beste" errang.

Beim nächsten Schützenfest im Jahre 1960 war der „Waldarbeiter Willi Grüneberg" bester Schütze.

Bestemann des Schützenfestes im Jahre 1962 wurde „Willi Georg, Kfz.-Meister". Während dieses Schützenfestes wurde neben dem „Bestemann" auch der „Junggesellen-Bestemann" proklamiert. Das geschah nach 1939 erstmals wieder. Aber nunmehr erhielt der „Junggesellen-Bestemann" auch

Erster Junggesellen-Bestemann der Hördener Schützen-Gesellschaft wurde der Zimmermann Heinrich Brakel.
Beide Bestemänner trugen das Kleinod beim nächsten Schützenfest aus, obwohl das erst nach 20 Jahren stattfand. Beide Plaketten wurden auch erst 20 Jahre später gefertigt, denn Willi Georg war 1962 noch kein Kfz.-Meister.

Für das Schützenfest 1982 wurden beide Samt-Unterlagen der Kleinode umgestaltet. Die Plaketten des „Kleinods" wurden neu angeordnet. Es wies inzwischen 34 Plaketten sowie 13 gravierte Münzen und 13 Münzen ohne Gravierung auf.
Da außer der Stiftungsplakette von 1962 und der einzigen Bestemann-Plakette auf dem Samtlatz für den Junggesellen-Bestemann weder Münzen noch weitere Plaketten prangten, folgte das Offizium der Anregung des Treuhänders Klaus Gehmlich, dieses Kleinod mit Münzen der vergangenen 20 Jahre seit 1962 zu schmücken.

So wird die Stiftungs-Plakette von sechs Eine-Mark-Münzen des Prägejahres 1962 umrahmt. Der Rand des Kleinods wird gebildet von 21 Münzen aus den Jahren 1962 bis 1982, oben fünf „Eine-Mark-Stücke", an den Seiten und unten die Münzen von 1 Pfennig bis zu 5 D-Mark.

Bestemann während des Schützenfestes 1982 wurde Werner Paare, Junggesellen-Bestemann Horst Klose. Beide weisen jeweils auf ihrer Plakette auf den Beruf hin, Werner Paare durch den Schriftzug „Werkzeugmacher", der Tischler Horst Klose durch Hobel, Zirkel und Winkeleisen.

Das Schützenfest 1986 war auch in Sachen „Kleinod" ein besonderes. Bestemann wurde Horst Büttner, Junggesellen-Bestemann Lutz Grüneberg. Daneben wurde aber auch ein Kleinod an Hörden im Schwarzwald vergeben, und diese Kette mit einem Schild erhielt Lydia Rahner.

Sie fügte diesem Kleinod, wie es Brauch ist, eine Plakette hinzu, und auch dieses Kleinod wurde 1992 erneut ausgeschossen. „Bestemann" der Hördener von der Murg wurde 1992 Monika Roller.

Wie bereits festgestellt, ist die Bezeichnung „Bestemann" für Frauen durchaus gerechtfertigt, da die Ur-Bedeutung von „Mann = Mensch" ist.

Das Schützenfest 1992 erlebte gleich mehrfach, wie ernst die Schützen-Gesellschaft ihre Verordnung nimmt und Toleranz lebt. Nicht nur, dass Frauen als „Bestemann" anerkannt wurden, erstmals wurde auch ein Hördener mit Migrations-Hintergrund Bestemann: M´hamed Flitti. Dessen Bestemann-Schild ziert ein Tier seiner algerischen Heimat: der Fennek, ein Wüstenfuchs.

Auf diesem Schützenfest waren ein Drittel der Teilnehmer, die auf das „Beste" schossen, bereits Frauen.

Junggesellen-Bestemann wurde 1992 Joachim Friehe.

Beim Schießen auf das „Beste" ist immer wieder zu beobachten, wie das Reglement - 3 Schuss – jeder zählt! - reine Nervensache ist. Da scheiterten die Favoriten gleich reihenweise - an ihren Nerven!

Bestemann des Schützenfestes 1998 wurde Walter Bierwirth, Junggesellen-Bestemann Michael Deppe. Rund 130 Personen hatten gleichberechtigt am Schießen auf das „Beste" teilgenommen.

Bestemann des Schützenfestes 2002 wurde Andreas Ebrecht, Junggesellen-Bestemann Rald Reinhardt.

Bestemann 2011 wurde Ernst-Willi Bierwirth, Junggesellen-Bestemann Niklas Fahrendorff.

Bestemann 2017 wurde Elke Kreth-Schumann, Junggesellen-Bestemann Tim Göppert.

Die Fahnen

Aus dem Jahre 1883 stammt die älteste der drei noch erhaltenen Fahnen der „Hördener Schützen-Gesellschaft von 1742". Diese rote Fahne mit der Jahreszahl 1883 trägt der „Kleine Fähnrich". Er ist der jüngste unter den Fähnrichen. Sein Alter sollte ursprünglich zwischen 14 und 18 Jahre sein. Der „Kleine Fähnrich" symbolisiert die Zukunft und zeigt das Weiterleben der Schützen-Gesellschaft an.

Im Jahre 1908 wurden zwei neue Fahnen ausgetragen, eine grüne Männer-Fahne und eine rotbraune Junggesellen-Fahne. Die entsprechenden alten Fahnen sollen im Laufe der Zeit den Mäusen zum Opfer gefallen sein. Ob die Fahnen von 1908 im Aussehen den alten Fahnen entsprechen, muss offen bleiben, denn die sind nicht beschrieben.

Die Fahnen überdauerten die Zeit und zwei Weltkriege. Den Zweiten Weltkrieg und die Besatzungszeit über bewahrte die Familie Kunstin (91) die Fahnen. Albert Kunstin war 1939 Fähnrich geworden.

Die Fahnen, die Walter Grüneberg nach 1962 in Obhut genommen hatte, waren es, die eine erneute „Wiederbelebung" der Hördener Schützen-Gesellschaft 1982 veranlassten.

Die Schützen-Fahnen von 1883 und 1908 stellen einen ideellen Wert dar. Am 1. Mai 1980 wurden sie, die wieder zusammengeführten, in feierlichem Rahmen symbolisch an die Gemeinde Hörden übergeben.

Im Jahre 2002 wurden die alten Schützenfahnen durch identisch neue Fahnen ersetzt. Während nunmehr die „neuen alten Fahnen" ausgetragen werden, sind die „alten" wohl verwahrt und werden, wenn gewünscht, zum Schützenfest hervorgeholt, um als Schmuck zu dienen.

Das Schützen-Offizium

Das „Offizium" hielt und hält die Schützen-Gesellschaft am Leben. Früher gehörten alle männlichen Hausbesitzer, die älter als 25 Jahre alt waren, zur „Hördener Schützen-Gesellschaft". Aus ihren Reihen wurde das Offizium gewählt.

Bis in das 20. Jahrhundert hinein stellten im Offizium die „Pferdebauern" (die mit Pferden ackerten) den „Groß-Schützenmeister". Die weniger begüterten so genannten „Kuhbauern" (die mit einem Kuhgespann ackerten) den „Klein-Schützenmeister".

Der „Groß-Fähnrich" musste verheiratet sein. Er trug die „Männer-Fahne". Der „Klein-Fähnrich" war unverheiratet, zwischen 14 und 18 Jahre alt, und trug die „Schützenfahne". Die „Junggesellen-Fahne", die der „Junggesellen-Fähnrich" zu tragen hatte, wurde erst Anfang des 20. Jahrhunderts angeschafft.

Im Festzug wurden die Verheirateten vom Hauptmann, die Junggesellen vom Leutnant angeführt. Heute wird der gesamte Festzug vom Hauptmann, die „Schützen-Kompanie", 1982 erstmals aufgestellt, vom Leutnant angeführt.

Heute rekrutiert sich das Offizium aus allen Teilen der Bevölkerung. Jeder Schützen-Offizier benennt seinen Nachfolger, mit dem inzwischen in der Regel diese Nachfolge abgestimmt ist.

Inzwischen gehören also alle Hördener Einwohner über 18 Jahre, die länger als ein Jahr in Hörden wohnen, automatisch zur Schützen-Gesellschaft. Sie haben das Recht, unabhängig vom Geschlecht, auf das „Beste" zu schießen, und können Schützen-Offizier werden.

Immer noch sucht jeder Schützen-Offizier seinen Nachfolger aus – mit einer Ausnahme: Die Schützenmeister wählen „über Kreuz". Das heißt, dass der 1. Schützenmeister den nächsten 2. Schützenmeister bestimmt, der 2. Schützenmeister aber den nächsten 1. Schützenmeister. Damit wurden früher bestehende Standes-Unterschiede (siehe oben) aufgehoben.

Der Schützenschreiber begleitet inzwischen mehrere Schützenfeste. So wird eine gewisse Kontinuität gewahrt und kann auf Erfahrungen aus früheren Schützenfesten zurückgegriffen werden.

Seit 1982 gehören der Bürgermeister und je ein Ratsherr der im Gemeinderat vertretenen Fraktionen dem Schützen-Offizium an. Die Ratsmitglieder werden nach der Kommunalwahl neu benannt, deshalb findet gegebenenfalls zwischen zwei Schützenfesten ein Wechsel statt.

Von etlichen Schützenfesten sind lediglich die Schützenmeister als Funktionsträger bekannt. Soweit es zu ermitteln war, wurden auch die übrigen Schützen-Offiziere in ihrer Funktion benannt.

1895　　Groß-Schützenmeister Conrad Koch
　　　　Klein-Schützenmeister Heinrich Bierwirth

1899　　Groß-Schützenmeister August Müller
　　　　Klein-Schützenmeister Wilhelm Bierwirth

1902　　Groß-Schützenmeister Heinrich Wehmeyer
　　　　Klein-Schützenmeister Wilhelm Spillner

1904　　Groß-Schützenmeister Heinrich Kunstin
　　　　Klein-Schützenmeister August Oppermann

1908　　Groß-Schützenmeister Heinrich Wehmeyer
　　　　Klein-Schützenmeister Heinrich Schlott

1910	Groß-Schützenmeister Heinrich Deppe
	Klein-Schützenmeister Louis Reinhardt
	Funktion unbekannt: Wilhelm Niemeyer,
	  Heinrich Barke, August Deppe,
	  Karl Fiedler, Emil Klemme

1914	Groß-Schützenmeister Heinrich Barke Klein-Schützenmeister Carl Grüneberg
1930	Groß-Schützenmeister Wilhelm Bierwirth Klein-Schützenmeister August Rettstadt
1936	Groß-Schützenmeister Wilhelm Bierwirth Klein-Schützenmeister August Oppermann sen. Hauptmann August Barke Groß-Fähnrich Wilhelm Wehmeyer Schützenschreiber Wilhelm Oppermann Funktion unbekannt: Heinrich Barke, Friedrich Bierwirth, Heinrich Bierwirth, Willi Grüneberg

Für das nächste Schützenfest gewählt, haben sie ihre Funktion 1939 aber nicht ausgeübt: Groß-Fähnrich Albert Kunstin
Junggesellen-Fähnrich Hermann Spillner
Klein-Fähnrich Rolf Helmbrecht

1939	Groß-Schützenmeister Wilhelm Barke Klein-Schützenmeister Wilhelm Minne Hauptmann Albert Minne Leutnant Wilhelm Spillner Groß-Fähnrich Wilhelm Reinhardt Junggesellen-Fähnrich Heinrich Koch Klein-Fähnrich Reinhold Juraschek

Die Aufgaben der Schützen-Offiziere:

Die Schützenmeister vertreten die Schützen-Gesellschaft nach außen. Der 1. Schützenmeister gibt das Schießen frei.

Der Hauptmann stellt den Schützenumzug auf und führt ihn an. Er übernimmt vom Leutnant die „Schützen-Kompanie".

Der Leutnant übt vor dem Schützenfest die Schützengruppe ein. Der Leutnant ist für die allgemeine Ordnung während des Festes verantwortlich.

Jeder Fähnrich ist für seine Fahne verantwortlich.

Der Bestemann / Junggesellen-Bestemann fügt bis zum nächsten Schützenfest dem Kleinod eine Plakette oder ein Geldstück an.

Der Schützenschreiber führt den Schriftwechsel, ermittelt die Geldpreise und legt nach dem Schützenfest Rechnung.

Die Ratsmitglieder unterstützen die Offiziere bei ihren Aufgaben.

1957
1. Schützenmeister Karl Wehmeyer (96)
2. Schützenmeister Karl Peters (18)
Hauptmann Heinrich Barke (177)
Leutnant Heinrich Kunstin (152)
Männer-Fähnrich Wilhelm Reinhardt (118)
Junggesellen-Fähnrich Heinrich Brakel (119)
Klein-Fähnrich Karl-Hermann Peters (85)
Schützenschreiber Wilhelm Beuershausen

1958
1. Schützenmeister Wilhelm Kunstin
2. Schützenmeister Wilhelm Deppe
Funktion unbekannt: Heinrich Peters, Hans Bagge,
    Dieter Diekmann, Heinrich Bierwirth, Willi Rettstadt
Heinrich Reinhardt

1960
1. Schützenmeister Ernst Reinhardt
2. Schützenmeister Gustav Deppe
Funktion unbekannt: Wilhelm Oppermann
    Albert Minne, Willi Spillner

1962
1. Schützenmeister Heinrich Reinhardt
2. Schützenmeister Wilhelm Georg
Funktion unbekannt: Friedel Beuershausen, Erwin Bagge,
    Willi Grüneberg, Otto Reinhardt, Willi Wehmeyer,
    Albert Oppermann, Heinrich Kunstin

Die Abzeichen der Schützen-Offiziere:

Alle tragen dunklen Anzug, schwarze Schuhe und weißes Hemd, weiße Fliege und weiße Handschuhe sowie Zylinder. Um den Zylinder grünes Band mit Rosette, dahinter am 1. Tag Eichenlaub, am 2. Tag Tannengrün. Alle außer Hauptmann, Leutnant und Bestemann tragen eine grüne Leibschärpe.

Hauptmann und Leutnant haben Koppel mit Degen.

Der Bestemann trägt das Kleinod.

1982	1. Schützenmeister Erwin Bagge	(Rosenstr. 7a)
	2. Schützenmeister Walter Kunstin	(Hauptstr. 14)
	Hauptmann Willi Rettstadt	(Mittelstr. 38a)
	Leutnant Horst Klose	(Asternstr. 11)
	Männer-Fähnrich Walter Grüneberg	(Kirchstr. 11)
	Junggesellen-Fähnrich Helmut Minde	(Veilchenstr. 1)
	Klein-Fähnrich Ingo Heidelberg	(Am Anger 1)
	Schützenschreiber Dieter Trümper	(Am Edelhof 13)

1986	1. Schützenmeister Heinz Deppe	(Kirchstr. 32)
	2. Schützenmeister Klaus Gehmlich	(Hauptstr. 4)
	Hauptmann Ernst-Willi Kunstin	(Hauptstr. 7)
	Leutnant Gunter Berger	(Hauptstr. 48)
	Männer-Fähnrich Horst Büttner	(Messweg 14)
	Junggesellen-Fähnrich Jörg Büttner	(Messweg 14)
	Klein-Fähnrich Hartmut Minde	(Veilchenstr. 1)
	Schützenschreiber Dieter Trümper	(Am Edelhof 13)

1992	1. Schützenmeister Franz Berger	(Mittelstr. 48)
	2. Schützenmeister Karl-Heinz Wehmeyer	(Ilmengasse 1)
	Hauptmann Axel Bellin	(Mittelstr. 9)
	Leutnant Jens Reinhardt	(Kirchstr. 12)
	Männer-Fähnrich Bruno Peisler	(Rosenstr. 1)
	Junggesellen-Fähnrich Dirk Minde	(Veilchenstr. 1)
	Klein-Fähnrich Thomas Minde	(Veilchenstr. 1)
	Schützenschreiber Dieter Trümper	(Am Edelhof 13)

1998	1. Schützenmeister Helmut Minde	(Veilchenstr. 1)
	2. Schützenmeister Werner Stasiak	(Im Bodden 7)
	Hauptmann Heinrich Reinhardt	(Mittelstr. 20)
	Leutnant Michael Deppe	(Kirchstr. 32)
	Männer-Fähnrich Elso Reck	(Asternstr. 7)
	Junggesellen-Fähnrich Markus Deppe	(Kirchstr. 32)
	Klein-Fähnrich Heiko Deppe	(Hauptstr. 20a)
	Schützenschreiber Dieter Trümper	(Am Edelhof 13)
2002	1. Schützenmeister Heinz Bierwirth	(Hauptstr. 10)
	2. Schützenmeister Hans Bagge	(Kirchstr. 36)
	Hauptmann Helmut Trümper jun.	(Am Edelhof 21)
	Leutnant Andreas Minde	(Veilchenstr. 1)
	Männer-Fähnrich Ingo Oppermann	(Schulstr. 1)
	Junggesellen-Fähnrich Daniel Armbrecht	(Schulstr. 18)
	Klein-Fähnrich Henning Kunstin	(Hauptstr. 7)
	Schützenschreiber Dieter Trümper	(Am Edelhof 13)
2007	1. Schützenmeister Harald Reinhardt	(Schulstr. 3)
	2. Schützenmeister Thorsten Noth	(Unt. d. Kleiberg 27)
	Hauptmann Wolfgang Spillner	(Kirchstr. 1)
	Leutnant Ralf Reinhardt	(Mittelstr. 20)
	Männer-Fähnrich René Wiese	(Schulstr. 17)
	Junggesellen-Fähnrich Mirco Reinhardt	(Mittelstr. 26)
	Klein-Fähnrich Sebastian Ebrecht	(Im Bodden 6)
	Schützenschreiber Dieter Trümper	(Am Edelhof 13)
2011	1. Schützenmeister Torsten Lips	(Kirchstr. 35)
	2. Schützenmeister Gerd Georg	(Schulstr. 2a)
	Hauptmann Jürgen Dreymann	(Schulstr. 3 – 5)
	Leutnant Tilmann Armbrecht	(Kirchstr. 34)
	Männer-Fähnrich Stefan Kliemann	(Mittelstr. 13b)
	Junggesellen-Fähnrich Hendrik Berger	(Mittelstr. 50)
	Klein-Fähnrich Niklas Fahrendorff	(Asternstr. 1)
	Schützenschreiber Gunter Berger	(Mittelstr. 50)

2017	1. Schützenmeister Eckard Bruchmann	(Am Edelhof 15)
	2. Schützenmeister Gerd Könneker	(Unt. d. Kleiberg 23)
	Hauptmann Jens Wemheuer	(Mittelstr. 12)
	Leutnant Maik Fahrendorff	(Hauptstr. 8)
	Männer-Fähnrich Heinz Adler	(Schulstr. 6)
	Junggesellen-Fähnrich Adrian Trautmann	(Asternstr. 7)
	Klein-Fähnrich Marcel Peters	(Mittelstr. 38)
	Schützenschreiber Gunter Berger	(Mittelstr. 50)

Krüge und Kreuger

Gasthaus Weißes Roß

Wo sich in Hörden der erste „Krug" befand, ist nicht bekannt. In vielen Dörfern ersetzte jedoch der von der Gemeinde gebaute „Krug" den Versammlungsplatz. Analog der Gerichtsstätte wurde dieser „Platz unter freiem Himmel" allmählich in ein Gebäude verlegt.

Dem folgte man spätestens mit der Verlegung des Dorfplatzes auf den „Anger" auch in Hörden, denn hier baute die Gemeinde 1812 einen „Krug".

Der Ausdruck „Krug / Krüger" zeigt an, dass Getränke in Krügen ausgeschenkt wurden.

Älteste Kunde von einem „Krüger" in Hörden erhalten wir aus den Kirchenbüchern: *Am 21. Juni 1661 starb Hanß Strüfer, des Krügers Sohn.*

Anno 1703 wurde festgehalten: *„… Den 24 Xbris (Dezember) ward Andreaß Krüger sonst Wehemeyer Söhnlein Barthold des nachts zwischen 12 und 1 Uhr in diese welt gebohren …".*

Bis Mitte des 19. Jahrhunderts blieb der „Krug" dann in den Händen der Familie Bierwerth / Kunstin:

> Andreas Wehmeyer war also in erster Linie „der Krüger". Bei den vielen Wehmeiers, Wehemeiers und Wedemeiers im Ort war das eine willkommene Identifikation. Der Familienname geriet ins Hintertreffen.
>
> Am 2. Juli 1756 ist „des Krügers Matthias Kunstin Ehefrau" Taufzeugin.
>
> Der „Krüger" Zacharias Barcke taucht 1792 mehrfach als Pate auf: *„… Den 4 April 1793 ist zu Hörden beider Eltern erster Ehe ein Söhnlein gebohren. Der Vater ist der Krüger Zacharias Barcke …"*

Ob es sich hier um einen zweiten Gastwirt handelt oder der „Krug" der Dynastie Kunstin / Bierwirth kurzzeitig in anderen Händen lag, denn ein „Krüger Zacharias Barcke" taucht nur 1792/93 in den Kirchenbüchern auf, muss offen bleiben.

Im Kirchenbuch 4 ist 1794 vermerkt: *„… Den 17ten 9br ist zu Hörden des Vaters 1ter und der Mutter 2ter Ehe eine Tochter geb. Vater: der Krüger und Ackermann Christian Kunstin …"*

Im Jahre 1799 wird Christian Kunstins Tochter Johanne Sophie geboren. Da wird er ebenfalls als „Krüger" bezeichnet.

Vom Gasthaus alleine konnte der „Krüger" mit seiner Familie nicht leben. Deshalb war er auch Bauer und betrieb in der Regel noch nebenbei einen kleinen Warenhandel, für den die Frau verantwortlich zeichnete.

Zwischen 1801 und 1811 taucht im Kirchenbuch immer wieder „der Hördensche Krüger" Heinrich Bierwerth auf. In jener Zeit wird er viermal Vater, und seine Frau ist mehrfach Taufzeugin.

Am 21. Juni 1825 heiratete Johann Christian Friedrich Kunstin, der Sohn des „Gastwirths" Christian Kunstin. Es ist das erste Mal, dass die Bezeichnung „Gastwirt" in den Kirchenbüchern verwendet wird und das viel ältere „Krüger" ersetzt.

Am 5. Januar 1830 starb der „vormahlige Krüger" Johann Heinrich Bierwerth mit 69 Jahren, am 15. Februar 1830 starb mit 64 Jahren die Ehefrau des Krügers Christian Kunstin, Margrethe Elisabeth geb. Bierwerth.

Am 9. Oktober 1841 starb Henriette Christine, Ehefrau des Krügers Karl Friedrich Wilhelm Bierwerth, *„an den Folgen eines Falles aus der Scheune"*.

Am 3. Mai 1842 heiratet der Gastwirt und Witwer Karl Friedrich Wilhelm Bierwerth, 40 Jahre alt, Dorothee Christine Kunstin, Tochter des Christian Kunstin.

Damit endet die Ära der Krüger Bierwerth / Kunstin. Ob es sich dabei um das Haus Nr. 121 / Hauptstraße 11 handelt, muss offen bleiben.

Am 29. Juli 1864 wurde Conrad Heinrich Grupe geboren, Sohn von „Gastwirth in Hörden" Conrad Christian Carl Grupe. Ob es sich dabei um einen Nachfolger der Bierwerth / Kunstin Dynastie handelt, ist unklar. Sicher ist hingegen, dass es sich hier definitiv um das Haus Nr. 121 handelt.

Zwischen 1867 und 1874 ist dann Carl Friedrich Röttger in Hörden als „Gastwirth" beschrieben. Er übernimmt 1882 den „Deutschen Kaiser" in Herzberg.

Der gleiche Vorname „Carl" spricht für ein verwandtschaftliches Verhältnis Grupe / Röttger, zumal auf Friedrich Röttger wiederum ein Grupe, nämlich Julius Grupe folgt.

Darüber hinaus übernehmen Röttger / Gruppe 1882 die „Gastwirthschaft Spicher".

Verpachtungs-Anzeige.
Auf Antrag des Lehrers C. Ey, als Vormund des minorennen Julius Grupe zu Hörden, Amts Herzberg, werde ich die Wirthschaft, verbunden mit Hokenhandel, nebst Scheune, Stallung und 1 Morgen Garten, auf 7 Jahre, am
Sonntag, den 20. d. Mts.,
bei dem Gastwirth Friedrich Röttger daselbst, **Nachmittags 4 Uhr**, meistbietend verpachten.

Die Pachtbedingungen werden im Termine vorliegen.

Hörden, den 12. September 1874.
Barke,
Bauermeister.

Morgen
Sonntag, den 14. Juni 1874, findet bei mir

Tanzmusik

statt; auch kann ich an diesem Tage mit

frischer Wurst

aufwarten. Indem ich für gute Getränke und prompte Bedienung Sorge tragen werde, bitte ich um gütigen Zuspruch.

Hörden, den 11. Juni 1874.
Röttger,
Gastwirth.

Nächsten **Sonntag, den 11. d. M.** findet bei mir

Tanzmusik

Statt, wozu mit dem Bemerken freundlichst einladet, daß für gute Speisen und Getränke bestens Sorge getragen ist.

Hörden, den 9. August 1872.
F. Röttger.

Hörden, den 1. November 1882.

Mit dem heutigen Tage eröffnen wir unsere

Gastwirthschaft in Hörden,

die bislang von dem Gastwirth Herrn **Spiecher** pachtweise übernommen war; indem wir hierdurch bitten, uns das früher geschenkte Vertrauen auch fernerhin bewahren zu wollen, zeichnen

Achtungsvoll

Röttger. Grupe.

Zwischen 1874 und 1882 ist diese Gastwirtschaft an den Gastwirt Spi(e)cher verpachtet. Am 1. und 2. Oktober 1882 lädt Spicher zur Tanzmusik ein, am 1. November 1882 geht das Gasthaus wieder an die Grupe / Röttger - Gruppe (das früher geschenkte Vertrauen) zurück.

Sonntag, den 24. November,

findet im Saale des Herrn **Spicher** in Hörden:

Großes Streichconcert

statt, ausgeführt von der **Herzberger Stadtcapelle,** unter Leitung ihres Dirigenten Herrn F. Huhn. Anfang Abends 7 Uhr, Entree à Person 30 Pfg.

Nach dem Concert

Tanzkränzchen.

Um recht zahlreichen Besuch bitten

F. Huhn, Musik-Director,
F. Spicher, Gastwirth.

Anzeige aus dem Jahre 1896

Der Name „Spicher" taucht zwischen 1876 und 1905 in Hörden auf. Hermann Spicher hatte kurzzeitig die Ziegelei in Hörden gekauft (1893 – 1895). Als Gastwirt ist Spicher zwischen 1876 und 1882 Pächter der Grupe`schen Gastwirtschaft. Vorläufer des späteren Gastwirts Peter ist Spicher wohl nicht, denn Carl Peter ist 1890 als Gastwirt in Hörden erwähnt. Möglicherweise bestand zwischen 1882 und 1905 eine weitere Gastwirtschaft in Hörden.

Haus-Verkauf.

Im Auftrage des **Grupe'schen** Vormundes zu **Hörden** bei Herzberg a. H. werde ich

1) ein im Dorfe Hörden an frequenter Lage belegenes Wohnhaus, eine volle Reihestelle, in welchem schon seit langen Jahren Gastwirthschaft betrieben ist und zur Zeit noch mit Erfolg fortgesetzt wird, sowie die dazu gehörenden Neben-Gebäude, Hofraum und einen 1 Morgen 27 ☐Ruthen großen Garten, wovon ein Theil Grabeland und am Spanberge liegt, und

2) 2¾ Morgen Land und Wiesen in Parzellen, in der Hördener Feldmark belegen,

öffentlich aufs Meistgebot verkaufen.

Hierzu stehen Termine

1. Termin.
Sonnabend, den 28. Februar c.,
2. Termin.
Sonnabend, den 7. März c.,
Abends 8 Uhr,
3. Termin.
Sonnabend, den 14. März c.,
Mittags 12 Uhr,
in der **Grupe'schen** Gastwirtschaft zu **Hörden** an.

Hörden, den 27. Februar 1885.

Barke, Bauermeister.

Dem Gastwirt Julius Grupe wird am 21. Juni 1884 ein Sohn geboren, ebenfalls Julius genannt. Sein Vater muss bald darauf gestorben sein, denn im Februar 1885 wird „... im Auftrage des Grupe`schen Vormundes ..." unter anderem die Gastwirtschaft verkauft.

Käufer des Gasthauses ist Gustav Rögener. Zwischen 1887 und 1892 werden dem Ehepaar Gustav und Margarethe Lucie Sophie geb. Kettner vier Kinder geboren.

Zur gefälligen Beachtung.
Hierdurch erlaube ich mir die ergebenste Anzeige zu machen, daß ich die im Dorfe Hörden belegene **Grupe'sche Gastwirthschaft** verbunden mit Colonial- und Material-Waaren-Handlung, käuflich erworben habe.
Indem ich um geneigten Zuspruch bitte, sichere ich prompteste und reellste Bedienung zu.
Hörden, den 30. März 1885.
Gustav Rögener.

Gustav Rögener

Anlässlich einer „Kirmes" wird im Oktober 1895 der „neue Saal" eingeweiht. Am 10. Mai 1896 feiert der „Kriegerverein" in jenem Saal seine Fahnenweihe. Gustav Rögener ist 1899 Festwirt des Hördener Schützenfestes.

Nur einmal, nämlich 1924, wird das Wirtshaus „Zum weißen Pferd" genannt. Im Jahre 1932 wird der Kleinkaliber-Schießstand im Gasthaus Rögener eingeweiht. Die Presse schreibt am 25. Januar 1936:

„... *Seinen 84. Geburtstag feiert heute der Land- und Gastwirt Gustav Rögener, geboren in Herzberg. Der Jubilar hat am 1. März 1885 die Gastwirtschaft „Zum weißen Roß" in Hörden gekauft und das Besitztum im Laufe der Jahre durch Ankauf von Land erweitert und vergrößert. Sein Sohn Adolf Rögener, der das Grundstück später übernommen hat, hat in dem Sinne seines Vaters weiter gearbeitet, so daß der alte Vater Rögener seine Freude daran hat ...*". Gustav Rögener starb 1936.

Adolf Rögener hat laut Konzession die Gaststätte ab 1912 geführt. Am 24. April 1921 lud Adolf Rögener am Nachmittag zur Unterhaltungs-Musik und am Abend zum „Künstler-Konzert" ein.

Im Jahre 1926 ist die Gastwirtschaft Opfer eines Einbruch-Diebstahls: *„... In der Nacht zum Sonnabend vor Ostern drangen Diebe beim Gastwirt A. Rögener ein. Sie nahmen eine frisch verkittete Fensterscheibe an der Vorderseite des Hauses heraus, gelangten in die Gaststube und dann durch ein zweites eingedrücktes Fenster in den Kramladen, wo ihnen die Kasse mit etwa 20 Mk. und einige Zigarren zum Opfer fielen. Der Wirt fand am Morgen die Kasse an der Kirchhofsmauer am Ausgange des Dorfes ..."*.

In den 1930-er und 1940-er Jahren ist meistens von der „Rögenerschen Gastwirtschaft" oder von „bei Rögener" die Rede. Mit Adolf Rögener sind nur selten Berichte oder Anzeigen versehen, unter anderem 1934 und 1939.

Adolf Rögener

Der Enkel Gustav Rögeners, mit Vornamen ebenfalls Gustav, lud zum Jahreswechsel 1950/51 in das „Tanzlokal Weißes Roß" ein. Er führte die Gaststätte laut Konzession ab 1952.

Im „Rögenerschen Saal" fanden 1953 die ersten Tischtennis-Spiele des „Rot-Weiß Hörden" statt, im Jahre 1965 die Kreismeisterschaften der Schützen des Kreisverbandes „Südharz" im Luftgewehr und Luftpistolen-Schießen. Zwischen 1961 und 1972 hielt die Kreis-Sparkasse im „Weißen Roß" zweimal pro Woche Sprechstunden ab, durchgeführt von Heinrich Minne. Seit November 1972 befand sich dann ein Schalter der Kreis-Sparkasse im Haus von Willi Rettstadt, Mittelstraße 38a.

Bekannt war Gustav Rögener unter dem Spitznamen „Lumpi". „Lumpi" war ein Hördener Original. Er liebte seinen Beruf und sein Gasthaus, war stolz auf Küche und Keller (*Unser Haus der bekannt guten Weine*). Den Scherznamen verdankte er seinem zahmen Wildschwein, das ihm auf seine „Lumpi, Lumpi-Rufe" hin bis in die Schankstube folgte und die Attraktion des Hauses war.

Gustav liebte die Geselligkeit, „parlierte" gerne französisch und war den Damen ein liebenswerter Gastgeber. Er hatte viele versteckte Talente. Dazu gehörte zum Beispiel auch das Klavierspielen. Als die Dorfjugend das zur späten Stunde entdeckte, bat man „Onkel Gustav" um Kostproben seines Könnens – auch im Dunkeln! Und während der Gastwirt im Dunkeln auf dem Klavier Stimmungslieder spielte, stieg die Stimmung in der Gaststube, weil man sich inzwischen „selbsttätig" am Zapfhahn betätigte ...

Aber „Onkel Gustav" konnte großzügig sein und ließ sich nicht so leicht täuschen. Für gute Stimmung verzieh er manches. Auch als er älter war und scheinbar schlafend im Sessel hinter der Theke saß, war sein Geist hellwach, und er verblüffte so manches Mal durch treffende Bemerkungen, die er in die Runde warf.

Viele Geschichten können die „Alten" von „Lumpi" erzählen, einem unvergessenen Hördener Original!

Alle lieben Gustav, den billigsten Wirt von Deutschland!

Sein Lokal ist immer voll: Ein Schnitzel kostet nur 4,50 Mark

Der Bericht in der Bild-Zeitung am 9. März 1975 unter dieser Überschrift war für Gustav Rögener zweifellos ein Höhepunkt in seiner Zeit als Gastwirt.

Darin wurde er als der „menschenfreundlichste Gastwirt der Bundesrepublik" bezeichnet. Und weiter: „... *In ganz Deutschland kann man heute nicht mehr so preiswert (und gut) essen und trinken wie bei dem 64-jährigen gelernten Betriebswirt Gustav Rögener ... Für ein großes Steak mit Champignons bittet der Wirt um die milde Gabe von 6,50 Mark, und bei jedem halben Liter Bier weigert er sich, mehr als 50 Pfennige dafür anzunehmen ... Er läßt seine Frau Berta (54) kochen. Das erspart einen angestellten Koch ...*".

Apropos Ehefrau Berta: Der war zu große Großzügigkeit gar nicht recht, und sie schaute auf den Pfennig. Da konnte es schon passieren, dass „Onkel Gustav" einem Stammgast heimlich einen Geldschein zusteckte, damit der ihn einladen konnte zu einem Gläschen ... Gustav Rögener war und blieb ein Original!

Und das mit dem Bier für 50 Pfennige musste „Adolar" in der Zeitung auch zurechtrücken: „... *das Bier für 50 Pfennige sei auf den allsonntäglichen Frühschoppen beschränkt. Das sei eine alte Tradition. Sonntags morgens gebe es ein `Rezept`, nämlich ein Bier und einen Klaren für eine Mark! ...*".

Es war eigentlich Berta Rögener, die „den Laden zusammenhielt". Nicht ohne Grund schaute sie auf die Finanzen und sorgte als Köchin für den guten Ruf des Hauses. Ohne seine Frau Berta hätte Gustav nicht sein können, wie er war.   „Onkel Gustav" Rögener starb im Mai 1982.

Gustav und Berta Rögener

Nur kurze Zeit war es Gustav Rögener jun. vergönnt, nach dem Tod von „Onkel Gustav" das Gasthaus „Zum weißen Roß" in Hörden zu führen. Er starb nach langer Krankheit 1988.

Am 15. Dezember 1985 hat Manfred Peter die traditionsreiche Gastwirtschaft übernommen. Bei ihm kehrte ein wenig die Atmosphäre von „Lumpi" zurück. Da blieb so manches Mal die Küche kalt, weil man „nach Manni zum Schnitzelessen" ging. Und da durfte man sich auch nicht wundern, wenn man „Kotelett" bestellt hatte, aber „Schnitzel" serviert bekam. Wer mag da so pingelig sein? Und dann konnte es schon vorkommen, dass die Gymnastik-Damen nach ihrer Übungsstunde in der Sporthalle bei „Manni" einkehrten und „'ne Schüssel Pommes und zehn Gabeln" bestellten.

Im Jahre 1992 war Manfred Peter Festwirt des Schützenfestes. Doch Manfred Peter gab schließlich krankheitsbedingt auf.

Eine „Wiedereröffnung" des Gasthauses „Zum weißen Roß" erfolgte am 29. Juli 2001 durch Helmut und Gisela Minde. Allerdings stand der Saal nicht mehr zur Verfügung. Sie hatten die Gastwirtschaft von ihrem Sohn Andreas gepachtet.

Gasthaus „Weißes Roß"
Hauptstraße 11
37412 Hörden

Wiedereröffnungsfeier am 29. Juli 2001 ab 10:00 Uhr

Das Gasthaus „Zum weißen Roß", eine über viele Generationen (der Familie Rögener) gewachsene Tradition, soll nun im neuen Glanz dem Gast wieder zur Verfügung stehen. Es war über Jahrzehnte Austragungsort für Versammlungen und Festivitäten, Siege und Niederlagen der Vereine und Verbände wurden hier gleichermaßen gefeiert. Diese Tradition und die Verbundenheit zu unserem Ort und seinen Vereinen war für uns Ansporn, es für sie und Jedermann wieder als freundliches und modernes Gasthaus herzurichten.

Gepflegte Gastlichkeit, gut speisen und sich wohl fühlen.
Ausrichtung von Familien-, Vereins- und Betriebsfeiern.

Wir freuen uns auf Ihren Besuch
zur großen Wiedereröffnungsfeier

Ihre Familie Minde
Tel.: 05521 / 71216 o. 1705

Im Sommer 2003 teilte Familie Minde mit: „Wir möchten auf diesem Wege über den Bewirtungswechsel im Gasthaus ´Zum weißen Roß` hinweisen. Nach unserem Sommerurlaub wird ab dem 1. September 2003 das Gasthaus von Familie Margariti unter dem Namen ´Restaurant Rhodos` eröffnet."

Gasthaus Hermann Peter

Mit dem Bau der „Chaussee" (befestigte Straße) von Osterode nach Herzberg hat sich das Straßenbild auch in Hörden verändert. Die neue Straße bot eine Verkehrsstruktur mit weitaus geringeren Steigungen als die „Hohe Straße" des Mittelalters über Düna. In Hörden ersetzte die „Hinterstraße" nunmehr die „Mittelstraße" als „Hauptstraße".

Entsprechend wurde auch der Versammlungsplatz an die Wege-Kreuzung nach Elbingerode, Aschenhütte und Herzberg (Schloss) verlegt. Und als es dann in der zweiten Hälfte des 18. Jahrhunderts um den Neubau von Kirche und Schule ging, wurden sie an dieser neuen Straßenkreuzung gebaut.

In vielen Dörfern unserer Region wurden die Versammlungen allmählich in Gebäude verlegt, die man auf oder an dem Dorfplatz baute. So soll auch hier 1812 ein „gemeines schenckhaus" entstanden sein, also ein von der Gemeinde errichteter „Krug". Er soll zunächst in Selbstbewirtschaftung gestanden haben. Das älteste „Schankrecht" (eine Vergabe dieses Rechts) datiert aus dem Jahre 1846.

Im Jahre 1885 kaufte Carl Peter die Gastwirtschaft. Am 1. Mai 1890 lud er zum Schützenfest, 1903 zum Sängerfest ein.

Nach dem Tod ihres Mannes übernahm 1904 die Witwe Minna Peter die Gastwirtschaft. Am 1. Mai 1909 erhielt ihr Krug Telefon-Anschluss, und bis 1919 lud Minna Peter zu Tanzvergnügen und Veranstaltungen ein, so unter anderem 1904 (Schützenfest) und 1907 (Fahnenweihe des Turnvereins).

Am 21. April 1923 heißt es in der Presse: „... *Am letzten Sonntag veranstaltete der hiesige Männer-Gesangverein einen Unterhaltungsabend, an dem die Einwohner unseres Dorfes sich so zahlreich beteiligten, daß der neue große Saal des Herrn Gastwirt Hermann Peter voll besetzt war ...*".

Dass Hermann Peter noch nicht so viel Erfahrung im Umgang mit der Jugend des Dorfes hatte, zeigte sich beim Tanzvergnügen 1924:

„... *Ein Tanzvergnügen mit Hindernissen fand am zweiten Ostertag beim Gastwirt Peter statt. Die Hördener Jugend war sehr zahlreich erschienen und erlebte eine Enttäuschung, indem der Wirt eine Mark Tanzgeld wollte. Die Folge davon war ein Streikbeschluß. Und als sodann die Musik zum ersten Tanz spielte, stimmte die Menge ein Liedchen an, und die aus drei Personen bestehende Musik wurde übertönt. Gemeinsamkeit macht stark, was sich hier so recht zeigte. Der Wirt setzte schließlich das Tanzgeld auf 80 Pfg. herab, und die Festlichkeit nahm einen allseitig befriedigenden Verlauf ...*".

Wie gerne die Gasthäuser von den Hördenern zu Geselligkeiten aufgesucht wurden, zeigt ein Beispiel ebenfalls aus dem Jahre 1924: Am 2. November lud Gastwirt Rögener zu „Lachender Abend der Alten Leipziger Sänger" ein, eine Woche später, am 9. November, lud Gastwirt Peter zu „Mandolinen-Konzert, verbunden mit humoristischen Beiträgen" ein. Es gab ja noch kein Fernsehen!

Dass man kollegial miteinander umging zeigt sich zum Beispiel daran, dass 1937 am 1. Weihnachtstag Gastwirt Peter, am 2. Weihnachtstag Gastwirt Rögener zum Tanz einlud. Ostern 1938 war es umgekehrt. Tanz und Bälle zu jeder Zeit – Ausnahme die Erntezeit.

Dann folgte der 2. Weltkrieg.

In Folge der Schulraumnot in der Nachkriegszeit diente 1950 ein Teil des Saales im Gasthaus Peter als Klassenzimmer. Es sollte nicht das letzte Mal sein.

Am 20. August 1950 lud Hermann Peter zu einem „Fußball-Pokal-Turnier" mit abendlichem „Sport-Ball" ein, und am 5. November 1950 zum „Großen Winzerfest". Man ließ sich schon etwas einfallen!

Himmelfahrt 1957 hatten beide Gastwirte dann wieder aufgeteilt.

Vatertag in Hörden
AUF ZUR **Jettenhöhle**
Es spielt die beliebte A L V O - Kapelle
Abends: TANZ IM SAAL
Es ladet freundlich ein
H. PETER UND FRAU

Am Himmelfahrtstag Tanzmusik in Hörden!
Die beliebte „Alvo"-Kapelle spielt zum Tanz!
Alle sind eingeladen   Gustav Rögener

Während „Hermann Peter und Frau" zum „Vatertag an der Jettenhöhle" einlud, fand abends bei Gustav Rögener „Tanzmusik am Himmelfahrtstag" statt. Die Beschickung an der Jettenhöhle wechselte jährlich zwischen den Gastwirten.

Nach langer Zeit fand am 10. Oktober 1965 wieder eine „Kirmes" bei Gastwirt Peter statt, und 1968 war Hermann Peter Festwirt beim Jubiläum „75 Jahre Männer-Gesangverein".

Hermann Peter half 1955 die „Kyffhäuser-Kameradschaft" wieder ins Leben zu rufen, war einer der Initiatoren für die Gründung der Feuerwehrkapelle 1927 und arbeitete in etlichen anderen Hördener Vereinen mit.

Hermann Peter starb im Oktober 1970.

Hermann Peter jun. übernahm nicht nur die Gastwirtschaft, sondern auch die Fleischerei im Hause. Er hatte sich schon früh in die Dorfgemeinschaft eingebracht und war 1963 Vereinsmeister des RW Hörden im Tischtennis geworden. Er war Mitbegründer vom „Hördener Carneval Club" und stellte dem HCC 1992 ein Grundstück für die „HCC-Scheune" zur Verfügung. Dem Verein blieb er sein Leben lang verbunden. In seinem Gasthaus fand am 7. November 1990 die erste Prunksitzung statt.

Große Kontinuität zeichnete das Gasthaus Hermann Peter aus. So bedankte sich das Ehepaar Peter 1981 bei langjährigen Mitarbeitern: Ilse Wehmeyer war 10 Jahre lang, Erwin Windel 30 Jahre lang „zur Stelle, wenn man gebraucht wurde".

Gasthof
Hermann Peter
Hörden, Tel. 0 55 21 / 31 95
— Familienbetrieb seit 4 Generationen —

Bekannt und beliebt für
Familien-, Vereins- u. Betriebsfeiern
Clubzimmer und Saal

Am 5. Mai 1985 stellte man mit einigem berechtigten Stolz fest, dass sich der „Gasthof Hermann Peter", einst „Gast- und Logierhaus", seit 4 Generationen in der Familie befand.

In das Gasthaus Hermann Peter kamen auch viele Jahre lang die gleichen Feriengäste, unter anderem Günter Kerber, der 1989 schon über 150mal hier begrüßt worden war.

Gastwirt und Fleischermeister Hermann Peter starb im Februar 1993.

Seine Ehefrau Marlis Peter führte den Gasthof zunächst weiter und verkaufte ihn schließlich 1996 an das Ehepaar Bärbel und Walter Uhlhorn aus Hattorf.

Gasthaus Aschenhütte

In Aschenhütte betrieb die Familie Pape schon im 18. Jahrhundert einen „Krug". Als „Krüger" wird erstmals 1806 Johann Christian Pape genannt, 1808 dann „Gastwirt und Ackermann". Anno 1850 betreibt Karl Heinrich Friedrich Pape den Krug in Aschenhütte, zwischen 1854 und 1872 Conrad Oppermann. Die „Oppermänner" hatten in die Familie Pape eingeheiratet.

Im Jahre 1898 teilt Hermann Degenhardt mit, dass er die Gastwirtschaft „Zur Aschenhütte" pachtweise übernommen habe.

Aschenhütte.

Sonntag, den 12. August,

findet in meinem neuerbauten Zelte von Nachmittags 3 Uhr

☞ **Grosses Concert** ☜

statt, ausgeführt von der verstärkten Curcapelle des Herrn Huhn, Herzberg.

Entree à Person 20 Pfg.

Nach dem Concert

===== BALL. =====

Für gute Speisen und gepflegte Biere werde ich bestens sorgen. Es laden hierzu freundlichst ein

H. Degenhardt.   **F. Huhn.**

Mit dem 1. Juli d. Js. habe ich die Gastwirthschaft

Zur Aschenhütte

pachtweise übernommen. Durch gute Bedienung und beste Aufwartung mit Speisen und Getränken werde ich mich bemühen, die Gunst des Publicums zu erwerben, und bitte mein Unternehmen durch geneigten Zuspruch zu unterstützen.

Hochachtungsvoll

Hermann Degenhardt

Anno 1901 empfiehlt Hermann Degenhardt seinen Gästen, „werthen Familien, Vereinen, Touristen ec." seine „zugfreie Veranda".

Eine Anzeige im November 1902: *Empfehle meine renovirten Localitäten sowie meinen neu eingerichteten Wintergarten zur fleißigen Benutzung.*

Im Jahre 1904 zieht H. Degenhardt nach Herzberg und übernimmt dort den „Deutschen Kaiser".

Restaurant zur Aschenhütte.

Einem verehrlichen Publikum von **Herzberg und Umgegend** die ergebene Mitteilung, daß ich mit dem heutigen Tage

das Restaurant und Pensionshaus
„zur Aschenhütte"

übernommen habe und bitte ich, mein junges Unternehmen gefl. unterstützen zu wollen. Es wird stets mein Bestreben sein, das Vertrauen des mich mit seinem Besuch beehrenden Publikums durch reelle und aufmerksame Bedienung zu rechtfertigen.

Aschenhütte b. Herzberg a. H., den 1. April 1904.

Hochachtungsvoll!

Carl Wesemann.

NB. Ich werde stets bemüht sein, für nur gute Speisen und Getränke bestens Sorge zu tragen.

D. O.

Carl Wesemann pachtet 1904 das Gasthaus, aber vom 1. April 1910 an versieht der Inhaber J. Schwind selber *„Waldwirtschaft und Kurhaus"*.

Weiter preist der Gastronom einen *„herrlichen Aufenthalt für Familien"* und *„lohnende Spaziergänge durch den frischgrünen Wald"* an.

Am 16. Oktober 1910 ist eine *„Kirmeß-Feier"* in der Aschenhütte angesagt, und am 21. Januar 1911 ein *„Kaffee-Konzert mit nachfolgendem Ball"*.

Zur *„Unterhaltungsmusik mit nachfolgendem Kaffee mit Schlagsahne"* lud August Kühne am 22. März 1914 nach Aschenhütte ein.

Am 9. März 1915 kam es zur Zwangsversteigerung.

Käufer vom „Gasthof zur Aschenhütte" war im April 1915 Wilhelm Heimsoth.

Am 3. Juni 1919 wird die Jagdverpachtung in der „Heimsoth'schen

> **Gasthof zur Aschenhütte.**
>
> Hierdurch mache ich dem verehrlichen Publikum von Osterode, Herzberg und Umgegend die ergebene Anzeige, daß ich den früher gern besuchten
>
> **Gasthof zur Aschenhütte**
>
> von dem vormaligen Besitzer, Herrn J Schwindt käuflich übernommen und renoviert habe.
>
> Es soll mein ernstes Bestreben sein, durch Sauberkeit, aufmerksame Bedienung, sowie Darbietung von schmackhaften Speisen und Getränken den werten Gästen den Aufenthalt angenehm zu machen und den bei Herrn Schwindt's Zeiten bestandenen guten Ruf des Gasthofes wieder herzustellen.
>
> **Wilhelm Heimsoth.**

Gastwirtschaft zur Aschenhütte" angekündigt. Im Mai 1921 sucht Heimsoth *„wegen Krankheit der jetzigen auf sofort ein tüchtiges Hausmädchen bei gutem Lohn und Trinkgeld"*. Sonntag, 17. August 1924, fand bei Wilhelm Heimsoth ein *„Konzert und Tanzkränzchen"* statt, am 19. September 1926 ein *„Großer Sommernachtsball mit großem Brillant-Feuerwerk"*. Am 31. Juli 1927: Großes Preisschießen! 1. Preis = Geweih-Kronleuchter.

Im Jahre 1928 feierte der Männer-Gesangverein sein Wintervergnügen „auf der Aschenhütte", und am 3. September 1931 fand erneut die Jagdverpachtung in der „Wilhelm Heimsoth'schen Gastwirtschaft bei Hörden" statt.

Nach dem Tod von Wilhelm Heimsoth führte Gerda Heimsoth die Gaststätte weiter. Am 6. August 1950 lud sie zu „Aschenhütte in Flammen" ein.

Die Anzeige hatte es in sich: Sommernachtsfest wie noch nie! In allen Räumen des Hotelbetriebes, in Sommergarten und Grotten! Im Riesenzelt das Blasorchester H. Sietas und die Kapelle H. Balke, im Saal die Tanzkapelle Franz Ort. Am Abend ein „farbenprächtiges Waldfeuerwerk! Und das bei einem Unkostenbeitrag von 0,50 DM! Nicht zu vergessen: Fahrradwache Tag und Nacht vorhanden!

Noch im gleichen Jahr hat Gerda Heimsoth Gaststätte und Hotel verpachtet:

> # 100 Jahre
> Waldgaststätte und Hotel
> ## „ASCHENHÜTTE"
> Bes.: Gerda Heimsoth
>
> Am 1. September haben wir den Hotel- und Gaststättenbetrieb
>
> **„A s c h e n h ü t t e"**
>
> übernommen und bitten um das gleiche Vertrauen, das der Familie Heimsoth seit 35 Jahren entgegengebracht worden ist.
>
> **Günther Schreiber und Frau**

Ostern 1952 lädt Günther Schreiber in das *„renovierte und erweiterte Waldhotel Aschenhütte"* ein. Im Jahre 1957 ist er Festwirt des Hördener Schützenfestes, und am 25. August 1957 fand das *„traditionelle Sommerfest des Waldhotels Aschenhütte zusammen mit einer Kleinpferdeschau"* statt. In einer ganzseitigen Anzeige präsentiert Günther Schreiber 1959 *„moderne Wohn- und Gästezimmer für den anspruchsvollen Gast"* im neuen Nebengebäude.

Im Jahre 1962 kaufte das Gastronomen-Ehepaar Käthe und Kurt Schreiber die „Aschenhütte". Im April 1963 fand die „Wiedereröffnung" statt. Unter Kurt Schreiber hatte das „Waldhotel Aschenhütte" 54 Betten und Plätze für 550 Gäste im Restaurant. Zeitweise waren 46 Mitarbeiter in Hotel und Restaurant beschäftigt. Die „Aschenhütte" war ein beliebtes Ausflugslokal und hatte einen guten Ruf über die Region hinaus. Viele prominente Persönlichkeiten genossen in der „Aschenhütte" gehobene Gastronomie, unter ihnen Max Schmeling, Fritz Walter, Uwe Seeler, Götz George, Ellen Schwiers, Siegfried Lowitz, Minister und Ministerpräsidenten.

Im Jahre 1979 starb Käthe Schreiber, und 5 Jahre später heiratete Kurt Schreiber Christel Vlote.

An seinem 70. Geburtstag, am 13. Januar 1983, stellte Kurt Schreiber seine Nachfolger vor, das Ehepaar Reinhold und Magda Engelhardt. Er verpachtete ihnen das Hotel zum 1. Februar 1983.

Ich übergebe am 1. Februar 1983 mein *Waldhotel* *Aschenhütte* an das Hoteliersehepaar **Reinhold Engelhardt und Frau Magda** Allen Freunden, Gästen, Lieferanten und Bekannten sage ich ein herzliches Dankeschön für die langjährige erfolgreiche Zusammenarbeit, mit der Bitte, auch meinen Nachfolgern Ihr Vertrauen entgegen zu bringen. *Ihr Kurt Schreiber*	Wir übernehmen am Dienstag, dem 1. Februar 1983, das *Waldhotel* *Aschenhütte* Wir werden das Haus im Sinne unseres Vorgängers weiterführen und bitten den Aschenhütter Gästekreis, das Herrn Schreiber entgegengebrachte Vertrauen auch auf uns zu übertragen. Wir werden stets bemüht sein, unsere Gäste zufriedenstellend zu bewirten. *Ihr Reinhold Engelhardt und Frau Magda*

Osteroder Kreis-Anzeiger vom 29.01.1983

Im August 1983 wurde Nachwuchs im Wildgatter des Waldhotels Aschenhütte erwartet. Das Damhirsch-Alttier „Inga", ein Albino, musste noch setzen. Aber durch Steißlage des Nachwuchses kam die Geburt nicht zustande, nur die kleinen Läufe traten aus. Hotelier Engelhardt rief Kurt Schreiber an, der kurze Zeit später mit seinem Freund Oberländer zur Stelle war. Mit einem Betäubungsgewehr wurde die Albino-Dame „zur Strecke gebracht". Kurt Schreiber holte dann den Nachwuchs. Leider tot, so stellte man gemeinsam fest. Doch Herbert Oberländer, der das Kalb nochmals betastete, fühlte etwas Herzschlag. Und so kam es, dass zwei Hoteliers, der eine im Empfangsanzug, der andere im Tennisdress, sich in der „Mund zu Äser Beatmung" abwechselten. Der Dritte massierte das kleine Herz. Es dunkelte schon, als das Rettungskommando aufgab. Den restlichen Teil der Rettungsaktion, so hoffte man, würde das wiedererwachte erfahrene Alttier besorgen.

Hotelier Engelhardt zu Oberländer: Wenn Kurt Schreiber ans Licht kommt, merkt er, dass sein Tennisdress im Eimer ist. Hotelier Schreiber zu Oberländer: Wenn mein Nachfolger bei Licht seinen Empfangsanzug sieht – au weia! Trotzdem wurde gefeiert. Keiner wusste, was eigentlich? Am anderen Morgen bei Sonnenaufgang standen alle drei am Gatter und sahen eine Albino-Mutter mit saugendem Kalb...

Echo am Sonntag vom 02.03.1994

Waldhotel Aschenhütte
Osterode — Herzberg

Liebe Gäste und Freunde des
»Waldhotel Aschenhütte«!

Am 1. März 1994 verkaufen wir unser gastronomisches Unternehmen mit allen Anlagen an Herrn Peter Tautkus und seiner Frau Heike.

Es fällt mir nicht leicht, von meinem Lebenswerk Abschied zu nehmen.

Wir fanden ein junges dynamisches Hotelier-Ehepaar, das nach wochenlangem emsigen Einsatz mit ihrem großen Familienkreis und uns, dem Haus die Note und auch den Ruf wieder zurückgeben wollen, der ihm stets eigen war.

Es waren herrliche Jahre des gastronomischen Erfolgs in und mit unserem großen Gästekreis.

Ihnen allen sagen wir aufrichtig unseren »Herzlichen Dank«. Dem Nachfolger-Ehepaar wünschen wir Glück und Erfolg und einen guten Start.

Ihre Kurt-Christel-Schreiber

Liebe Osteroder und Herzberger Bürger!
Liebe Gäste des »Waldhotel Aschenhütte«!

Am 1. März 1994 geht das Waldhotel Aschenhütte in unseren Besitz über. Wir haben beide eine gastronomische Ausbildung durchlaufen, und sind bereits eine Reihe von Jahren in der Gastronomie tätig.

Nach wochenlangen Renovierungsarbeiten freuen wir uns darauf, Ihnen das bis in die 80er Jahre nach alter Tradition geführte Haus im neuen Gewand vorstellen zu können.

Unseren Eltern, allen Verwandten, allen Handwerkern und Hilfskräften, und besonders Frau Christel Schreiber, sagen wir herzlichen Dank für die große Unterstützung, die uns zuteil wurde.

Bitte besuchen Sie uns im Hotel Aschenhütte; wir werden Sie gastronomisch verwöhnen.

Ihre Heike und Peter Tautkus

Ab sofort wieder
TANZTEE sonntags ab 15.00 Uhr!

Vom 12. Januar bis zum 5. Februar 1995 waren im „Waldhotel Aschenhütte" Betriebsferien. Der Grund: Heike und Peter Tautkus feierten eine kirchliche „Traumhochzeit".

Am 1. Mai 1998 stand letztmals eine „Wiedereröffnung" vom ehemaligen „Waldhotel Aschenhütte" an. Betreiber waren Hans-Joachim und Gertrud Lier.

Kurt Schreiber starb am 20. Dezember 2000.

Kriegerverein > Kyffhäuser-Kameradschaft

Am 8. Juli 1786 wurde in Wangerin in Pommern von 40 ehemals gedienten Soldaten des Friederizianischen Füselier-Regiments von Brüning eine „Militärische Schützenbruderschaft" gegründet. Sie gilt als erste Stamm-Kameradschaft des Kyffhäuser-Bundes.

Zum Ausgang des 18. und 19. Jahrhunderts entstanden zwar weitere Kameradschaften, doch erfuhr das Krieger-Vereinswesen erst nach den Befreiungskriegen einen Aufschwung. Die Kriegervereine entstanden vor allem in Preußen. Ihre hauptsächliche Aufgabe bestand darin, ihre verstorbenen Kameraden mit militärischen Ehren zur letzten Ruhe zu begleiten. Diese Aufgabe wurde den Vereinen in einer Kabinettsorder von König Friedrich Wilhelm IV. vom 22. Februar 1842 als ausdrückliches Recht zuerkannt.

Der Charakter als Begräbnisverein trat in den folgenden Jahrzehnten immer mehr in den Hintergrund. Das soziale Moment, nämlich die Fürsorge für die Witwen und Waisen der gefallenen Kameraden bekam, insbesondere nach 1871, Vorrang. Hier zeigte sich, dass die einzelnen Vereine den finanziellen Anforderungen auf die Dauer nicht gewachsen waren. Ein Zusammenschluss auf höherer Ebene wurde notwendig. Doch das ging nicht so schnell. Mit 40 Vereinen begann der „Deutsche Kriegerbund" im Jahre 1872.

Erst nach dem Tod von Kaiser Wilhelm I. gelang die angestrebte Einigung durch die Idee des Geheimen Regierungsrates Professor Wilhelm Westphal, auf dem Kyffhäuser ein Denkmal als Symbol der Deutschen Einheit zu errichten. Westpahl stellte am 12. März 1888 den Antrag,

dem toten Kaiser (Wilhelm I.) *als Begründer des neuen Kaiserreiches und allen Mitkämpfern seitens aller ehemaligen deutschen Krieger und Soldaten ein Dankesdenkmal auf dem Kyffhäuser zu errichten, und zwar als alle Zeiten geltendes Symbol deutscher Einheit*

Der Kyffhäuser wird seit alters her „Berg der Deutschen" genannt. Auf seinem höchsten Gipfel, dem Burgberg der einstigen „Reichsburg Kyffhusen", entstand das Wahrzeichen der 1870/71 errungenen Reichseinheit. Am 18. Juni 1896 wurde das Denkmal, das zu jener Zeit noch „Kaiser-Wilhelm-Denkmal" hieß, in Anwesenheit von 10.000 Veteranen und der Bundesfürsten aller Länder von Kaiser Wilhelm II. geweiht.

Finanziert wurde der Bau des Denkmals durch eine Sammlung, die von allen deutschen Krieger-Kameradschaften durchgeführt wurde. Mit dieser gemeinsamen Tat wurde zugleich das Fundament für den Kyffhäuser-Bund als Vereinigung der Landes-Kriegerverbände gelegt.

Auch die Gründung vom „Kriegerverein Hörden" ist wohl auf den Aufruf von Professor Westphal zurück zu führen. Immerhin ist der Verein 1888 gegründet worden. Aufgaben und Ziele des Vereins gehen aus den Statuten hervor:

> *Der Verein hat seine Mitglieder zu geistig, sittlich und tüchtigen*
> *Männern heranzubilden, die Kameradschaft zu fördern und dadurch*
> *für die Entwicklung wahrer Menschlichkeit und echten Deutschen*
> *Sinnes tätig zu sein.*

Die Fahnenweihe vom Hördener Krieger-Verein fand am 10. Mai 1896 statt und damit rund einen Monat vor der Einweihung des Kyffhäuser-Denkmals.
Es fällt nicht schwer, hier einen Zusammenhang zu sehen und sich vorzustellen, dass eine Abordnung der Hördener stolz darauf war, mit einer eigenen Fahne dem großen Ereignis am Kyffhäuser beizuwohnen.

Aus dem Vereinsleben des Krieger-Vereins in den ersten Jahrzehnten ist nur wenig bekannt. In der Generalversammlung 1906 wurde an Stelle des Waldarbeiters Grüneberg der Schmiedemeister Reinhardt zum Vorsitzenden gewählt. Auf jener Versammlung wurde beschlossen,

> *die Feier des Geburtstages Sr. Majestät des Kaisers am 18. Januar durch gemeinschaftlichen Kirchgang am Vormittag einzuleiten. Nachmittags findet in der Peter`schen Gastwirtschaft Ball mit anschließendem Festessen und am Abend theatralische Aufführungen statt.*

Am 1. März 1906 berichtet die Zeitung:

> *Die Feier der Silberhochzeit des Kaiserpaares wurde am Dienstag abend in der Rögenerschen Gastwirtschaft von den Mitgliedern des Kriegervereins, welche sich recht zahlreich mit ihren Damen eingefunden hatten, festlich begangen. Vom Vorsitzenden wurde ein Toast auf das Jubelpaar ausgebracht ... Eine Glückwunschadresse welche abgesandt war, wurde verlesen und hatte folgenden Wortlaut: Seiner Majestät dem deutschen Kaiser und König von Preußen. Zur Doppelfeier im Hause Eurer Kaiserlichen und Königlichen Majestät entsenden die heute hier festlich versammelten Mitglieder des Kriegervereins Hörden bei Herzberg (Harz) die ehrerbietigsten Glückwünsche ... Alleruntertänigst Reinhardt, Vorsitzender*

Die Presse berichtet am 4. Februar 1907:

Am vergangenen Sonntag feierte der hiesige Krieger-Verein wie alljährlich den Geburtstag Sr. Majestät des Kaisers durch einen Ball. Eingeleitet wurde die Feier durch eine Ansprache. Kamerad Diekmann wies in kurzen Worten auf die Bedeutung des Tages hin und forderte zu einem kräftigen Hoch auf Sr. Majestät auf, in das alle Anwesenden begeistert einstimmten. Der hierauf einsetzende Tanz hielt unter reger Beteiligung bis zu Beginn der Festtafel an. Als erster Tafelredner nahm der Schriftführer des Vereins, Kamerad Deppe, das Wort ... Hieran anschließend sprach Kamerad Peter ... Der Redner feierte sodann die außerordentlich gute Küche des Vereinswirts Rögener ... und schloß mit dem Wunsche, alle Kameraden möglichst lange zusammen und zu einem Frühschoppen am nächsten Morgen vereint zu sehen.

Dieser Teil wäre in allen Teilen in Erfüllung gegangen, wenn nicht der Himmel mit seinem weißen Segen das letztere verhinderte, indem die meisten Kameraden nicht durch den Schnee konnten. Aber auch hier bewährte sich die Tüchtigkeit des deutschen Kriegers. Kurz entschlossen bauten einige Kameraden unter der Leitung des Herrn Ernst Bierwirth aus Wagenbrettern einen Schneepflug, welcher mit 6 Pferden bespannt und von den Mitgliedern unter Hinzuziehung einer Harmonika besetzt alle Haupt- und Nebenstraßen unseres Ortes in kürzester Zeit passierbar machte, so daß nun der Fortsetzung der Feier nichts mehr im Wege stand. Sind auch die Wagenbretter bei ihrer mißbräuchlichen Benutzung in die Brüche gegangen, so wird doch gewiß die Nachfeier bei allen Teilnehmern in heiterem Andenken bleiben.

Nachdem der Verein bisher dem südhannoverschen Kriegerverband angehört hatte, ließ er sich 1909 in den „Kreiskriegerverband Osterode" aufnehmen.

Als im Februar 1910 der Hegemeister Heine, Mitglied im Hördener Kriegerverein, starb, hatte der Verein eine tragende Funktion bei der Beerdigung inne:

Ein feierlicher Leichenzug, wie er größer hier noch nicht gesehen wurde, bewegte sich heute durch die Straßen unseres Ortes, galt es doch unseren allverehrten, von jedermann hochgeachteten Herrn Hegemeister Heine zur letzten Ruhe zu bestatten. Von nah und fern waren die Leidtragenden herbeigeeilt; man sah wohl an die 40 Förster ... An der Spitze des Zuges marschierte der Kriegerverein in voller Stärke mit Musik und Fahne.

Die Orden und Ehrenzeichen des Verstorbenen wurden auf einem Kissen vorher getragen. Am Kirchhofe angelangt, sangen die Schulkinder, Herr Pastor Lüdeke hielt eine zu Herzen gehende ergreifende Predigt. Hierauf wurde der Sarg, der mit Hut und Hirschfänger geschmückt war, unter präsentiertem Gewehr in die Grube gesenkt. Die Fahnensektion des Kriegervereins gab die für die Kriegsveteranen üblichen 3 Ehrensalven. Nachdem die Gruft geschlossen war, ergriff der Vorsitzende des Kriegervereins Herr August Peter das Wort und schilderte in kurzer kerniger Ansprache die Vorzüge des Verstorbenen. Unter den nach 100 zählenden Kränzen bemerkte man den prachtvollen Kranz der Königlich Preußischen Forstbeamten und den des Kriegervereins Hörden.

Dieser Bericht gestattet einen Blick in die Sepulcralkultur noch zu Beginn des 20. Jahrhunderts.

Die nächste Nachricht vom Kriegerverein stammt vom 27. Januar 1914:

Die Feier des Geburtstages Sr. Majestät Kaiser Wilhelm II. beging am Sonntag der hiesige Kriegerverein. Eingeleitet wurde dieselbe durch eine Kirchenparade, nach welcher Herr Landrat Dr. Schwendy dem Verein zum 25jährigen Bestehen ein vom allerhöchsten Kriegsherrn gestiftetes Fahnenband und einen vom Kreis-Kriegerverband Osterode gestifteten Fahnennagel mit einer Ansprache und einem Hoch auf Sr. Majestät überreichte. Der Präsident des Vereins, Herr Schuhmachermeister Peter, dankte mit warmen Worten im Namen des Vereins. Im Laufe des Nachmittages versammelten sich die Kameraden mit ihren Damen bei Wwe. Peter zum Tanz, dem sich um 7.30 Uhr ein Festessen anschloß ... Ein hierauf folgender Ball beschloß die Feier.

Der Kriegerverein gab 1914 bei der Sammlung der Hinterbliebenen gefallener Soldaten 50 Mark, und es heißt in einer Mitteilung:

Auch in unserem Orte macht die militärische Vorbildung der Jugend gute Fortschritte, geleitet wird diese von Mitgliedern des Krieger- und Turnvereins.

Zum 25-jährigen Bestehen des MTV Hörden 1926 und dem Jubiläum des Männer-Gesangvereins 1928 überreichte der Kriegerverein jeweils einen Fahnennagel als „Symbol treuer Freundschaft".

> **Hörden.**
> Zu der am 14. d. Mts stattfindenden
> **Kleinkaliber-Schießstandeinweihung**
> verbunden
> **mit Preisschießen**
> und nachfolgendem Tanzkränzchen laden frdl. ein
> **Kriegerverein Hörden**
> **Rögener.**

15.7.1931 Die alte Fahne, die 43 Jahre treu dem Verein vorgeführt wurde, war sehr schadhaft geworden. Die Aufstellung des Festzuges begann um 2 Uhr, der sich eine Kranzniederlegung am Kriegerdenkmal für die gefallenen Kameraden anschloß. Der stattliche Festzug bewegte sich durch die Straßen des Ortes zum Vereinslokal, wo nach der Begrüßungsrede des Herrn Peter die neue Fahne durch den Vorsitzenden des Kreiskriegerverbandes, Herrn Biermann aus Herzberg, enthüllt und geweiht wurde. Die anwesenden Vereine überreichten zum Schmuck der neuen Fahne je einen Fahnennagel. Den Abschluß des Festes bildete Tanz und Unterhaltungsmusik in den Sälen der Herren Peter und Rögener.

> **Auf nach Hörden!**
> Am Sonntag, den 12. Juli findet die
> **Fahnenweihe des Kriegervereins**
> statt.
> **Ausmarsch des Festzuges** um 13.30 Uhr. — Anschließend
> **Tanz- und Unterhaltungsmusik**
> in den Sälen der Gastwirte Peter und Rögener.

Am 1. Januar 1900 war der „Kyffhäuserbund der Deutschen Landes-Kriegerverbände" als rechtlich anerkannte Spitzenorganisation aller deutschen Kriegerverbände entstanden. Am 1. Januar 1922 wurde aus dem losen Zusammenschluss die bindende Einheitsorganisation des Deutschen Reichskriegerverbundes „Kyffhäuser".

Pflege und Förderung der Kameradschaft blieb für den Kyffhäuserbund das Grundelement seines Wirkens. Daraus erwuchs die so genannte „Kameradschaft der Tat", gegenseitige Hilfe und Unterstützung für bedürftige Kameraden. In Not geratene und alte Kameraden wurden unterstützt und ihren Familien Notstands-Beihilfen gewährt. Darüber hinaus unterhielt der Bund Alters- und Erholungsheime sowie Waisenhäuser. Er leistete erhebliche Beiträge für die Kriegsopfer, für die Jugendpflege und die Bekämpfung von Tuberkulose und Krebs. Allein für die Bekämpfung der Tbc wurden in den 1920-er Jahren vom Kyffhäuserbund 17 Millionen Mark aufgebracht.

Als die Nationalsozialisten 1933 zur Macht gelangten, war für sie der Kyffhäuserbund in seiner Geschlossenheit alter Soldaten politisch unerwünscht. Im Jahre 1932, als Hitler für das Amt des Reichspräsidenten kandidierte, hatte der damalige Präsident des Kyffhäuserbundes, General a.C. Horn, die alten Soldaten aufgerufen, den Ehrenpräsidenten des Kyffhäuserbundes, den Generalfeldmarschall von Hindenburg zu wählen. Seine folgende Niederlage hat Hitler dem „Kriegerverein" nie vergessen.

Als der Kyffhäuserbund und sein Ehrenpräsident von Hindenburg sich vor die jüdischen Frontsoldaten stellten, kam es zu neuerlichen Schwierigkeiten mit der NSDAP. Erst recht, weil politisch anders Denkende in den Kyffhäuserbund eintraten, um gegen die Pressionen der NSDAP abgesichert zu sein.

Am 29. November 1932 wird aus Hörden berichtet:

Der Kriegerverein und die Kyffhäuser-Jugend Hörden veranstalten am 3. Dezember abends 8 Uhr im Saale des Kameraden Rögener einen Kyffhäuser-Werbeabend. Sämtliche Jugendgruppen des Kreis-Kriegerverbandes Osterode nehmen an der Veranstaltung teil. Die Veranstaltung ist öffentlich, und alle Volksgenossen sind, soweit sie nicht dem Kyffhäusergedanken feindlich gegenüber stehen, herzlich willkommen.

Im Dezember 1935 feierte der Kriegerverein Hörden

> in der Peterschen Gastwirtschaft sein diesjähriges Wintervergnügen, an dem auch Nichtmitglieder teilnahmen. Schon in den Nachmittagsstunden hatten zahlreiche Gäste im Saal Platz genommen, und bald erklang auch frohe und lustige Musik der Kapelle Sieters (Osterode), und tüchtig wurde das Tanzbein geschwungen. Am Abend wurde ein Gemeinschaftsessen veranstaltet, und in echter Volksverbundenheit verliefen die frohen Stunden ...

Im Jahre 1936 wurde der Waldarbeiter Wilhelm Zietz, ein Mitbegründer des Vereins, der 11 Jahre lang das Amt des Kassierers ausgeübt hatte, vom Führer der Kameradschaft, August Peter, besonders geehrt.

Zum Wintervergnügen 1937 wurde festgestellt, dass neben Wurstessen und Tanz besonders

> der Kamerad Albert Koch es verstanden hat, durch seinen Humor eine gute Stimmung herbeizuführen

Auf Anordnung der nationalsozialistischen Staatsführung wurde der Kyffhäuserbund 1937 in „NS-Reichskriegerbund" umbenannt.

Im Mai 1938 feierte die Kriegerkameradschaft Hörden ihr 50-jähriges Bestehen:

> Das Stiftungsfest begann am Mittwoch mit dem Kommers ... Unser Ort war festlich geschmückt, und an den Ortseingängen und in den Straßen des Ortes waren mächtige Ehrenpforten errichtet, um den auswärtigen Gästen ein festliches Bild von unserem Ort zu geben. Der 1. Festtag begann morgens mit dem Weckruf, ausgeführt von der Hördener Feuerwehrkapelle. Um 9.30 Uhr wurde dann zum Ehrenmal geschritten, wo die feierliche Kranzniederlegung stattfand. Nach dem feierlichen Akt am Ehrenmal schien es allmählich rege im Orte zu werden. Vereine rückten ein, und alsbald herrschte voller Betrieb auf dem Festplatz. ... Da allgemein noch Unklarheiten über den NS-Reichskriegerbund bestanden und der Eingliederung der bisherigen Verbände, wurde vom Bezirks- und Kreisführer nochmals ein klarer Überblick gegeben.

Es wurde dann folgenden Kameraden das Ehrenzeichen verliehen:
Kyffhäuser-Ehrenzeichen 1. Klasse Kamerad August Peter
Kyffhäuser-Ehrenzeichen 2. Klasse Kameraden Albert Minne, Eduard
Helmbrecht und Heinrich Schlott

Um 13.30 Uhr bildete sich ein großer Festzug, in welchem auch
die Ehrenwagen vom Männer-Turnverein Hörden nicht fehlten.
Nach Beendigung des Festzuges ... wurden den Kameraden
Wilhelm Zietz, August Spillner und Karl Grüneberg das 50jährige
Jubiläumsabzeichen, 14 Kameraden das 40jährige und 31 Kameraden
das 25jährige Jubiläumsabzeichen, Glückwunschschreiben und
Bild des Führers überreicht.
Nach dem offiziellen Teil kam der belustigende Teil. Bald spielte
auch die Musik zum Tanz auf.

Im Jahre 1943 dann der Befehl zur Auflösung des „Reichskriegerbundes". Das Vereinsvermögen wurde in die Kyffhäuser-Stiftung überführt. Der Kyffhäuserbund war damit aufgelöst.

Am 29. Juli 1952 erfolgte die Wiedergründung vom „Kyffhäuserbund e.V.". Der Bundesminister des Innern erkannte den Bund als Nachfolge-Organisation vom „Reichkriegerbund Kyffhäuser" an.

Auch in Hörden musste der Verein neu ins Leben gerufen werden. Besonders Heinrich Deppe war es, der die Initiative ergriff, den Verein wieder aufleben zu lassen. Im November 1955 fanden erste Besprechungen über die Neugründung des früheren „Kriegervereins" statt. Man beschloss, eine „Kyffhäuser-Kameradschaft Hörden" zu gründen und bildete zunächst einen provisorischen Vorstand mit dem 1. Vorsitzenden Heinrich Deppe (100), 2. Vorsitzender Albert Oppermann, Schriftführer Erwin Daginnus und Kassierer Heinrich Schlott, der mit 84 Jahren dieses Amt übernahm, weil er die Funktion auch im alten Kriegerverein inne hatte.

Im Jahre 1959 zählte der Verein 40 Mitglieder. 1. Vorsitzender war Ernst Schäfer, Kassierer Kamerad Beuershausen. Für 40-jährige Treue zur Kameradschaft wurden Josef Schäfer (167) und Wilhelm Grüneberg (102) mit dem Ehrenzeichen in Silber ausgezeichnet.

Im Jahre 1960 wurde Heinrich Deppe, dessen Vater Mitbegründer des Kriegervereins gewesen war und der seit 1919 dem Verein angehörte, davon einige Jahre Vorsitzender und Kassenwart, mit dem Verdienstkreuz des Kyffhäuserbundes II. Klasse ausgezeichnet. Gleichzeitig wurde er zum Ehrenvorsitzenden der Hördener Kameradschaft ernannt.

Auf einem Kameradschaftsabend im Jahre 1964 äußerte der Kreisvorsitzende Klapproth seine Freude darüber, dass gerade in der Kameradschaft in Hörden Kriegsteilnehmer ebenso vertreten seien wie die jüngeren Kameraden. Klapproth sah das als ein besonderes Zeichen dafür, wie vorbildlich in Hörden die Kameradschaft gepflegt werde.

Das Jubiläum „80 Jahre Kyffhäuser-Kameradschaft Hörden" beging man im Herbst 1968 „im kleinen aber festlichen Rahmen" mit einem Festgottesdienst und anschließender Kranzniederlegung, mit einem Kommers und Festball. Der Vorsitzende Ludwig Berger wurde mit dem Verdienstkreuz II. Klasse ausgezeichnet.

Der Vorstand: 1. Vorsitzender Ludwig Berger
                2. Vorsitzender Alois Raabe
                Schriftführer Erwin Daginnus
                Kassenwart Hans Schön
                Schießwart Heinrich Kammler

1931 gestiftet – 1945 versteckt – 1970 wiederentdeckt

So lautete die Überschrift über einen Artikel vom 18. April 1970:

Bei Entrümpelungsarbeiten auf einem alten Stallboden fand man in einer Ecke ein Bündel. Die Umhüllung, einstmals aus stabilem Packpapier, war nahezu vollkommen zerfressen. Aber der Inhalt des Päckchens hatte 25 Jahre überdauert. Der Inhalt war eine Fahne des „Kriegervereins Hörden" aus dem Jahre 1931! Der Finder der Fahne stellte sie spontan der Hördener Kyffhäuser-Kameradschaft, der Nachfolge-Organisation zur Verfügung. Der Fahnenfund fiel in eine Zeit neuer Aktivitäten in der Hördener Kyffhäuser-Kameradschaft.

Zum Beispiel ist jetzt im Vereinslokal Rögener auf dem dort vorhandenen Luftgewehr-Schießstand ein reger wöchentlicher Schießbetrieb angelaufen. Er soll ausgebaut werden, und nach ausreichendem Training werden die Hördener Kyffhäuser-Schützen sicher bei den Rundenwettkämpfen des Kyffhäuser-Kreisverbandes dabei sein.

Im Jahre 1972 wechselte der Vorsitz in der Hördener Kameradschaft von Erich Leimcke zu Herbert Brosowski. Erich Leimcke wurde zum stellvertretenden Vorsitzenden gewählt. Schriftführer blieb Erwin Daginnus ebenso wie Hans Schön Kassenwart.

Anno 1975 zählte der Verein 76 Mitglieder. Mit dabei: Düna ! Die Schießgruppe bestand aus 12 Männern und 6 Frauen, die sich regelmäßig zu Übungsstunden mit den vier vereinseigenen Waffen trafen.

Das Amt des Kassenwartes wechselte 1975 von Hans Schön auf Helmut Peinemann, der des Schießwartes 1976 von Heinrich Kammler zu Walter Bierwirth. Ende der 1970-er Jahre stellte der Vorsitzende Brosowski fest, dass man zwar „äußerlich nicht auffällig in Erscheinung getreten" sei, aber weiterhin die Kameradschaft pflege.

Die Teilnehmerzahl beim Übungsschießen sank zwar, dennoch waren „die Kyffhäuser" beim Pokalschießen der Hördener Vereine recht erfolgreich und belegten zwischen 1979 und 1987 stets vordere Plätze.

In 1977 zählte der Verein 70 Mitglieder, 63 Männer und 7 Frauen.

In den 1980-er Jahren hat die Kyffhäuser-Kameradschaft Hörden die Aktivitäten der Dorfgemeinschaft mitgetragen, sich an Veranstaltungen anderer Vereine beteiligt und eigene Geselligkeiten nicht zu kurz kommen lassen. Dazu zählten Schlachte- und Grünkohlessen, Wanderungen (vornehmlich nach Düna) und Vereinsfahrten. Das Luftgewehr-Schießen musste 1987 eingestellt werden, nachdem kein geeigneter Schießstand mehr zur Verfügung stand.

Zum 100-jährigen Bestehen der Hördener Kameradschaft 1988 beschloss man, keine besonderen Festlichkeiten oder Feiern zu veranstalten.

Zur Jahreshauptversammlung der „Kyffhäuser-Kameradschaft Hörden" 1991 waren nur noch 11 Kameraden erschienen, darunter der

    1. Vorsitzende Herbert Brosowski
    2. Vorsitzende Norbert Sturm
    Schriftwart Günter Mückner
    Kassenwart Helmut Peinemann

Der Kameradschaft gehören nur noch 30 Mitglieder an. Erhebliche Schwierigkeiten bereitete die angesetzte Durchführung von Neuwahlen. Nur noch kommissarisch ließen sich die Vorstandsmitglieder für ein weiteres Jahr wiederwählen. Über den Verbleib der Fahnen und anderen Vereins-Eigentums wurde bereits ernsthaft nachgedacht.

Schließlich löste sich die traditionsreiche „Kyffhäuser-Kameradschaft Hörden" auf.

Die Post

Die alten Handelswege waren auch die ersten Poststraßen. Auf ihnen waren die Boten der Fürsten und der Städte sowie die Klosterboten als erste „Briefträger" unterwegs. Durchfahrende Frachtfuhrleute und landfahrende Gesellen unterrichteten die Bewohner ebenfalls über das, was in der „weiten Welt" geschah. Zuweilen werden diese Boten wohl auch Nachrichten weitergeleitet haben.

In den „Nordhäuser Wachstafeln" finden sich Angaben über die Botenpost 1358 und über die Botenlöhne. Aus dem Jahre 1486 ist ein von Wolfenbüttel ausgehender landesherrlicher Botenkurs bekannt, der Seesen und Herzberg berührte und in Ansbach in Bayern endete.

Die Geburtsstunde der Post in Deutschland schlug 1490. Der spätere Kaiser Maximilian I. beauftragte am 14. Juli Franz von Taxis, einen regelmäßig verkehrenden Postkurs von Innsbruck nach Mechelen einzurichten. So wollte er sein Stammland Österreich mit seinen Besitzungen in den Niederlanden verbinden, zu denen damals auch das heutige Belgien gehörte.

Franz von Taxis schuf auf dieser Strecke ein Staffettensystem von Boten zu Pferd und zu Fuß. Mit Tagesstrecken bis zu 160 km wurden die Nachrichten befördert. Die ständig wechselnden Boten benötigten im Winter etwa 6 ½ Tage, im Sommer einen Tag weniger, bis eine Botschaft von einer Residenz zur anderen gelangte.

Im Jahre 1550 wurde in Osterode die „Ratswaage" fertig gestellt, die später als erstes nachweisbares Osteroder Postamt verzeichnet ist.

Am 18. April 1575 erließ Herzog Julius von Braunschweig-Wolfenbüttel die „Große Kanzleiordnung", die es unter bestimmten Bedingungen gestattete, auch Privatbriefe anderer Personen zu befördern. Es heißt da im Artikel „Vom Bottenmeister und seinem Ambt":

Gegen ein Trinkgeld kann ein Privatbrief durch den Fürstlichen
Boten mitbefördert werden. Er muß aber erst durch die Hände des
Botenmeisters gehen und auf der Fürstlichen Buchhalterei
abgegeben werden, ebenso das Antwortschreiben.

Als Bedienstete wurden nur begüterte Landeskinder zugelassen, damit man sich notfalls an ihnen schadlos halten konnte.

Postillone und Knechte sollten besondere Livreen in Rot und Gelb tragen, außerdem ein Brustschild mit Wappen und Posthorn. Die Postämter sollten durch das Braunschweigisch-Lüneburgische Wappen mit dem weißen Ross gekennzeichnet sein.

Henrich Ernst Borchers aus Hörden war Postillon und wurde am 8. Februar 1771 als Bürger in Osterode aufgenommen.

Die Reitposten sollten die Meile (7,5 km) in 1 bis 1 ½ Stunden und die fahrenden Posten in 1 ¼ bis 1 ½ Stunden zurücklegen. Für eine Stunde Verspätung war 1 Reichstaler Versäumnisstrafe zu zahlen. Pferdewechsel-Stationen waren alle 2 bis 3 Meilen anzulegen.

Diese Dienstleistung erwies sich zunehmend als lukrativ, und so bekam die seit 1705 tätige landesherrliche „Hannoversche Post" nicht nur Konkurrenz durch die Reitpost des Grafen von Thurn und Taxis, die 1615 das Reichserb-Postmeisteramt erhalten und im „Posthof" bei Badenhausen eine Station mit Pferdewechsel eingerichtet hatte, sondern auch durch selbstständige Boten. Als „freie Unternehmer" ließen einige geschäftstüchtige Leute Briefe sammeln und zu bestimmten Zeiten befördern.

Sie unterboten dabei die Tarife der „ordentlichen Post" zum Teil erheblich. So beklagte sich der Osteroder Postmeister 1710, dass Botenfrauen von Haus zu Haus liefen und Briefe nach Hannover und anderen Orten sammelten, wodurch „... *dem Postwesen viel Schaden zugefügt ...*" werde.

Auch Hörden war bis in das 19. Jahrhundert hinein auf Boten angewiesen. Die amtlichen Schreiben liefen durchweg über den Vogt und den Amtmann im Herzberger Schloss. Die Kirche unterhielt einen eigenen Botendienst, der es erlaubte, ein Schreiben schon 1749 innerhalb von 4 Tagen den „geehrtesten Amtsbrüdern" in Herzberg, Hattorf, Pöhlde, Wollershausen, Wulften, Schwiegershausen, Dorste, Nienstedt, Eisdorf, Elbingerode und Osterode zur Kenntnis zu geben.

Einen privaten Briefverkehr gab es kaum, und wer einen Brief nicht selbst schreiben wollte oder konnte, der bediente sich eines Schreibers. Es gab zwar im 18. Jahrhundert schon einen „Licentschreiber" in Hörden, um 1800 war es der Vogt Johann Heinrich Oppermann, aber in einigen bekannten Schreiben ist es der Torschreiber in Osterode gewesen, der am Jacobi-Tor seine Dienste anbot, dessen sich auch die Hördener zum Teil und zeitweise bedient haben. Obwohl die Schreiber zur Verschwiegenheit verpflichtet waren, fürchtete man im Dorf selbst wohl um die Vertraulichkeit gewisser Inhalte.

Briefe und Pakete gab man im Allgemeinen den Frauen mit, die mit ihren Erzeugnissen aus Haus, Hof und Garten nach Osterode auf den Markt zogen. Von dort aus gab es dann die direkten Boten- und Postverbindungen in alle Richtungen.

Auch den Soldaten war es im 19. Jahrhundert möglich, aus dem Feld nach Hause zu schreiben. Besonders Napoleons „Grande Armée" verfügte in ihren zahlreichen Feldzügen über ein ausgezeichnet funktionierendes Boten-System. Jedes Korps besaß einen eigenen Poststempel. Wenn Tinte fehlte, wurde an ihrer Stelle nasses Schießpulver verwendet. Die Briefbögen wurden von den Marketenderinnen verkauft.

Im Jahre 1807 ist ein Postamt in Herzberg eingerichtet worden. Es war unter anderem auch für Hörden zuständig. Das bedeutete aber nicht, dass die Post auch bis Hörden gebracht wurde. Sie wurde in der Regel vom Nachtwächter abgeholt und im Dorf verteilt (Es war ja nicht viel.).

Das Herzberger Postamt hatte auch nicht täglich geöffnet, sondern nur an bestimmten Tagen. Das richtete sich in erster Linie nach den Abgängen der Postkutschen für Personen und Postsachen, die durch Anschlag bekannt gemacht wurden.

Die Entwertung der Postsachen erfolge durch einen Stempel. Am 6. April 1802 erfolgte die Einführung von Einschreibsendungen (recommendiert). Die ersten hannoverschen Briefmarken kamen am 1. Dezember 1850 heraus. Sie wurden am 31. Oktober 1866 ungültig. Nachdem man „preußisch" geworden war, kam täglich ein Briefträger aus Herzberg ins Dorf, dem man jedoch zunächst mit Misstrauen begegnete, weil man ihn für einen „preußischen Spion" hielt, der die Briefe öffnete und nach „politischen Verbrechen" schnüffelte.

So ein Landbriefträger ging manchmal mit 40 – 50 kg Postsachen auf seine Tour, und das bei jedem Wetter. Er war ein wandelndes Postamt, denn er verteilte nicht nur Briefe und Pakete, er zahlte auch aus, nahm Gelder an und Pakete, Päckchen, Einschreibebriefe und Zahlkarten entgegen, besorgte Invalidenmarken und war für Zeitungszustellung und Telegramme zuständig.

Anfänglich war jeder Briefträger noch mit Tintenfass und Feder ausgerüstet. Diese amtliche Feder musste viel aushalten, wie Adolf Thimme aus Elbingerode berichtet:

Die schweren Arbeitshände der Bauern oder des Dorfschmiedes richteten sie bald zugrunde. Kein Wunder, daß sie sich gegen diese wenig zarte Behandlung sträubten, und es war ein Kunststück, damit seinen Namen zu schreiben. Und wenn der Landbriefträger schließlich die Kühnheit besaß, auf dem Postamt drei Federn anzufordern, dann wurde erst einmal in einer Liste nachgeprüft, wann er zuletzt vor Monaten das letzte Mal drei Federn bezogen hatte.

Wenn dem Herrn Sekretär, der diese Kostbarkeiten verwaltete und unter Verschluß hielt, die Zeit für eine Ausgabe noch nicht gekommen zu sein dünkte, dann gab es keine Federn, sondern einen gewaltigen Anschnauzer mit der gleichzeitigen Mahnung, nicht so verschwenderisch mit Staatseigentum umzugehen. Später wurden dann Tintenstifte für Unterschriften zugelassen. Solche Tintenstifte mußten aber auch mehrere Monate lang reichen, was auch unmöglich war, weil das Holz dieser amtlichen Stifte nicht gerade das Beste war und daher beim Anspitzen meist die Mine abbrach. Wie beim Militär organisierte sich der Betreffende einen Stift, wenn die Gelegenheit günstig war und ein Vorgesetzter einmal leichtsinnigerweise einen Stift hatte liegen lassen. Diese böse Tat galt aber als Kavaliersdelikt und war sozusagen Notwehr.

Erstes Ziel des Landbriefträgers war stets das Dorfgasthaus. Hier konnte er nicht nur in Ruhe frühstücken und sich im Winter aufwärmen, hier wurde er auch schon einen Teil seiner Post los, denn auf ein schnelles Bier kam mancher kurz mal in die Gaststube, wo auch Fuhrleute und Viehhändler Neuigkeiten austauschten – und dann die Post mitnahmen zum Weiterverteilen.

Auch die Schule war zur Zeit der großen Pause ein Ziel des Landbriefträgers. Er kannte selbstverständlich jeden im Dorf, auch die Kinder. Unter fürchterlichen Drohungen, den Brief nicht zu vergessen oder zu verlieren, händigte er älteren Schülern für die Eltern oder Nachbarn die Postsachen aus.

Briefkästen und Einwurfschlitze gab es damals noch nicht. Der Briefträger musste die Tür öffnen und seine Sachen abgeben. Oft waren die Bewohner nicht im Wohnhaus, wenn er eine Unterschrift benötigte. Dann musste er den Empfänger erst im Stall, in der Scheune oder im Garten suchen. In der Erntezeit waren die Höfe meistens verlassen, wenn nicht gerade eine schwerhörige Oma das Haus hütete. Doch der Zusteller wusste, wo der Hausschlüssel lag, wenn dann mal abgeschlossen war. Er schloss auf und legte sein Päckchen oder was es war auf den Tisch und verschloss das Haus wieder.

Manchmal lag auf dem Tisch eine Postanweisung oder ein unfrankierter Brief, und das Geld lag daneben. Es kam dann auch schon mal vor, dass darauf eine schöne starke Zigarre lag, die nur im Freien geraucht werden konnte. Der Briefträger würde es schon besorgen …

Überhaupt wurde das Kapitel „Gefälligkeiten" für den Landbriefträger groß

geschrieben.

Der Weg zur Apotheke war sehr weit und bedeutete einen großen Zeitverlust, besonders in der Erntezeit. Was lag näher, als dass man den Briefträger bat, doch morgen die Arznei für den kranken Opa oder auch für die Kuh mitzubringen und ihm das Rezept in die Hand drückte? Eine Ablehnung dieser Besorgung war einfach nicht möglich, das hätte keiner verstanden. Außerdem gab es natürlich auch eine kleine Belohnung dafür. Und wenn die Zeit der Schlachtefeste nahte, konnte der Briefträger sein Frühstück getrost zu Hause lassen.

Im Jahre 1889 wurde die Post erstmals mit dem Postauto bis zur „Post-Hilfsstelle" im Haus Reinhardt (Mittelstraße 20) gebracht. Vom Briefträger, der mit dem Dienstfahrrad von Herzberg kam, wurde sie dann verteilt. Der Postverkehr spielte sich in der Küche ab, wo die Kinder beim Stempeln der Postsachen schon mal helfen durften.

Eine Kuriosität wurde 1873 aus unserer Umgebung gemeldet. Da hatte ein Postbote die „Unbestellbarkeit eines Briefes" mit folgendem Vermerk bescheinigt: *„Adressat hat sich vor anderthalb Jahren aufgehängt, jetziger Aufenthaltsort unbekannt."*

Am 23. Mai 1919 teilte die Ober-Postdirektion Braunschweig mit:
Der Plan über die Errichtung einer oberirdischen Fernsprechlinie an der Dorfstraße in Hörden liegt bei dem Postamte in Herzberg vom 27. Mai ab 4 Wochen aus.

Bis 1931 gehörte Hörden als Landort postalisch zu Herzberg. In einer Mitteilung vom 1. März 1931 heißt es:

> In Aschenhütte, Beierfelde, Marke, Hörden und Elbingerode werden am 1.3. Poststellen eingerichtet, mit denen auch öffentliche Fernsprechstellen verbunden sind. Die Poststellen werden werktäglich 2 mal, sonntäglich 1 mal mittels Kraftwagen, der auch Personen befördert, mit Post versorgt.

Damit wurde Haus Nr. 41 (Mittelstraße 20) am 1. März 1931 Poststelle II. Poststelleninhaber war Heinrich Reinhardt, Posthelfer Karl Beuershausen.

1931

Zwischen 1941 und 1943 war Frieda Reinhardt Posthalterin. Ihre Vertreterin war Herta Niemeyer. Der Posthalter erhielt von der Post 720 Reichsmark – pro Jahr! Schalterstunden 1942: wochentags 9 - 11 und 15 - 17 Uhr.

Dann wechselte die Post 1943 ihr Domizil in das Haus Nr. 81 (Mittelstraße 9). Posthalter wurde Schuhmachermeister August Niemeyer, seine Vertreterin war Anne Niemeyer.

1948

Am 18. August 1944: „Infolge vollständiger Einstellung des Landkraftdienstes muß die Post an 2 Tagen in der Woche vom PA Herzberg unmittelbar durch Boten abgeholt werden."

„Die Post" wechselte 1946 erneut das Haus, blieb aber in der Mittelstraße (Nr. 14). Posthalter wurde Wilhelm Brakel, seine Vertreterin: Luise Brakel.

Das Postamt in Herzberg schrieb am 7. Oktober 1947 unter anderem an den Herrn Gemeindedirektor in Hörden: „Unsere Amtsstellen führen Klage darüber, dass ihre Anträge auf Zuweisung von Brennstoffen zum Heizen der Postzimmer keine Berücksichtigung finden. Den Posthaltern wird immer wieder vorgehalten, dass die Post für diese Zwecke Brennmaterial zur Verfügung stelle. Diese Annahme ist nicht zutreffend. Für die Versorgung der Poststellen mit Brennmaterial ist der Posthalter selbst zuständig. Dazu ist die Unterstützung durch die Gemeinden erforderlich. Wir weisen darauf hin, dass die Post bestimmungsgemäß nach Versorgung von Krankenhäusern in erster Linie mit Heizstoffen beliefert werden muss. Wenn währen der kalten Jahreszeit die Posthalter ihre Postzimmer wegen Mangel an Brennstoffen nicht heizen können, so sieht sich die Post gezwungen, die Schalterstunden der Postanstalten zu kürzen oder sogar die Schalter vollkommen zu schließen. Es muss beansprucht werden, dass den Posthaltern neben ihrem privaten Brennstoffbedarf auch noch Brennstoff für das Postzimmer zugewiesen wird.

Im November 1950 schaltete die Post folgende Anzeige in der Zeitung:

„Nicht alle Antragsteller konnten mit einem Fernsprechanschluß bedacht werden, weil es noch immer an Anschlüssen fehlt. Während einige der neuen Fernsprechteilnehmer unter den üblichen Rufnummern zu erreichen sind, wurden andere unter der 'F-Serie` angeschlossen. Für diese Serie wählt man über 0 das Fernamt und verlangt mündlich die Rufnummer, zum Beispiel 'F 3`. Auch für diese Anschlüsse werden die üblichen Ortsgebühren berechnet."

In 1950 wurde festgestellt: „Die Posthalter sind keine Beamten der Post, sie können neben der Posthalterei einen anderen Beruf ausüben."

1951

Ab 1952 war Irma Brakel (Gödeke) die Vertreterin des Posthalters und versah zunächst den Zustelldienst.

Im Jahre 1953 kam das Postauto nicht mehr ins Dorf. Die Post musste von den Hördener Postbediensteten an der Haltestelle der Landkraftpost in Aschenhütte abgeholt und abgegeben werden.

Der Schwiegersohn des Posthalters in Hörden, Heinrich Gödeke, wurde 1954 aushilfsweise in den einfachen Postdienst übernommen.

Am 26. November 1958 musste der Posthalter folgende Erklärung unterschreiben: *„Ich verpflichte mich, sämtliche Wertzeichen und Geldbestände während der Nacht in meinem Schlafzimmer aufzubewahren."*

Der erste Briefkasten in Hörden wurde 1959 an der Post angebracht.

Der Leiter der Poststelle in Hörden, Wilhelm Brakel, ging am 19. Oktober 1960 in den Ruhestand. Seine Tochter Irma und Schwiegersohn Heinrich Gödeke führten die Poststelle weiter. Irma Gödeke übernahm den Schalterdienst, Heinrich den Brief- und Paket-Zustelldienst.

1961

Im Dezember 1968 wurde ein Münzfernsprecher in Hörden aufgestellt: *„Von dieser Sprechzelle aus können Orts- und Selbstferngespräche geführt werden. Ungeübten Benutzern wird die angebrachte Bedienungsanweisung nützliche Hinweise geben."*

In jener Zeit wurden in der Poststelle unter anderem auch die Renten ausgezahlt. Eine entsprechende Anzeige in der Zeitung am 23.1.1970:

„*Am 28. Januar werden die Angestellten-, Versorgungs- und Knappschaftsrenten, am 29. Januar die Arbeiter-, Unfall- und VBRenten sowie das Altersgeld ausgezahlt. – Damit der übrige Schalterbetrieb nicht behindert wird, erfolgt die Auszahlung an beiden Tagen nur in der Zeit von 13 – 15 Uhr.*"
Die Schalterstunden 1970: Montag - Freitag 8 - 11 und 15 - 17 Uhr
                        Samstag   7 - 11 Uhr

Am 1. August 1977 konnte Irma Gödeke ihr 25-jähriges Dienstjubiläum feiern und ging zum 1. August 1983 in den Ruhestand. Posthalterin in Hörden wurde ihre Tochter Marlis Paare. Damit war die Hördener Post in dritter Generation im Hause Mittelstraße 14.

Das Foto zeigt die scheidende Posthalterin Irma Gödecke (stehend) mit ihrer Tochter Marlis Paare, die die Nachfolge in der Hördener Poststelle antritt.

Post-Zustellerin war seit 1982 Roswitha Zimmermann.

Eine Zäsur stellte die Schließung der Poststelle Hörden im Jahre 1998 dar. Die Presse schrieb: „*... Vom heutigen Tag an ist der Briefzusteller in Hörden erstmals mit einer kleinen Postfiliale unterwegs. Er soll das ein wenig ausgleichen, was durch die gleichzeitige Schließung der Filiale verloren geht. Wer jetzt den mobilen Post-Service in Anspruch nehmen will, fordert den Briefzusteller einfach über die gelbe Servicekarte an, die von der Post an die Haushalte verteilt wurden. Am nächsten Tag steht der Briefzusteller vor der Tür, der postalische Aufgaben wie Verkauf von Briefmarken und Annahme von Briefsendungen, Paketen und Päckchen übernimmt...*"

Deutsche Post AG

An alle Bürgerinnen und Bürger in
Hörden

Die Postfiliale Hörden wird seit längerer Zeit nur noch von wenigen Kunden aufgesucht. Der Betrieb dieser Filiale ist damit in hohem Maße unwirtschaftlich. Da aber auch die Deutsche Post AG zur Wirtschaftlichkeit verpflichtet ist, muß die Postfiliale Hörden wegen fehlender Nachfrage zum 12.06.1998 geschlossen werden.

Ab sofort können Sie Ihre Post- und Postbankdienstleistungen in unserer Postagentur im Raiffeisenmarkt wahrnehmen.
Unsere Postagentur ist
Montag, Dienstag, Mittwoch
und Freitag: 08:00 - 17:00 Uhr
Donnerstag: 08:00 - 18:00 Uhr
Samstag: 08:00 - 12:00 Uhr geöffnet.

Deutsche Post AG

Niederlassung Hildesheim

Am 31. Mai 2008 schloss die Post-Agentur im Raiffeisen-Markt.

Brauchtum

Ein Brauch ist ein traditionelles Verhalten, dessen Sinn manchmal unbekannt ist, oder auch ein bewusst gepflegtes Tun oder Verhalten. Brauchtum begegnet uns im Jahreslauf immer wieder, dazu bei der Arbeit oder in den Gepflogenheiten und Formen des täglichen Lebens. Besonders zahlreich sind Sitten und Bräuche zu den kirchlichen Festen.

Ursprünglich waren die meisten kirchlichen Feste germanische Naturfeste. So ist zum Beispiel die Urform des Weihnachts- und Neujahrsfestes das altgermanische Julfest. „Jul" bedeutet „Freude", und das Julfest war das größte, schönste und heiligste aller germanischen Feste. Noch heute wird in Schweden die Lichter-Königin gewählt, und wenn sie mit einem Kranz brennender Kerzen auf dem Kopf erscheint, glauben die Kinder ganz natürlich, das Christkind zu sehen oder doch wenigstens den Verkündigungsengel.

Und die Lichter am Weihnachtsbaum entsprechen den Freudenfeuern zur Zeit der Wintersonnenwende. Knecht Ruprecht ist übrigens ein alter Heerführer Wotans in den rauen und stürmischen Jul-Nächten. Wie die Sonne in diesen 12 Nächten „stillstand", so ruhte in dieser Zeit auch die Arbeit.

Für unsere Vorfahren bedeutete die Wintersonnenwende den Beginn des neuen Wirtschaftsjahres; Neujahr und Sonnenwende fielen ursprünglich zusammen. Als aber durch die Einführung der kalendarisch festgelegten Monate das Neujahrsfest sich zu weit von der Wintersonnenwende entfernte, bildete dies den Anlass, beide Tage getrennt zu feiern. So verteilten sich die mit dem Julfest verbundenen Bräuche auf beide Feste.

Nach der Einführung des Christentums wurden die alten „heidnischen" Feste und die mit ihnen verbundenen Bräuche von den manchmal sehr diplomatisch vorgehenden Missionaren nur ganz allmählich im christlichen Sinne umgestaltet und zu christlichen Riten gemacht, die sich zum Teil bis zum heutigen Tag erhalten haben.

Den Auftakt zu den beiden großen Festen Weihnachten und Neujahr bildet die Adventszeit. Am Andreastag, 30. November, und am Barbaratag, das ist der 4. Dezember, folgt man dem gleichen Brauch: Am Tag des heiligen Andreas, dem Bruder des Simon Petrus, und am Tag der heiligen Barbara, Schutzheilige unter anderem der Bergleute, werden Kirschbaum- oder Fliederzweige geschnitten und ins Wasser gestellt, damit sie zu Weihnachten aufblühen.

Um den Namen des Zukünftigen zu erfahren, schälten die Mädchen früher in der Adventszeit Äpfel und warfen die Schalen nach hinten über die Schulter. Aus ihrer Form sollte dann der Anfangsbuchstabe des Namens zu erkennen sein.

Der Nikolaustag am 6. Dezember war ursprünglich der Tag des Gabenspenders Wotan, der in den Abendstunden seinen Knecht Ruprecht von Haus zu Haus schickte, um zu erfahren, welche Kinder artig waren und beschenkt werden sollten.

Im christlichen Glauben ist der heilige Nikolaus, Bischof von Myra in Kleinasien, an die Stelle des Wotan getreten, denn Bischof Nikolaus, gestorben am 6. Dezember 343, war für seine Kinderliebe und Wohltätigkeit bekannt und soll den kleinen Kindern „schöne und nützliche Dinge" nachts in die Fenster gelegt haben. Und auch Knecht Ruprecht, in den Niederlanden der „swarte Piet", im Ruhrgebiet der „Hannes Muff", taucht als sein Begleiter wieder auf.

Früher waren Nikolaustag und Neujahrstag die eigentlichen Geschenktage des Jahres. Die Weihnachtsbescherung hat sich erst im Laufe der letzten Jahrhunderte vor allem im protestantischen Norden herausgebildet.

Ob es auch in Hörden Brauch war, nach dem Andreastag in kleinen Gruppen bei eintretender Dunkelheit von Haus zu Haus zu ziehen, ist nicht bekannt, doch könnte vielleicht das Martinssingen darauf hindeuten.

Weihnachten war auch schon in alten Zeiten ein frohes Fest. Meist hatte man kurz vorher geschlachtet, und dann wurde auch Kuchen gebacken. Ursprünglich war dieses Backwerk aus Weizenmehl, Butter und Korinthen die einzige Weihnachtsgabe, die den Kindern und allen, die zu Haus und Hof gehörten, geschenkt wurde. Später kam die Sitte auf, dass die Kinder am Heiligen Abend vor dem Schlafengehen ihre Mützen, Schuhe oder, wenn sie die nicht besaßen, einen Teller vor das Fenster stellten.

Arme Dorfbewohner erhielten noch bis zu Beginn des 20. Jahrhunderts von den Bauern als Festgabe das „Weihnachtsholz". So nannte man auch die Kostproben vom Schlachten, die an Verwandte und Freunde gegeben wurden. Nach dem Gottesdienst Heiligabend wurde in den Bauernhäusern gut und lange gegessen. Die allgemeine Festfreude kam oft auch dem Vieh zugute. Die Tiere des Hofes erhielten eine besonders große Futterration, und für die Vögel wurde auf einer Stange eine Garbe Korn gesteckt.

Die Weihnachtsbescherung der Kinder und Dienstboten fand ursprünglich in der Frühe des 1. Festtages statt. Im Allgemeinen gab es nur nützliche Kleinigkeiten, oft Kleidung oder Schuhwerk, dazu Äpfel, Nüsse und Honigkuchen, später manchmal auch etwas Spielzeug für die Kinder.

Zwar geht der Lichterbaum auf uralte Vorstellungen zurück, dennoch lässt er sich in Gestalt des heutigen Tannenbaumes nur bis in das 17. Jahrhundert zurückverfolgen.

Im Jahre 1604 berichtet die erste Handschrift von einem geschmückten Weihnachtsbaum – in Zunftstuben. Bei uns war der mit Kerzen geschmückte Baum noch in den 60-er Jahren des 19. Jahrhunderts in den Bauernhäusern nicht üblich.

Der Brauch, den Christbaum zu schmücken, enthält viele überlieferte Symbole. Überwiegend sind sie heidnischen Ursprungs. Die Lichter erhellen die Dunkelheit und wenden dadurch Unheil ab. Glänzende Kugeln sollen schon von den Germanen zur Zeit der Wintersonnenwende in die verschneiten Bäume gehängt worden sein als Symbole der Sonne. Kaum eine Zeit des Jahres ist von Brauchtum, Glauben und Aberglauben so geprägt wie die 12 Raunächte von Weihnachten bis zum Dreikönigstag.

Das mag daran liegen, dass auch das germanische Julfest 12 Tage lang mit Opfern und kultischen Handlungen begangen wurde. Nach dem Glauben unserer Vorfahren wanderten in diesen Nächten die Götter über die Erde und wachten über die Heilighaltung der Jultage, in denen strenger Gerichtsfriede herrschte und keinerlei Arbeiten verrichtet werden durften. Es ist jene Zeit, in der nach dem Volksglauben Wotan oder Hackelberg, der wilde Jäger, vom Harz kommend, auf einem Schimmel durch die Lüfte braust. Die Hausfrauen durften in dieser Zeit nicht waschen, weil sonst der Tod ins Haus käme. In den Spinnstuben durfte sich kein Rad drehen. Was man in den 12 Raunächten träumte, würde in den entsprechenden Monaten des neuen Jahres in Erfüllung gehen – glaubte man.

In den 1930-er und besonders in den 1950-er Jahren fanden in Hörden an beiden Weihnachtstagen für die Bevölkerung Veranstaltungen im Dorf statt. Hier einige Beispiele:

Am 1. Weihnachtstag 1932 veranstaltete der hiesige Männer-Turn-Verein im Rögenerschen Saale einen Unterhaltungsabend, der sich eines zahlreichen Besuches erfreute. Aufgeführt wurde die Tragödie 'Solang mein Mütterlein noch lebt', ein Schauspiel in 6 Aufzügen. ... Die Veranstaltung des Turnvereins am 2. Weihnachtsabend brachte turnerische Vorführungen der Knaben- und Mädchenriegen, Pyramiden, Volkstänze und ein Theaterstück 'Die Försterbuben'.

Der Theaterabend des Sportvereins Rot-Weiß, der am Abend des 1. Weihnachtstages (1951) im vollbesetzten und weihnachtlich geschmückten Saale der Rögenerschen Gastwirtschaft stattfand, wurde zu einer gelungenen Veranstaltung. Zu Beginn wurde im Glanze der strahlenden Kerzen das vertraute Weihnachtslied 'Stille Nacht heilige Nacht' gesungen, worauf dann Lehrer Richter in seiner Begrüßungsansprache auf den ernsten weihnachtlichen Charakter des ersten Stückes 'Ein Weihnachtswunder' hinwies. ... Nach der Pause leitete ein heiteres Stück 'Der geplatzte Strohwitwer' über zu dem anschließenden Tanz.

Während in den vergangenen Jahren von allen möglichen Vereinen, Verbänden und Organisationen Weihnachtsfeiern veranstaltet wurden, ist es den Gemeindevertretern in diesem Jahr (1952) gelungen, den ganzen Ort zu einer gemeinsamen Feier zusammenzuführen. Diese Feier findet am Sonntag in der Gastwirtschaft Rögener statt.

Durch Darbietungen des Schulchores und weihnachtliche Spiele der Schulkinder wird die Weihnachtsbescherung aller Kinder festlich umrahmt. Darüber hinaus werden die bedürftigsten Kinder durch die herrlichen Gaben des Weihnachtsmannes, bestehend aus warmer Winterkleidung und Leibwäsche, besonders erfreut werden.

Gasthaus „Weißes Roß", Hörden

Am 1. Weihnachtstag, 20 Uhr

Großer Tanzabend

Es ladet freundlich ein: **Gastwirt Rögener**

Ungeachtet dieser besinnlichen Feiern fand häufig bis in die 1960-er Jahre an den Weihnachtstagen abends auch Tanz statt. Ebenso zu Neujahr. Überhaupt wurde „Tanz" und „Ball" in Hörden groß geschrieben. Fast jeder Verein hatte sein „Wintervergnügen" und konnte mit einem voll besetzten Saal rechnen.

Das ist zwar lange her, gehörte aber über viele Jahrzehnte zum Dorfleben.

Einen besonderen Stellenwert hatte in den Raunächten Silvester. Der Name dieses Tages geht auf den Papst Sylvester zurück, dessen Todestag am 31. Dezember 335 seit dem 8. Jahrhundert gefeiert wird. Das Brauchtum geht weit zurück: Nach alter Gepflogenheit musste zur Jahreswende in jeder Familie Fisch vorhanden sein. Auch das Orakelbefragen und Bleigießen spielte stets eine große Rolle. Daneben versuchte man, keine Schulden mit in das neue Jahr zu nehmen.

Der Neujahrstag ist von alters her ein Tag des Schenkens. Der Herr beschenkte das Gesinde, der Meister die Gesellen und Lehrjungen. Die Hirten, Schmiedeknechte, Drescher und Ausrufer gingen früher das „Neujahrs-Abfordern" und erhielten von den Hausbesitzern Eier, Wurst, Geld, Speck oder Kuchen. Man sagte dabei: „Ich wünsche der Herrschaft Glück und Segen zum Neuen Jahr."

Große Bedeutung hatte im Harz der „Wooltmannsdag" (Wotanstag), das ist der 2. Januar. Nach dem Volksglauben ist dieser Tag ein Unglückstag, an dem keine schwere Arbeit verrichtet werden darf.

Die Holzleute gingen an diesem Tag zu ihrer Arbeitsstelle, arbeiteten aber nicht, sondern zündeten ein Feuer an und aßen und tranken im Kreis um das Feuer.

Den Abschluss der Zeit um die Jahreswende / Sonnenwende bildete der Dreikönigstag. Bei uns spielt er als Gedenktag an die Heiligen drei Könige keine große Rolle, wohl aber im katholischen Eichsfeld. Möglicherweise wurde das Gedenken an die drei Weisen als Ersatz für heidnisches Brauchtum eingesetzt. So spielte in der Vorzeit an diesem Tag die Bohne eine große Rolle.

Der Volksglaube verbot den Genuss der Bohne während der „Zwölfnächte", da sie „prophetische Träume" erzeuge. Daher wurden in diesen Tagen auch selten Hülsenfrüchte gekocht. Der „Bohnenkuchen", der am 6. Januar auf den Tisch gebracht wurde, hatte doppelte Bedeutung. Er galt als Sinnbild des einst üblichen Totenschmauses, der zu Ehren des scheidenden Jahres gehalten wurde, und gab auch die Gelegenheit zur Wahl eines neuen Herrschers, in dem sich das neue Jahr verkörperte. Wer die in dem Kuchen versteckte Bohne fand, war für diesen Abend „König".

Auch bei uns am Südwestrand des Harzes war der „Fasselabend" bis zur Jahrhundertwende die Festzeit schlechthin. Im Mittelalter beging Arm und Reich die Fastnacht. Auf Burgen und Herrenhöfen wurden ritterliche Spiele abgehalten. Das Bürgertum ergötzte sich an Aufführungen, in denen die Tölpeleien der Bauern eine große Rolle spielten.

Auf den Dörfern hat sich der eigentliche Sinn, nämlich die Austreibung des Winters, am besten erhalten. Es gab schon früh bei den Umzügen Verkleidungen und Masken. Diese Masken sollten gemäß den alten Frühlingsbräuchen Schrecken einjagen und die bösen Geister des Winters vertreiben. Die Tätigkeit der „Masken", wie auch ihre Träger genannt wurden, bestand vor allem im „Fuien", einem Schlagen mit Zweigen von Birke oder Wacholder. Betroffen waren von diesem „Fuien" oft die Mädchen des Dorfes.

In unserem Gebiet lassen sich die Fastnachtsfeiern bis in das 15. Jahrhundert zurückverfolgen. Der Name „Faselabend" von „faseln = umherziehen" sagt schon einiges über das ursprüngliche Tun an diesem Tag aus. Die jungen Burschen der Spinnstuben-Gemeinschaften zogen am Rosenmontag mit Blasebalgmusik von Haus zu Haus und sammelten Würste ein, die sie an einer Holzgabel befestigten. Abends gab es dann in der Schenke ein großes Gelage, bei dem die Gaben verzehrt wurden. Mit diesem Brauch wurde bei uns das Ende der Spinnstubenzeit gefeiert. Anschließend begannen wieder die Arbeiten auf dem Feld.

Gefeiert wurde schon am Sonntag vor Rosenmontag im Gasthaus. Die Junggesellen standen an der Theke, die Mädchen saßen auf Bänken rings um die Tanzfläche. Und auch strenge Winter und niedrige Temperaturen, die die Bierpfützen vor der Theke gefrieren ließen, vermochten dem ausgelassenen Treiben keinen Einhalt zu gebieten.

Über das Faschingstreiben in Hörden berichtet die Presse erstmals 1950:

Die Sportgemeinschaft veranstaltet am kommenden Sonnabend, 18. Februar, eine Maskerade in den Räumen der Gastwirtschaft Peter. Für ein buntes Faschingstreiben und eine ausgezeichnete Tanzmusik ist Vorsorge getroffen.

Über eine „Kinder-Maskerade" wird am 31. Januar 1952 berichtet:

Bunter fröhlicher Faschingstrubel herrschte am Sonntag in der Gastwirtschaft Peter, wo der Sportverein eine Kindermaskerade veranstaltete. Kurz nach 16 Uhr führte Prinz Karneval, der von dem kleinsten Mann Niedersachsens, unserem bekannten Sportfreund Edmund Hinze dargestellt wurde, die ca. 80 Narren und Närrinnen unter der Marschmusik der Feuerwehrkapelle in sein Narrenreich. Recht schöne und originelle Kostüme konnten sich vor den über 200 Zuschauern bewundern lassen.

Am 15. Februar 1961 heißt es:

Pralle harte Mettwürste wechselten Besitzer. Die Narretei hatte ihren Höhepunkt. Es war kein rheinischer Karneval, der in diesen Tagen des närrischen Treibens in Hörden gefeiert wurde. Das sollte es auch nicht sein, denn die Hördener feierten nach ihren eigenen Gesetzen, bei denen zum Beispiel die harte Mettwurst eine außerordentlich wichtige Rolle spielt.

Nun, auch in der Gemeinde Hörden gaben die Einwohner am Montag reichlich Würste. 'Sie waren freigiebig`, meinte einer der närrischen Hördener am Rosenmontag. Am Nachmittag herrschte Jubel und Trubel, und nach dem gelungenen bunten Umzug bildete das Gasthaus Rögener das Narren-Hauptquartier, in dem etwas für den Hunger und den Durst getan wurde. Niemand ließ sich durch das trübe Wetter abhalten. Alles in allem: Es war auch in diesem Jahr wieder ein frohes Treiben, das alten Harzer Sitten entspricht und entsprechend gefeiert worden ist.

Anno 1964 ist erneut ein Veranstalter des närrischen Treibens benannt:

Jubel und Trubel beim Hördener Kinderkarneval. Die rührige Hördener Feuerwehrkapelle hatte zum Kinder-Karneval in den Saal der Gastwirtschaft Rögener geladen. Den Auftakt bildete die Polonaise, angeführt vom Prinzenpaar Hedwig Bierwirth und Arnold Kiesel. Bei ausgelassener Stimmung im Saal gingen die Stunden des Frohsinns schnell vorüber. Als Belohnung für die ausgezeichneten Kostüme erhielt jedes Kind ein süßes Geschenk von der Feuerwehrkapelle. Sie hatte wieder einmal gezeigt, daß sie solche Veranstaltungen sehr gut organisieren kann.

Auch 1970 war die Feuerwehrkapelle Organisator der Kinder-Maskerade:

Die Feuerwehrkapelle hatte wie in jedem Jahr die Kinder der Gemeinde in den Saal des Gasthauses Rögener eingeladen, um eine zünftige Faschingsfeier zu veranstalten. 160 Kinder mit ihren Eltern begrüßte der Kapellenleiter Bierwirth. Von 14.30 Uhr bis 16 Uhr drehten die maskierten Kinder ihre Kreise nach den Rhythmen der Feuerwehrkapelle. Gegen 16 Uhr wurde demaskiert. Und zur Belohnung bekamen die 3- bis 14-jährigen Süßigkeiten. Die 16 Feuerwehrmänner haben beschlossen, so teilte Helmut Peters mit, die Einnahmen nach Abzug der Unkosten dem Lebenshilfe-Kreisverein für das geistig behinderte Kind zur Verfügung zu stellen.

Dieser Bericht zeigt, dass aus den 1950-er Jahren bis 1972 die Kapelle der Feuerwehr Hörden das Faschingstreiben für die Kinder organisierte.

Im Jahr 1971 „war sogar ein Prinzenpaar anwesend". Anno 1972 „hatte man die große Sporthalle zur Verfügung". Ein Jahr später hatte Kurt Schreiber

„die Festhalle in Hörden für eine närrische Sitzung ausgewählt ... Veranstalter Schreiber hatte den Verein der Rheinländer 1892 aus Kassel engagiert ... Der Elferrat der Großen Prunk- und Fremdensitzung thronte auf der Bühne ... Mit Funkengarde und Mariechen, mit Tanzoffizieren und einem Amazonen-Korps ... Orden erhielten neben Hördens Bürgermeister Dr. Klapdor, Samtgemeindedirektor Husung und der ehemalige Bürgermeister Barke, alle Unternehmer aus dem Hördener Raum, die am Bau der Mehrzweckhalle ihren Teil leisteten ...".

Diese Veranstaltung wurde von Kurt Schreiber 1973 wiederholt. Am Rosenmontag aber standen Umzug und Stümpelessen der Hördener auf dem Programm:

'Heute feiern wir`, unter diesem Motto zogen am Rosenmontag rund 50 Kinder und Jugendliche aus Hörden durch ihren Ort. Von Haus zu Haus ging es mit Musik und guter Laune. Würste, Brause und Geldspenden, 'ein rostiges Markstück` waren willkommen. Davon sollte nach dem Umzug im Gasthaus Peter zünftig gevespert werden. Der Junggesellenclub von Hörden hat sich seit 1970 wieder des 'Hördener Rosenmontages` angenommen. Zehn Jahre lang war es still am Rosenmontag auf Hördener Straßen.

Der zweite Wagen im Hördener Rosenmontagsumzug war ein Kinderwagen.

Der „Hördener Carneval Club" taucht 1975 erstmals in der Presse als Veranstalter des närrischen Treibens in Hörden auf:

Zu den besonderen Attraktionen in Hörden gehörte der Rosenmontagsumzug, den der Karnevalsclub veranstaltete. Gegen 14 Uhr setzte sich der Zug mit vier Wagen und der Kutsche für das Prinzenpaar in Bewegung.

Der Karnevalsklub veranstaltete am Sonntag im Dorfgemeinschaftshaus seine 3. Kinder-Karnevalsveranstaltung mit mehr als 100 Kindern. ... Für die musikalische Unterhaltung sorgte die Jugendband 'OLD HAT' aus Hattorf. 30 Mitglieder des HCC hatten den ganzen Samstag mit Vorbereitungsarbeiten zugebracht ...

Damit hatte der HCC endgültig den Brauch zum Faschingstreiben in Hörden übernommen.

Hörden — »Weißes Roß«
Am 14. Februar 1994 traditioneller
Rosenmontagsball
mit der Kapelle »The Entertainers«
Stümpelessen — karnevalistische Showeinlagen
Beginn 20.00 Uhr, Eintrittspreis 12,- DM
Sonntag, 13. Februar 1994 — 15.00 Uhr
Kindermaskerade
Eintritt: Kostümierte 2,- DM — ohne Kostüm 4,- DM
Es laden ein: Der Hördener Carneval Club und der Gastwirt M. Peter

Die Bezeichnung „Karneval" ist im Grunde der lateinische Name für „Fastnacht", und beide zeigen die 40-tägige Fastenzeit bis Ostern an. Der Name „Rosenmontag" ist seit 1830 die rheinische Bezeichnung für „Fastnachtsmontag". Der Ausdruck entstand schon 1824 in Köln bei den Vorbereitungen des neu geschaffenen Maskenzuges, den die 1. Karnevals-Gesellschaft beschlossen hatte.

Der „Aschermittwoch" ist der erste Tag der Fastenzeit. An diesem Tag weihte der Priester die Asche der Palmenzweige des Vorjahres, die er dann zur Buß-Ermahnung in Kreuzform auf die Stirn der Gläubigen auftrug.

Wenn nicht entsprechendes Material in Bild oder Schrift vorliegt, ist es oft auch mit Hilfe der älteren Einwohner nicht immer leicht, bodenständiges Brauchtum festzustellen und von zeitweiligem Tun oder von außen herein getragener Sitte zu unterscheiden. Es gibt Berichte, dass die Junggesellen beim Würste-Einsammeln zum Fasching von einem oder mehreren „Bären" begleitet wurden. Näheres ist jedoch nicht bekannt.

Man kann den Eindruck gewinnen, dass es selbst für die Alteingesessenen nicht leicht ist zu erkennen, was man als zum Dorfleben gehörig und als Brauchtum empfindet. Zwar geht man heute nicht mehr so zum Abendmahl wie noch zu Beginn des 20. Jahrhunderts in der Schulchronik beschrieben:

„... daß jedes mal vereint gehen die Unverheirateten, die Jungverheirateten, die Altverheirateten und die Alten, Witwen, Witwer und Gebrechlichen ..."

Aber bis vor einigen Jahren noch standen Männer und Frauen während der Trauerfeier getrennt vor der Friedhofskapelle.

Manche Sitte, manches Brauchtum ist aber auch vergessen oder wird nicht mehr auf Hörden bezogen. So ist es zum Beispiel mit dem Osterwasser-Tragen. Aus einigen Orten der Umgebung ist dieser Brauch noch bekannt. Erinnert sei an die Sage von der Oster-Jungfrau in Osterode. Aber auch für Elbingerode beschreibt Adolf Thimme das Osterwasser-Tragen:

Das Osterwasser-Tragen war besonders für die jungen Mädchen interessant, denn dieses Wasser verhieß ihnen Schönheit und Anmut. Aber da waren natürlich Tücken eingebaut. Zunächst mußte das Wasser in der Nacht zum Ostersonntag noch vor Sonnenaufgang aus dem ´Sumpf` unterhalt des alten Dorfberges geholt werden – ohne zu sprechen !!!

Dabei war zu beachten, daß das Wasser mit dem Strom geschöpft wurde. Und dann waren – ebenfalls schweigend !!! – die Körperteile mit diesem Wasser zu waschen, die schön und jugendfrisch bleiben sollten ... Überhaupt verhieß dieses Wasser seinen Trägerinnen Glück. Allerdings musste beim Schöpfen des Wassers ein besonderer Spruch gemurmelt werden, und der war von Ort zu Ort verschieden. Und ist nicht mehr bekannt!!

Ostern ist eines der ältesten christlichen Feste. Es lässt sich bis in die ersten christlichen Jahrhunderte zurückverfolgen. Auf dem Konzil von Nicäa im Jahre 325 n.Chr. wurde es auf den Sonntag gelegt, der dem ersten Vollmond nach Frühlingsanfang folgt. Und da Sonnen- und Mondlauf nicht übereinstimmen, wechselt das Datum des Osterfestes von Jahr zu Jahr.

Das Brauchtum zum Osterfest ist aus dem Frühlingsfest unserer germanischen Vorfahren entstanden, die mit diesem Fest zu Ehren der Erd-, Frühlings- und Lichtgöttin Ostara die zunehmende Fruchtbarkeit der Felder feierten.

Die Kirche ließ dieses Fest bei ihrer Missionstätigkeit in Germanien weiter bestehen. Die alten Kulthandlungen wurden nicht verboten, man gab ihnen nur einen anderen Sinn. So hieß das „Osterfeuer" ursprünglich „Bockshorn". Der Bock gilt heute als Sinnbild des Teufels. Aber bevor das Christentum die alt-germanischen Gottheiten zu Unholden und Dämonen gemacht hat, war der Bock das heilige Tier Donars, zu dessen Ehren die Bockshornfeuer aufflammten. Der Ausdruck „Jemanden ins Bockshorn jagen" hat sich erhalten und meint „Jemanden zum Sprung über das Osterfeuer auffordern". Nach altem Volksglauben sollte der Sprung Krankheiten heilen und Schaden abwenden. Die auf das Saatfeld gestreute Asche vom Osterfeuer sollte Schneckenfraß und Mehltau verhindern. Die Asche galt auch als heilspendend und wurde dem Vieh in die Tränke getan.

Das Brauchtum der Osterzeit gruppiert sich um Palmarum, Gründonnerstag, Karfreitag, „Osterheiligabend" und Ostern. Mit dem Palmsonntag beginnt die stille, die „heilige Woche – die Karwoche". Das althochdeutsche Wort „kar" bedeutet so viel wie „Trauer".

Am Gründonnerstag aß man bis weit in das 19. Jahrhundert hinein Kohl oder grüne Erbsen. In das Essen gab man Grünkraut, und zwar von sieben oder neun wild wachsenden Pflanzen.
Der Tag hat seinen Namen von den „greinenden" Büßern, die an diesem Tag wieder in die Gemeinschaft der Kirche aufgenommen wurden (aus „grein" wurde „grün").

Die Bauern fuhren am Gründonnerstag auf jeden Fall zur Arbeit aufs Feld. Wer nämlich an diesem Tag nicht auf dem Acker war, der hatte keinen Segen in dem Jahr. Alles, was am Gründonnerstag gepflanzt wurde, geriet gut und blieb vom Erdfloh verschont.

Bis zum 17. Jahrhundert wurde der „Karfreitag" zwar als Fastentag, aber zunächst nicht gottesdienstlich gefeiert. Auch in der mittelalterlichen Kirche gehörte der Karfreitag keineswegs zu den hohen Festtagen. Erst seit dem 17. Jahrhundert erfuhr der Karfreitag eine Steigerung seines Ansehens, erhielt er immer mehr das Gepräge eines Bußtages und gilt heute als der höchste evangelische Feiertag.

Am Karfreitag hatte früher jede Arbeit zu ruhen. Wer an diesem Tag mit Nadel und Strickzeug hantierte, so meinte man einst, beschwört eine Feuersbrunst herauf. Regen an Karfreitag oder Ostersonntag sollte übrigens einen trockenen Sommer verheißen.

Der Osterhase ist keine Erfindung unserer Tage. Er wird schon bei den Kultgebräuchen unserer Vorfahren als Sinnbild des wiedererwachenden Lebens und der Fruchtbarkeit genannt.

Ein solches Sinnbild sind auch die Ostereier, die früher mit Farbe oder Zwiebelschale gefärbt und verziert wurden. Die Kinder suchten am Ostersonntag in der Frühe die versteckten Eier.

Höhepunkt im Oster-Brauchtum war und ist jedoch das Osterfeuer. Ursprünglich wurde das Feuer am Abend des Ostersonntags angezündet.

Das Sammeln von trockenem Reisig und Geäst wurde ursprünglich von den Jungen erst am Ostersonntag nach dem Kirchgang begonnen. Vor allem die Konfirmanden waren und sind für den Bau des Osterfeuers verantwortlich. Aber welcher Junge mag dabei nicht helfen?

Die älteren Jungen unterzogen sich dem mühevollen „Heckeschleppen" aus dem Wald, die jüngeren sammelten gewöhnlich im Dorf Reisig und Holzabfälle. Und dann ist es ein stolzer Augenblick, wenn „der Baum steht!". Eine hohe Fichte, bis auf einen „Stern" an der Spitze entästet, wird in der Mitte des Holzhaufens aufgestellt. Die Seiten des Reisigberges werden mit Tannengrün verkleidet.

Und wenn das Osterfeuer dann fertig war, ein mächtiger Stoß, aus dem der Baum hoch herausragte, hieß es „Wache halten!" – auch nachts !!

Denn auch das gehörte dazu, dass manche „böse Buben" aus Nachbarorten versuchten, das Feuer schon vor dem großen Augenblick zu entzünden. Dann war alle Mühe umsonst!   Inzwischen ist das Vergangenheit!

Zu Beginn der 1980-er Jahre, inzwischen war das Abbrennen des Osterfeuers auf den Samstag vor Ostern gerückt, ist das den Hördenern in Elbingerode gelungen. Und das am Ostersamstag gegen Mittag! Aber dann haben die Elbingeröder die Trecker angespannt, und am Abend hatten sie es geschafft, doch noch ein Osterfeuer zu entzünden.

Am Ostersamstag 1990 brannte dann das Hördener Osterfeuer schon um 6 Uhr in der Frühe. Aber auch hier war damit der Ehrgeiz erst recht geweckt, und am Abend brannte auch hier das Osterfeuer wie vorgesehen.

Zum Osterfeuer gehört auch das „Fackeln". Die Fackeln werden aus einem armstarken Fichtenrundholz gefertigt und lange vor Ostern zum Trocknen an den Ofen gelegt. Wer eine Fackel trägt, gibt den Erbauern des Osterfeuers eine freiwillige Spende. Ursprünglich begannen dann zunächst die Bauern die Fackeln zu schwingen und kreisen zu lassen, ehe sich alle anderen einmal in dieser Kunst versuchten. Die Fackel vom Osterfeuer, hinter den Schornstein gestellt, sollte das Haus vor Blitzschlag schützen.

Die Besucher des Osterfeuers gehen nach Hause, wenn der Baum gefallen ist. Und das kann dauern! Aber es ist ein spannender Augenblick, wenn sich die Fichte zu neigen beginnt und schließlich fällt. Damit ist die offizielle Feier vorbei. Der „Stern", die Spitze der Fichte, wird dann von den Osterfeuer-Erbauern dem Pastor oder Lehrer „verkauft".

Früher waren die Osterfeuer noch nicht so groß wie heute. Da sprangen die Mutigsten über den Rest des Osterfeuers. Dieser Sprung sollte Glück im weiteren Verlauf des Jahres bringen – und imponieren.

Das Osterfeuer brannte in Hörden zeitweise auf dem Spahnberg, dann am jenseitigen Ufer der Sieber. Im Jahre 1994 fand das Osterfeuer erstmals auf dem Dreieck Hagenberg / Rabeck statt, nachdem der Platz an der Sieber im Naturschutzgebiet lag.

Zu Palmarum war früher Konfirmation. Der Begriff „Konfirmation" kommt aus dem Lateinischen und bedeutet so viel wie „Befestigung, Bestimmung, Ermutigung". Die Feier war anfänglich nur ein lokales Ereignis. Sie wurde 1534 von dem Straßburger Theologen Martin Bucer in Hessen eingeführt. Martin Luther sträubte sich anfangs dagegen. Er wollte eigentlich keine Einrichtung, die dem katholischen Sakrament der Firmung ähnelte. Die Konfirmation setzte sich dennoch durch und wurde im 17. Jahrhundert zum Allgemeingut in den protestantischen Regionen.

Am Tage vor der Konfirmation gingen die Konfirmanden bei Paten und Verwandten „abbitten", baten um Verzeihung für das, was sie Unrechtes getan hatten. Überhaupt war die Konfirmation früher eine reine Familienfeier mit den Paten. Die Konfirmanden schmückten die Kirche und wanden Kränze, die vor die Schultür, die Kirchentür und vor das Pfarrhaus gehängt wurden. Die Angehörigen wickelten Girlanden, und mit diesen „Schlängelke", durch Papierblumen ergänzt, wurde die Haustür des Konfirmanden / der Konfirmandin geschmückt. Der Weg zur Kirche wurde mit Tannhecke bestreut.

Später wurden den Konfirmanden zwei Fichten vor die Haustür gestellt, oft mit Bändern geschmückt. Die Konfirmandinnen trugen einen Myrtenkranz im Haar, während die Jungen einen Myrtenstrauß am Jackenrevers befestigten. Den Myrtenschmuck greift auch Thimme auf und schreibt:

Es ist ja im Volke üblich, bei der Geburt einer Tochter eine Myrte zu pflanzen, damit sie der Erwachsenen dereinst den Brautkranz spende.

Bald nach Ostern fing das neue Schuljahr an. Die Schulneulinge, auch Schulanfänger oder „i-Männchen" genannt, erhielten Zuckertüten. Geschenke zum Schulanfang gibt es schon lange. Bereits der römische Dichter Horaz bezeugt in seinen Satiren die Gabe von Zuckerwerk an Schulneulinge. Schon die alten Römer wussten also, dass Süßigkeiten nicht nur zum Lernen anspornen, sondern tatsächlich Konzentration und Leistungsfähigkeit fördern.

Der Brauch, die süßen Geschenke in eine bunte Tüte zu stecken, ist nicht so alt. Vor allem waren die Tüten zunächst auch nur schlicht braun. Und dann war die Schultüte nicht zu allen Zeiten mit Süßigkeiten gefüllt. Und nicht jede Familie konnte sich eine leisten.

In Hörden kam die süße Tüte wohl erst nach dem Zweiten Weltkrieg so richtig „in Mode" und wurde im Laufe der Jahre immer größer und schwerer.

Einschulung 1978 mit Lehrerin Marianne Grunewaldt

Zwischen Ostern und Pfingsten, in manchen Orten schon am Zweiten Ostertag, oft auch zu Himmelfahrt, fand der Flurumgang statt. Schon vor der Verkoppelung waren die Flurgrenzen versteint, und einmal im Jahr fand die Besichtigung der Flur- und Ackergrenzen statt, wurde der Stand der Steine überprüft und wurden Grenzstreitigkeiten beigelegt.

An diesem Umgang nahm die gesamte männliche Einwohnerschaft teil. Einmal wollte man sich mit eigenen Augen überzeugen, dass die Grenzen eingehalten und die Grenzsteine unverrückt waren, zum anderen beabsichtigte man damit, den jüngeren Gemeindegliedern eine genaue Kenntnis der Grenzen zu verschaffen. Wenn Grenzen neu festgelegt wurden, erhielt einer der dabeistehenden Jungen eine kräftige Ohrfeige. Dadurch sollte er sich stets an diese Vereinbarung erinnern und war Zeuge für die Festlegung dieses Grenzpunktes.

Ein solcher Flurumgang hat früher auch in Hörden stattgefunden, aber der Umgang selbst wie auch der Zeitpunkt sind in Vergessenheit geraten.

Nach Ostern begann verstärkt die Arbeit auf dem Feld. Am 1. Mai musste der Roggen schon so hoch sein, dass ein Rabe sich darin verstecken konnte. Mit dem Mai hatten auch die bösen Geister und dunklen Dämonen für das Gute und Lichte das Feld geräumt. Am 30. April gaben sich aber alle diese Wesen und Geister des Bösen noch einmal im Glauben unserer Vorfahren auf dem Blocksberg ein Stelldichein.

Ursprünglich feierten die Germanen in der „Wolpersnacht" die Hochzeit ihres Gottes Wodan mit Freya. Wodan ritt im Hochzeitszug auf seinem Schimmel Sleipnir, von zwei in der Luft flatternden Raben gefolgt und von zwei Wölfen begleitet. Erst später stempelten die Missionare den Zug zu einem Hochzeitsfest des Teufels mit einer Hexe.

Die katholische Kirche machte den 1. Mai zu einem Festtag der Walburga. Sie war die Tochter des englischen Königs Richard. Walpurga oder Walburga war Äbtissin im Kloster Heidenheim und wurde wegen ihrer Frömmigkeit nach ihrem Tod heilig gesprochen. Sie ist die Schutzheilige der Hausfrauen und Mägde, und ihr Tag im Römischen Kalender ist der 30. April, der Geburtstag der Heiligen. Aber irgendwie wurde auch Walpurga vom Volksglauben bald in den Hexenspuk einbezogen.

In der Walpurgisnacht sollen Teufel, Hexen und böse Geister auf Besen, Ofengabeln und Ziegenböcken zum Brocken reiten.

Drei Kreuze wurden an die Tür oder den Giebel des Hauses gemalt, um den Spuk zu bannen.

Seit 1950 wird der 1. Mai in Hörden, soweit bekannt, gefeiert. Es heißt in der Presse:

Schon am frühen Morgen brachte die Kapelle der Freiw. Feuerwehr ein Morgenkonzert und marschierte dann anschließend durch die Straßen. Am Abend fand bei Peter eine gut besuchte Maifeier der SPD statt. Der Ortsgruppenvorsitzende, Heinrich Grüneberg, fand herzliche Begrüßungsworte. In der Festansprache wurde auf die Bedeutung des Tages hingewiesen. Der Männergesangverein brachte Maienlieder zu Gehör, während die Sologruppe des Arbeiter-Radfahrer-Vereins „Solidarität" ihre Künste zeigte. Die musikalische Ausgestaltung hatte die Kapelle der Freiw. Feuerwehr übernommen. Alt und Jung blieben beim fröhlichen Maientanz zusammen.

In den Folgejahren waren es die großen Hördener Vereine, die den Brauch lebendig hielten, den 1. Mai zu feiern. Den Weckruf gestaltete der Hördener Musikzug der Freiwilligen Feuerwehr.

> Auf zur
> # 1. Maifeier nach Hörden
> Es laden ein: Der Vorstand des M. G. V. Hörden, M. T. V. Hörden, S. C. Rot-Weiß, Radfahrerverein Hörden.
> Für Stimmung und Humor sorgt das bekannte und verstärkte Tanzorchester H. Schwachow
> Beginn 16 Uhr
> Für beste Speisen und Getränke ist Sorge getragen.
> Alle Freunde und Gönner sind herzlich eingeladen.
> Verbilligte Eintrittspreise.
> G. Rögener, Gastwirt

1957 heißt es lapidar:

Das Ortskartell des DGB ladet am Weltfeiertag der Arbeit alle Einwohner recht herzlich ein zum Tanz ab nachmittags in der Gastwirtschaft Hermann Peter mit der beliebten Stimmungskapelle.

Der Ortsjugendring hat 1958 die Ausgestaltung des 1. Mai als ein Fest der Dorfgemeinschaft übernommen. Alle Vereine im Dorf haben sich an der Veranstaltung beteiligt. Und dabei blieb es.

Wegen des Um- und Ausbaus des Schützenhauses zur Mehrzweckhalle fielen 1962 – 1965 die inzwischen zur Tradition gewordenen Maifeiern aus. Es erfolgte lediglich der Weckruf, an dem sich die Mitglieder des Gemeinderates ebenso beteiligten wie die Vorstandsmitglieder des Ortsjugendrings.

Am 1. Mai 1966 erfolgte die Einweihung der Mehrzweckhalle, und 1967 wurde die „Maifeier" zum „Tanz in den Mai" um-etikettiert, da der 1. Mai ein Montag war. Und so blieb es schließlich. Beim „Tanz in den Mai" am 30. April 1968 wurde erstmals eine „Mai-Königin" gewählt, die nunmehr mit Musikzug, Gemeinderat und Ortsjugendring ab 6.30 Uhr am 1. Mai zum Weckruf antrat.

Immer wieder ist es dem Ortsjugendring gelungen, den Veranstaltungen zum 1. Mai eine besondere Note zu geben. Waren es in den ersten Jahren vor allem die gewollten Selbstdarstellungen der Vereine, so war es 1980 zum Beispiel die Vorstellung des Hördener Wappens und der restaurierten Schützenfahnen, die der Mai-Veranstaltung eine besondere Note verliehen. Im Jahre 1983 war es die Übernahme der Patenschaft über die 2. Kompanie des Panzer-Grenadier-Bataillons in Osterode. 1987 feierte man „30 Jahre Ortsjugendring", und 1988 die Einweihung des renovierten Sportplatzes.

Im Jahre 1989 hatte man die Organisation an den „Gemischten Chor" abgetreten, der den Männer-Gesang-Verein „Konkordia" aus Hörden im Schwarzwald eingeladen hatte. Deshalb hatte der OJR auch beschlossen, keine Mai-Königin zu wählen.

Doch als dann um Mitternacht mit einem Trompetensolo der Mai begrüßt wurde, da vermissten die Harzer Hördener doch den Maibaum und die Mai-Königin gar sehr. Der Vorstand des OJR reagierte blitzschnell. Auf der Stelle wurde eine Mai-Königin „ausgeguckt". Werner Bojahr, der Vorsitzende der Forstgenossenschaft, eilte in den dunklen Forst, um eine Birke zu schlagen. In Windeseile wurde aus dem Tischschmuck ein Blumenkranz gewunden. Und so konnte wenige Minuten nach Mitternacht doch noch eine Mai-Königin mit Blütenkranz den Ehrentanz um den Maibaum genießen. Und dann war es keine Überraschung, dass die Mai-Königin 1989 aus Hörden im Schwarzwald kam: Marlis Eberle.

Nach durchtanzter Nacht wurde die Überraschungs-Königin um 6.30 Uhr mit Musik aus ihrem Quartier abgeholt. Traditionsgemäß wurde der Weckruf auch in Düna durchgeführt, wo „reitende Boten" es noch geschafft hatten, für die überraschend gewählte Mai-Königin am 1. Mai einen prächtigen Blumenstrauß zu besorgen.

Hördener aus dem Schwarzwald zu Besuch in Hörden am Harz

Mit einer Maienkönigin fuhren sie heim

In den Jahren 1991 und 1992 fand keine Mai-Feier wegen der Nähe zum Konfirmations-Termin statt. Im Jahre 1994 war der Besuch vom „Tanz in den Mai" so schwach, dass man auf die Wahl einer Mai-Königin verzichtete.

Der Weckruf am 1. Mai allerdings sollte für alle Teilnehmer zu einem unvergesslichen Höhepunkt werden: Zufällig ging zwischen den beiden Vorsitzenden beim Abmarsch vom Feuerwehrhaus Reinhard Henkel – eben dort, wo eigentlich die Mai-Königin hätte gehen sollen. Mai-Königin ??!! Kaum war die Idee geboren, wurde bereits gehandelt. Die für die – nicht gewählte – Mai-Königin bereitliegende Schärpe wurde im Handstreich aus der Halle geholt, und schon wenige Minuten später ging Reinhard Henkel als „Mai-Königin 1994" mit Gefolge durchs Dorf.

Die Himmelfahrts-Ausflüge sollen ihren Ursprung in den Feldumgängen haben. Ob das auch für Hörden zutrifft, ist nicht bekannt. Häufig wurden aber am Himmelfahrtstag Ausflüge, oft zu alten Kultstätten, unternommen. Ein beliebtes Ausflugsziel war an diesem Tag für die Hördener die Jettenhöhle.

1957: *Seit alten Zeiten war es hier der Brauch, daß Himmelfahrt alt und jung zum Hainholz, zur Jettenhöhle ging. War es früher ein Blasebalg, der die Unterhaltung bestritt, ist es heute eine mehr oder weniger große Kapelle, die für die nötige Stimmung sorgt, an der die zum Ausschank kommenden Getränke auch nicht ganz unbeteiligt sind. Damit auch kleine und große Kinder zu ihrem Recht kommen, sind leckere Erzeugnisse der Bäcker, und nicht zu vergessen die nahrhaften der Schlachter in reichlichen Mengen zu haben. Darum auch in diesem Jahre zu Himmelfahrt auf ins Hainholz.*

Im Jahre 1970 fand eine einstündige Begehung der Jettenhöhle unter der Führung von Werner Güttler statt, der sich eine anschließende naturkundliche Wanderung durch das Hainholz anschloss.

Pfingsten war stets ein Fest voll Heiterkeit und wohl auch Schabernack. In Hörden räumte die Jugend in der Nacht zu Pfingsten das Dorf auf ihre Weise auf. Alles, was nicht niet- und nagelfest war, wurde fortgeschafft.

Dabei wurden auch allerhand Streiche ausgeführt, denn es war „Freinacht". Da wurden dann schon einmal dem Bauern die Räder vom Wagen gezogen, Gartentüren ausgehängt und versteckt oder Schiebekarren in Bäume gewuchtet.

Die Jungen trugen „ihren" Mädchen einen Maibaum vor die Tür, weniger beliebte „Damen" erhielten Sägespäne vor die Tür geschüttet. Immerhin fiel in dieser Nacht kaum jemand in tiefen Schlaf. Die einen, weil sie im Dorf „aktiv" waren, die anderen, weil sie um eine frevle Tat vor der eigenen Haustür fürchteten.

Umso freudiger wurde der Pfingsttag selbst begrüßt. In der „Kreis-Zeitung" am 6. Mai 1950 stand: „... *Die Hördener kennen Heinrich Koch noch aus den Tagen, als er bei besonderen Festlichkeiten als 'Tambour' mit der Trommel von Haus zu Haus ging, um die Festteilnehmer zu wecken...*".

Wenn ein Schützenfest stattfand, so war das regelmäßig zu Pfingsten. Von Thimme wird berichtet, dass um Pfingsten erstmals die Pferde bewegt wurden.

Der volkstümliche Teil zu Pfingsten ist der Rest eines altgermanischen Frühlingsfestes. Nach der Schulchronik fand dieses Fest lange Zeit auf dem Nüll statt: „... *ist der Nüll von vielen Ortseingesessenen zum frohen Spiel besucht worden ... Am ersten Pfingstmorgen zogen Mädchen und Burschen, die Mädchen in langer Kette untergehakt, gefolgt von den Burschen, zum Wald, und ihre hellen Frühlingslieder erklangen ...*".

Dieser Brauch, in der Dorfgemeinschaft ein Frühlingsfest zu veranstalten, ist inzwischen verloren gegangen.

Zur Zeit der Sommersonnenwende brachten unsere germanischen Vorfahren ihrem Himmelskönig Wodan Opferfeuer dar.

Seit dem Jahre 506 n.Chr. wird der 24. Juni als Geburtstag Johannes des Täufers angesehen und deshalb „Johannistag" oder „Johanni" genannt.

Früher wurden auch bei uns an diesem Tag viele Bräuche gepflegt, die jedoch fast in Vergessenheit geraten sind. Dazu gehörten unter anderem das Aufstellen des Johannisbaumes und das Entzünden des Johannisfeuers.

Bestimmte Kräuter, meistens neun zu einem Bündel gebunden, warf man ins Feuer zum Schutz gegen Seuchen und Krankheiten. Das kennzeichnet es als ein Opferfeuer, das auf germanische Vorzeit zurückgeht.

Seit die Menschen den Acker bestellen, feiern sie das Einbringen der Ernte. Die alten heidnischen Erntefeste waren die Vorläufer des heutigen Erntedank-Festes. Wodan, der auch der Geber alles Guten war, wurde als Beschützer der Saaten und Fluren gefeiert, denn er segnete das fruchttragende Feld und hielt Wache, dass nichts das Wachsen und Gedeihen der Früchte verhinderte.

Im Jahre 1772 wurde der Sonntag nach Michaelis, also der erste Sonntag im Oktober, für die evangelische Kirche zum Erntedankfest erklärt.

Es gehört zum Brauchtum, dass die letzte Garbe auf dem abgeernteten Feld blieb, um so den Segen auf dem Acker zu lassen. Und mit dem letzten Fuder kam die mit bunten Bändern geschmückte Erntekrone auf den Hof.

Geblieben ist der Brauch, zum Erntedankfest den Altar der Kirche mit Herbstblumen, mit Ährensträußen und Früchten zu schmücken.

Es heißt dazu in einem Bericht von 1962:
Am vergangenen Sonntag feierte die Gemeinde bei strahlendem Sonnenschein das Erntedankfest. Am Vormittag hatte sich ein großer Teil der Bevölkerung im Gotteshaus versammelt, um Gott Lob und Dank für die eingebrachte Ernte darzubringen. Pastor Klages, Lindau, der die Vakanz-Vertretung übernommen hat, zog an der Spitze der Kinder, die Erntegaben mit sich trugen, in das gefüllte Gotteshaus. Vor dem Altar stand die Erntekrone, umrahmt von den Gaben des Feldes. Zunächst brachten die Schulkinder mit Lied und Wort Lob und Dank für die gesegnete Ernte zum Ausdruck. Dann legten sie ihre Gaben auf dem Altar nieder.

In vielen ländlichen Gegenden wird im Oktober die „Kirchweih" oder „Kirmes" begangen. Es erinnert zunächst an die erste Weihe der Dorfkirche, die man in die Herbstzeit verlegte, wenn für den Landmann nach der Ernte die Ruhezeit des Jahres begann. Im Mittelalter wurden diese Kirmes-Tage mit besonderem Glanz gefeiert. Diese Bedeutung hat die Kirmes heute auf dem Land verloren. Das war früher anders, unter anderem 1952:

Man soll die Feste feiern wie sie fallen, so sagt ein altes Sprichwort, das sich vor allem fröhliche Menschen zu Herzen nehmen. Daß demnach auch die Hördener nicht zu den traurigsten gehören, beweisen sie mit ihrer Kirmesfeier, die sie am kommenden Sonntag nach alter Tradition begehen werden. Da wird es wieder hoch hergehen in den Backstuben, denn selbstverständlich darf der Kirmeskuchen nicht fehlen, genau wie es abends bei Tanz und Geselligkeit lustig hergehen wird. Am Sonntagnachmittag findet die Kirmesfeier beim Gastwirt Rögener statt.

Und 1954: *Nach anderen Südharzer Gemeinden ist nun auch die Gemeinde Hörden mit ihrer traditionellen Kirmesfeier an der Reihe.*

Wenn das Getreide eingefahren ist und auch die Kartoffeln in den Mieten oder in den Kellern sind, dann rüstet man in den Haushaltungen und Gastwirtschaften zur Kirmes, zum fröhlichen Feiern. Man hat sich gut vorbereitet und Kuchen gebacken sowie Getränke bereitgestellt, denn nach alter Sitte werden zum Kirmesfeste viele auswärtige Freunde und Bekannte nach Hörden kommen. In der Gastwirtschaft Rögener wird sich die Einwohnerschaft zu fröhlichem Tanz zusammenfinden.

Und dann hatte die „Kirmes" noch einen weiteren Zweck: Es war eine willkommene Gelegenheit für Heiratswillige, Partner kennenzulernen!

Der eigentliche Martinstag ist zwar der 11. November, der Todestag des im Jahre 401 n.Chr. verstorbenen, später heilig gesprochenen Bischofs Martin von Tours, doch Sitte und Brauchtum dieses Gedenktages haben sich im Laufe der Zeit verändert. Sie haben sich, insbesondere in der evangelischen Region, so sehr verändert, dass heute Martini nur noch zu Luthers Gedenken am 10. November gefeiert wird.

Wie und warum der heilige Martin einst mit der Gans in Verbindung gebracht wurde und schließlich zum Patron der Gänsehirten avancierte, geht aus der Legende hervor:

Im Jahre 371 wollte sich der scheue und asketisch lebende Mann der Wahl zum Bischof von Tours entziehen. Er versteckte sich in einer einsamen, in den Bergen gelegenen Hütte. Einige Zeit konnte er sich dort unbehelligt aufhalten. Doch dann wurde sein Versteck entdeckt. Martin versuchte sich im Gänsestall zu verstecken. Doch das Geschnatter der Gänse hat ihn verraten.

Das heute als „Martinsgans" bekannte Federtier wurde bei den Germanen bereits als Dankopfer dem Gott Wodan dargebracht. Schon in alten Runen-Kalendern konnten entsprechende Beziehungen aufgedeckt werden. Als christliches Opfertier ist die Gans anno 1171 n.Chr. erstmals erwähnt.

Geblieben ist zu Martini auch der Brauch, dass die Kinder von Haus zu Haus ziehen und mit Gesang milde Gaben erbitten.

Um Martini herum begann das Schlachten, und das war stets ein Fest. Zum Schlachtefest kamen und kommen deshalb wohl auch oft mehr Leute als eigentlich benötigt. „Beim Schlachten hatte man immer mit Gästen zu rechnen", meinte ein alter Hausschlachter. Dieser ungebetene, aber nicht unwillkommene Besuch, das waren früher meistens Mitglieder der Spinnstube, die verkleidet und mit verstellter Stimme ihren Anteil an der Wurst forderten. Begonnen wurde der Vers mit den Worten: „Wir haben gehört ihr habt geschlachtet ...".

Ahnungslosen Helfern wurde beim Schlachten manchmal ein Streich gespielt. So mancher wurde schon durchs Dorf geschickt, um die „Wurstleiter" oder ähnlich fantasievolle Gegenstände zu holen. Und wehe, er geriet dann an einen weiteren Scherzbold! Dann mochte er wohl einen zugebundenen schweren Sack im Schweiße seines Angesichts zum Schlachtefest schleppen, der schließlich nur große Steine enthielt – und hatte obendrein den Spott zu ertragen. Und mancher gibt vielleicht nach Jahren erst zu, dass er kreuz und quer durch das ganze Dorf gehetzt wurde nach einem „Kümmelspalter" oder „Darmhaspel". Doch das gehörte zum Schlachtefest eben dazu. Auch mussten Neulinge damit rechnen, den Schweineschwanz angehängt zu bekommen.

Doch: „Sobald das Schwein am Haken hängt, wird erst mal einer eingeschenkt!" Und fortan spielte dieses „Einschenken" während des gesamten Festes eine große Rolle. Dazu musste natürlich gut gegessen werden. Und dann wollten Verwandte, Nachbarn und Freunde mit Kostproben von Wurst und „Steke" bedacht werden.

Eine Besonderheit war die „Wossoppen", und nach dieser Wurstsuppe hatte das Schlachtefest zeitweise auch seinen Namen. In eine große irdene Schüssel legte man abwechselnd eine Schicht Brotschnitten und eine Schicht gekochter getrockneter Zwetschen, bis die Schüssel halb voll war. Darüber goss man die sehr fettige und würzige Fleisch- und Wurstbrühe. Nach kurzer Zeit war das Brot aufgeweicht und eine richtige Suppe entstanden, die immer besser wurde, je häufiger man sie aufwärmte.

Um Martini herum trafen sich auch erstmals nach dem Sommer die Spinnstuben wieder. Etwa sechs bis acht gleichaltrige Mädchen schlossen sich zu einem „Spinntrupp" zusammen, um gemeinsam zu spinnen. Soziale Unterschiede spielten bei der Bildung und Zusammensetzung eines Trupps meist keine Rolle, allerdings wurden in einem „ordentlichen" Spinntrupp nur unbescholtene Mädchen geduldet.

Die Mädchen trafen sich in der Regel gegen 19 Uhr bei einem Mitglied des Trupps. Jeden Abend sollten etwa 10 Gebinde Garn geschafft werden. Dass dieses Soll oft nicht erreicht wurde, lag meistens an den Bauernsöhnen und Knechten, die sich ebenfalls zusammenschlossen und die Mädchen besuchten. Es wurde gesungen, man trieb Pfänderspiele ... Kein Wunder, dass mancher Trupp dann am Ende der Spinnstubenzeit kein „ordentlicher" Spinntrupp mehr war.

Den Pfarrern waren die Spinnstuben stets ein Dorn im Auge, weil sie darin – meistens zu Unrecht – die Wurzel allen Übels im Dorf sahen. Dennoch haben sich die Gemeinschaften gehalten, und selbst heute noch haben sich etwa gleichaltrige Paare zu Clubs oder Spinnstuben zusammengeschlossen. Zwar wird da nicht mehr gesponnen, schon gar nicht Wolle, aber man trifft sich halt mehr oder weniger regelmäßig zum Plausch oder zum gemeinsamen Feiern. In den Spinnstuben vor allem haben sich aber auch Brauchtum und die Pflege alter Bräuche erhalten.

Spinnstube „Hördener Knäuel" 1994

Forstgenossenschaft Hörden

Die ersten überlieferten Niederschriften über den Waldzustand und die Baumarten in den ursprünglich dem Welfenhaus gehörenden Wäldern der heutigen Genossenschaftsforst finden sich in Forstbereitungs-Protokollen aus dem Jahr 1596. Da trug das Eichholz „erwachsenes Eichen- und Bandholz", *„... der rechte Krücker liegt an und enthält schönen jungen Buchenbestand mit wenig Hainbuchen im Alter von 40 Jahren ..."*.

Laut Forstbereitungs-Protokoll von 1622 war im „Forstort Sackau" Eichen-Mastholz und im „Forstort Nüll" Buchenholz zu finden.

In den Jahren 1788 bis 1790 wurden die Forsten des Amtes Herzberg vermessen. Damals waren im Forstort „Eichholz" Eichen und Buchen anzutreffen. Der Forstort „Hagental" wurde für die Hutung genutzt. Die Forstorte „Hohe Linde" und „Hausberg" sind nicht erwähnt. Hier dürfte es sich um fürstlichen Domänenbesitz gehandelt haben, der beweidet wurde.

In der „Preußischen Landesaufnahme" 1876 ist für das „Eichholz" Laubholzbesatz angegeben, auf dem „Nüll" wuchs die Buche, und die Schotterebene war mit Eichen bestockt. In jener Zeit begann man mit den Fichtenkulturen.

Die herrschaftlichen Forsten, die sogenannten „Herzberger Landforsten", aus denen die Realgemeinden Pöhlde, Wollershausen, Lütjenhausen, Herzberg Ochsenpfuhl, Hörden, Elbingerode, Hattorf, Schwiegershausen, Wulften und Dorste Holz bezogen, enthielten eine Fläche von etwa 11.296 Morgen.

Um 1830 gab es dann Streitigkeiten mit der Forstverwaltung, und die Realgemeinde Hattorf klagte 1844 gegen die Hannoversche Domänenkammer mit Sitz in Hannover.

Die übrigen Realgemeinden beteiligten sich nicht an diesem Rechtsstreit, sahen es als „Muster-Prozess" und gingen davon aus, dass dieser auch für sie rechtskräftig werden würde.

Der Bezug von Brennholz, Bauholz und Nutzholz wurde *„... bislang den pflichtigen Unterthanen gegen inländischen Festzins verabfolgt ..."*. Auch die Kommunen erhielten zum Wegebau oder für Uferbauten benötigtes Holz.

Nachdem dann der hannoversche Fiskus nach 20-jähriger Klage in höchster Instanz unterlag, wurden 1859 insgesamt 9.500 Morgen Waldfläche in Vergleichsverhandlungen aufgenommen.

In einem „Receß" vom 18. December 1860 heißt es in der Einleitung unter anderem:

„Verschiedene Realgemeinden des alten Amtes Herzberg, deren Mitglieder aus den Eigenthümern der Reihestellen in den betreffenden Ortschaften bestehen, so unter dem technischen Namen 'pflichtige Unterthanen` zusammengefaßt werden, haben seit langen Jahren gegen Einrichtung einer sogenannten pflichtigen Unterthanentaxe aus den herrschaftlichen Herzberger Landesforsten Holz bezogen.

Ursprung und Entwicklung dieses Verhältnisses liegen indessen so vollständig im Dunkeln, daß es höchst zweifelhaft erscheinen muß, ob der factisch bestehende Zustand überhaupt rechtlich qualificirt ist, und nicht vielmehr das gelieferte Material den Character einer Waare trägt, so daß das domanium als Rechteigenthümer die pflichtige Unterthanentaxe, welche sich als Kaufpreis darstellte, verändern, ja die Holzabgabe jeder Zeit ganz sistiren (aufheben) *dürfte.*

Ungeachtet dieser Zweifel behaupten die betheiligten Realgemeinden bezüglich der Herzberger Landforsten bestimmte Berechtigungen, ja eine derselben, die Realgemeinde Hattorf, hat ein dingliches Recht auf Holzbezug aus den Herzberger Landforsten im Wege Rechtens erstritten, und könnte dieses Resultat deshalb für die Beurtheilung der Gesammtfrage bedeutsam erscheinen, weil die relevanten Verhältnisse im Großen und Ganzen anscheinend überall congruent sind. Die Erkenntnis des Königlichen Ober-Appellationsgerichts zu Celle zum Rechtsstreit der Realgemeinde Hattorf wider das domanium hat jedoch nur sehr wenige von den einschlagenden zweifelhaften Puncten zur Entscheidung gebracht, andere wesentliche Fragen dagegen theils ignorirt, theils direct von der Beurtheilung ausgeschlossen."

Die an diesem Rezess beteiligten Vertreter der Realgemeinde Hörden waren Zacharias Barke, Heinrich Bierwirth und Conrad Kunstin.

Der Revierförster Brandt aus Hörden wurde nunmehr beauftragt, die Aufmessung der Grenzen zwischen den einzelnen Realgemeinden vorzunehmen.

Am 10. Juli 1866 stimmten die zehn beteiligten Realgemeinden dieser Grenzaufmessung zu.

Die Realgemeinde Hörden bekam somit 675 Morgen Wald zugewiesen. Hier bildeten nunmehr 93 Genossen, die nicht alle gleichberechtigt waren, eine „Genossenschaft nach altem hannoverschen Recht".

Die Betreuung dieser Waldflächen wurde den staatlichen Forstämtern übertragen. Zunächst ging die Betreuung vom Forstamt Herzberg aus. Die Leitung und Führung des Realverbandes lag in den Händen der genossenschaftlichen Selbstverwaltung.

Eichen-Nutzholz-Verkauf.

In der **Hördener Genossenschaftsforst, Forstort Eichholz**, sollen **Dienstag, den 19. Januar 1897, Morgens 10 Uhr,** etwa

74 fm Eichen-Bau- und Stellmacher-Holz,

verkauft werden.

Hörden, den 13. Januar 1897.

Die Forstvertretung.

Holz-Verkauf.

Am **Freitag, den 31. März 1876, Morgens 11 Uhr,** sollen in der **Hördener Genossenschaftsforst, Forstort Hohelinde** bei der Aschenhütte etwa:

12 Stück Blöche,
6 Stamm 40er Balken,
30 Stamm 30er desgl.,
16 Stamm 50er Sparren,
40 Stämm 40er desgl.,
30 Stamm 30er desgl.,
30 Stamm 24er desgl.,
30 Stamm 16er desgl.,
60 doppelte Lattenbäume,
24 einfache Lattenbäume,

öffentlich meistbietend verkauft werden.

Kaufliebhaber wollen sich am obengenannten Tage in der Hauung einfinden.

Die Herren Bauermeister werden gebeten Obiges im Interesse der Gemeinde bekannt machen zu wollen.

Hörden, Amt Herzberg, den 24. März 1876.

Die Forstvertreter.

In der Schulchronik heißt es: "... *Bis jetzt bekam jeder, der ein eigenes Haus in Hörden besitzt, eine gewisse Menge Holz unentgeltlich aus dem Krücker geliefert. Nun aber ist es insofern abgeändert, daß das gefällte Holz verkauft wird, und jeder Holzberechtigte bekommt eine entsprechende Geldentschädigung ...*".

"*... Fast in jedem zweiten Haus findet man einen Waldarbeiter. Die meisten Waldarbeiter sind fiskalisch angestellt. ... Oft ist in den hiesigen Waldungen nicht genügend Arbeit. Sie werden dann nach anderen Gegenden geschickt. Im Jahre 1903 haben Waldarbeiter in Schlesien an der russischen Grenze gearbeitet. Im Jahre 1905 sollten wieder einige nach Schlesien. Sie weigerten sich aber, da sie das Fahrgeld selbst bezahlen sollten, was ihnen aber nicht möglich war. Der Weigerung wegen bekamen sie längere Zeit keine Arbeit ...*".

Im November 1907 lud der Landrat in Osterode die Mitglieder der Forstgenossenschaft Hörden zu einer „Beschlußfassung über den Erlaß eines Statutes" ein. Dieses Statut sollte offenbar das „alte hannoversche Recht" ersetzen.

Amtliche Bekanntmachungen.

Der Königliche Landrat
des
Kreises Osterode a. H.

Journal-Nr. 37 IV.

Osterode a. H., den 15. November 1907.

Bekanntmachung.

Hierdurch lade ich die Mitglieder der **Forstgenossenschaft Hörden** auf

**Montag, den 25. November d. Js.,
abends 6 Uhr**

zur Beschlußfassung über den Erlaß eines Statutes in die Petersche Gastwirtschaft in Hörden. Von den Ausbleibenden wird gemäß § 4 des Gesetzes, betreffend die Verfassung der Realgemeinden vom 5. Juni 1888 angenommen werden, daß sie dem Beschlusse der Erschienenen zustimmen.

Schwendy.

Auf ihrer Versammlung am 25. November 1907 beschloss die Versammlung der „Forst-Genossenschaft zu Hörden" das Statut, das am 20. Februar 1908 vom Bezirks-Ausschuss genehmigt wurde.

Auszüge:

§ 2

Das Vermögen der Genossenschaft besteht in folgenden Waldbeständen:

In der Feldmark Hörden

1) die Langwiese (genannt Hohelinde), Parzelle 18, 46 ha 74 ar 59 qm
2) der Hausberg, Parzelle 26, 3 ha 93 ar 7 qm
3) die Sackau, Parzelle 84, 6 ha 33 ar 63 qm
4) desgleichen Sackau, Parzelle 159, 1 ha 5 ar 34 qm
5) der Nüll, Parzelle 35, 11 ha 94 ar 22 qm
6) im Hagental, Parzelle 237, 11 ha 4 ar 61 qm
7) der Krücker, Parzelle 1, 20 ha 84 ar 58 qm
8) der Tannenkopf, Parzelle 2, 91 ar 96 qm

In der Feldmark Herzberg

1) Eichholz und Kümmelberg, 65 ha 71 ar 98 qm

§ 3

Die einzelnen Teilnahmerechte der Forstgenossenschaft sind bemessen wie folgt:

1) 12 bespannte Stellen mit je 2 ¼ Klftr. Brennholz, ½ Schock Wellen
2) 31 volle Reihestellen mit je 1 ½ Klftr. Brennholz, ¾ Schock Wellen
3) 42 halbe Reihestellen mit je ¾ Klftr. Brennholz, ¾ Schock Wellen
4) 3 Stellen mit je 1 Klftr. (Klafter) Brennholz, ¾ Schock Wellen
5) 2 Stellen mit je 1 ¼ Klftr. Brennholz, ¾ Schock Wellen
6) Schule und Pfarrwitwenhaus mit je 1 ½ Klftr. Brennholz, ¾ Schock Wellen
7) 1 Anbauerstelle mit 2 ¼ Klftr. Brennholz, ½ Schock Wellen
8) 2 Anbauerstellen mit je 1 ½ Klftr. Brennholz, ½ Schock Wellen

Die unter 1 bis 6 aufgeführten Stellen sind auch zum Bezug von Nutzholz für Reparaturen nach Bedarf berechtigt.

§ 4

Die Anteile der Genossenschaft sind mit den berechtigten Stellen unzertrennlich verbunden. Es kann aber ein Anteil von einer Stelle auf eine andere Stelle oder auf ein anderes Wohnhaus in Hörden übertragen werden. Neue Teilnahmerechte können nicht eingeräumt werden. Die Zahl der Genossen beträgt 95 und kann niemals vergrößert werden, weil die Rechte der Genossen von der Zahl der vorhandenen Reihestellen abhängen. Eine halbe Reihestelle kann nicht zur vollen oder bespannten Stelle erhoben werden.

Ebenso kann eine volle Reihestelle nicht zu einer halben Reihestelle herabsinken. In diesem Fall kann die freigewordene bespannte Stelle durch eine mindestens zwei Pferde haltende seitherige volle Reihestelle wieder eingenommen werden.

§ 5

In der Forstgenossenschaftsversammlung haben sämtliche bei Erlaß dieses Statuts vorhandenen Genossen und deren Rechtsnachfolger ohne Rücksicht auf die Größe des Anteils gleiches Stimmrecht.

§ 9

Zur Vertretung der Forstgenossenschaft nach außen wird ein Vorstand gebildet. Dieser besteht aus einem Forstgenossen, der eine bespannte Stelle besitzt, aus einem Besitzer einer vollen und aus einem Besitzer einer halben Reihestelle.

§ 34

Der Vorstand bewirkt den Verkauf der Forstprodukte. Dieser Verkauf geschieht, falls nicht seitens des Vorstandes etwas anderes beschlossen wird, öffentlich meistbietend unter Leitung eines Vorstandsmit-gliedes.

Die Forstgenossenschaft Hörden deckt alle typischen Standortbereiche des Vorharzraumes ab, das heißt, Teile der Waldfläche stocken auf Böden der Zechstein-Formation, die waldbaulich mit der Bewirtschaftung von Muschelkalkböden vergleichbar sind. Die ideale Bestockung ist hier meist die Buche mit Edel-Laubholz. Seit Mitte des 19. Jahrhunderts wurde jedoch verstärkt mit Fichte aufgeforstet, was zunehmend nach Windwurf und Schneebruch zu Problemen geführt hat.

Die Hauptflächen der Forstgenossenschaft Hörden liegen auf Unterem Buntsandstein mit recht guter Löß-Auflage, so dass hier Laub- und Nadelholz gleichermaßen gut gedeiht. Teile der Waldfläche stocken auf ehemaligen Schotterterrassen der Sieber.

Genossenschaftsforst Hörden.
(Kreis Osterode.)

Nutzholz-Verkauf.

Am **Donnerstag, den 20. Febr. 1908** sollen in der Rögener'schen Gastwirtschaft zu **Hörden** von **vorm. 10 Uhr** ab aus den Forstorten Hohelinde Distr. 10 a, Krücker 13 a und Rüll öffentl. meistbietend verkauft werden:

Fichten: Langnutzholz 350 Stück = 67,00 fm,
Derbstangen I.—III. Kl. 5000 Stück,
Reiserstangen IV.—VIII. Kl. 3100 „
Lärchen: Langnutzholz 11 Stück = 3,12 fm,
Fichten und Lärchen Brennholz 37 rm.

Verzeichnisse gegen Erstattung der Schreibgebühr durch den Forstaufseher Barke.

Die Forstvertretung.

Holz-Verkauf

Am **Mittwoch, den 22. März 1882**, sollen in der Genossenschaftsforst Hörden, Forstort Hohelinde bei der Aschenhütte, an der Herzberg-Osteröder-Chaussee, nachstehende Fichten Bau- und Nutzhölzer, als etwa:

5 Stück Blöcke,
4 Stamm 40er Balken,
12 Stamm 30er Balken,
8 Stamm 50er Sparren,
5 Stamm 40er Sparren,
20 Stamm 30er Sparren,
8 Stamm 24er Sparren,
12 Stamm 16er Sparren,
eine Quantität doppelte und einfache Lattenbäume, Lattenknüppel, sowie verschiedene Sorten Hopfenstangen, Bohnenstangen I. und II. Sorte,

öffentlich gegen Meistgebot verkauft werden.

Kaufliebhaber wollen sich am oben genannten Tage

Morgens 10 Uhr

auf der Hauung einfinden.

Hörden, den 16. März 1882.

Die Forstvertreter.

Als Heinrich Barke 1904 seinen Dienst als Forstaufseher antrat, war Hegemeister Heine im Amt. Vorgänger von Heinrich Barke war Forstaufseher Peter. Forstaufseher Barke wurde 1929 für 25-jährige Dienstzeit geehrt. Es heißt in einer Laudatio unter anderem: „... *Er hat während dieser Zeit die Gemeindeforsten aufs beste gepflegt und verwaltet, sich als tüchtiger Jäger bewährt und durch sein freies Eintreten für Recht und Ordnung sich die Achtung und Verehrung der Forstinteressenten erworben* ...". Heinrich Barke ging 1937 in den Ruhestand.

Nutz- und Brennholz-Verkauf

Die Forstgenossenschaft Hörden

verkauft am 6. April 1932, vormittags 10 Uhr in der Peter'schen Gastwirtschaft zu Hörden aus den Forstorten Eichholz, Hohelinde und Nüll folgende Hölzer:

Eichen-Langholz	II.–V. Kl. =	33	Stück =	21,00 fm
Eichen-Pfosten	2 m lang =	48	„ =	4,50 fm
Buchen-Langholz	IV.–VI. Kl. =	7	„ =	7,49 fm
Hainbuch. „	I.–II. Kl. =	12	„ =	2,42 fm
Erlen „	II.–III. Kl. =	6	„ =	6,65 fm
Lärchen „	II. Kl. =	4	„ =	2,14 fm
Fichten „	I.–IV. Kl. =	370	„ =	213,50 fm
Kiefern „	I.–II. Kl. =	22	„ =	4,75 fm
Weymuthkiefern-Langh.	II. Kl. =	2	„ =	2,13 fm
Fichten-Derbstangen	I.–III. Kl. =	1000	Stück	
„ Reiserstangen	IV.–V. Kl. =	150	„	
Kiefern-Nutzscheit	2 m lang	7	rm	
Fichten- und Kiefern-Brennholz +		40	rm	

Losverzeichnisse gegen Erstattung der Schreibgebühr durch den Forstaufseher Barke.

Die Forstvertretung.

m Januar 1929 ereignete sich ein Unfall in der Forst: „... *Bei der Waldarbeit verunglückte der Bauunternehmer August Kunstin. Beim Fällen eines Baumes flog ihm, obwohl er in sicherer Entfernung sich aufhielt, ein Baumstück derart gegen das Bein, daß der linke Unterschenkel zersplitterte und er schnellstens dem Krankenhaus in Herzberg zugeführt werden mußte...*".

Im Herbst 1947 riefen das niedersächsische Innenministerium und die Bezirksregierung zur Sammlung von Kiefernzapfen auf:

„... *Die möglichst restlose Einbringung des diesjährigen guten Kiefernzapfenbehangs ist zur Beschaffung der für die Wiederaufforstung der riesigen Kahlflächen im Lande Niedersachsen erforderlichen Samens dringend erforderlich. Zu diesem Zweck muß auf die Beteiligung der erwachsenen Bevölkerung und der Schulkinder im weitesten Umfange hingewirkt werden ...*".

Gemeinde Hörden   Hörden, den 27.Dezember 1950

An den
1.Vorsitzender der Forstgenossenscaft Hörden.

    Herrn Heinrich Deppe
    <u>H ö r d e n Nr.100</u>

        Da die Gemeinde noch eine Forderung an Holzgeld
von der Forstgenossenschaft hat,vom Gemeindehaus und der
Schule, bitte ich eine Aufstellung von den Beträgen von
der Währung her (21.6.48) wieviel die Gemeinde an Holzgeld
zusteht.Es ist sehr bedauert,daß die Gemeinde überhaupt Jahre
kein Geld bekommen hat. Ich bitte die Aufstellung und die
Verrechnung bis zum 31.12.1950 der Gemeinde zu zustellen,da
ich sonst die Sachen dieser Angelegenheiten weiter leiten
muß.

                            Der Gemeindedirektor

Am 10. Januar 1949 gewährte die Forstgenossenschaft Hörden der Gemeinde Hörden ein Darlehen in Höhe von 18.500 DM zur Finanzierung des Baus der Sieberbrücke.

Am 16. September 1952 half die Forstgenossenschaft der Gemeinde Hörden nochmals mit einem Darlehen in Höhe von 17.000 DM aus zur Finanzierung der Pflasterung der Hinterstraße.

Darlehns - Vertrag.

Zwischen
der Forstgenossenschaft Hörden, vertreten durch ihren Vorstand
und   als Gläubigerin.

der Gemeinde Hörden vertreten durch den Gemeinderat, dieser
vertreten durch den
Gemeindedirektor   als Schuldnerin

wurde folgender Vertrag geschlossen.

§ 1

Die Forstgenossenschaft Hörden gewährt der Gemeinde Hörden
zur Finanzierung der Pflasterung der Hinterstraße ein Darlehen von insgesamt

DM 17 000,-

(Siebzehntausend Deutsche Mark) und stellt diesen Betrag
auf Anforderung in einer Summe zur Verfügung.

§ 2

Die Gemeinde Hörden verpflichtet sich, daß Darlehn mit 5%
(fünf Prozent) zu verzinsen. Die pro Jahr zu berechnenden
Zinsen sind am 31.12. eines jeden Jahres fällig und an die
Gläubigerin zu zahlen.

§ 3

Die Tilgung des Darlehns setzt ab 1.10.1952 ein und zwar
durch Rückzahlung von jährlich DM 2 000,-(Zweitausend Duetsche Mark) die im laufe eines Jahres an die Gläubigerin zu
zahlen sind. Erfolgt Zahlung einer Tilgungsrate oder der Zinsen
nicht innerhalb der vereinbarten Zeit, so ist der Restbetrag
neben den Zinsen sofort fällig. Der Schuldnerin steht es frei
ohne daß es einer besonderen Kündigung bedarf, eine vorzeitige
Darlehnstilgung vorzunehmen; in diesem Falle sind Zinsen nur
bis zur Zahlung des Restbetrages zu entrichten.

§4

Dieser Vertrag ist in doppelter Ausfertigung auszustellen

Hörden, den 16. September 1952

Für die Gläubigerin.   Für die Schuldnerin.

Forstgenossenschaft Hörden

Im März 1952 fand erstmals ein „Heckenball" unter Beteiligung der Hördener Feuerwehr-Kapelle statt, dem Ende November gleich ein weiterer folgte. Der Vorsitzende der Forstgenossenschaft Hörden Heinrich Deppe konnte unter den Gästen Oberforstmeister Damm und Forstmeister Dauster begrüßen, der in seiner Ansprache die „... *teilweise mißbräuchliche Waldnutzung insbesondere bei der 'kostenlosen' Beschaffung von Schmuckreisig und Weihnachtsbäumen ...*" geißelte.

In der Presse heißt es am 6. März 1952:
„... *Ende Februar wurden einem Landwirt aus Hörden aus der Försterei Lüderholz 2 Raummeter Holz entwendet. Der Tat verdächtig wird ein Einwohner aus Hörden, bei dem die Polizei das Holz sicherstellen konnte ...*".

In 1953 und 1954 wurden jeweils 140.000 Bäume gepflanzt, um „... *noch immer im Forstbereich vorhandene Kahlflächen aufzuforsten ...*".

In den 1950-er Jahren wurde der „Tag des Baumes" gefeiert, zunächst von der Schule mit der Forstgenossenschaft und der Forstverwaltung gemeinsam, später allein von der Schule und den Schulkindern. Es heißt dazu 1954:

„… Bei strahlendem Sonnenschein zogen die Schulkinder mit Hacken, Spaten, Schaufeln und Harken bewaffnet nach dem Sportplatz, um zusammen mit Vertretern der Forstgenossenschaft und der Forstverwaltung den Tag des Baumes zu begehen. Nach einer kurzen Ansprache von Hauptlehrer Schoepke, in der auf die Bedeutung des deutschen Waldes hingewiesen wurde, begannen sofort die Arbeiten. Die Abschlußklasse ging daran, die Birken der Sportplatzeinfassung, die im vorigen Jahr eingegangen sind, durch neue zu ersetzen, damit wieder ein geschlossenes Bild entsteht. Die übrigen Klassen begaben sich in den neben dem Sportplatz liegenden Pflanzgarten. Im Herbst waren schon die Vorarbeiten getroffen und das Gelände mit einer Buchenhecke eingefaßt worden. Nun galt es, zunächst das Land zu planieren und schnurgerade Wege anzulegen. Dann begann die Bepflanzung. Am Eingang und an allen Ecken der Abteile wurden Fichten gesetzt, während die ersten Beete mit allen Arten Laubbäumen bepflanzt wurden. In der zweiten Abteilung wurden mehrere hundert Pyramiden- und Schwarzpappel-Stecklinge gesteckt. Auf der anderen Seite des Kamps wurden dem Boden Samen von fast sämtlichen Baumsorten anvertraut, um daran die Entwicklung des Baumes vom Keim bis zum fertigen Baum zu studieren. Bei wärmerem Wetter sollen dann sämtliche Abteile mit bunten Lupinen eingefaßt werden. Es ist nur zu wünschen, daß sich Mittel finden, das Kamp mit Maschendraht zu umzäunen, um zu verhindern, daß Gänse oder Schafe die wertvolle Arbeit der Kinder zunichte machen. Zum Schluß der Veranstaltung wurden am Sportplatz-Eingang zwei stattliche Linden gepflanzt, um damit zur Verschönerung des Dorfbildes beizutragen …".

Im April 1955 berichtet die Presse: *„… Während die Kinder des letzten Jahrgangs auf dem Schulhof längs des Zauns zur Belebung eine Hecke aus Winterlinden anlegten, begaben sich die mittleren Jahrgänge zum Schulpflanzgarten, wo sie in Anwesenheit von Oberförster Hildebrand, Forstaufseher Borchert und dem Vorsitzenden der Forstgenossenschaft umfangreiche Pflanzarbeiten durchführten … Es wurden 1000 Rotbuchen, 1000 Erlen, 300 Roteichen, 250 Lärchen, 100 Schwarzkiefern, 50 Weymouthkiefern, 100 Sommerlinden, 50 Bergahorn und 50 Spitzahorn gepflanzt. Außerdem wurden 150 Pappelstecklinge gesetzt … Als erster sichtbarer Erfolg konnten die bei Anlage des Schulpflanzgartens vor zwei Jahren eingesetzten Kiefern entnommen und der Forstgenossenschaft zur Aufforstung übergeben werden …".*

Im Jahre 1957 pflanzten die Kinder am Rande des Sportplatzes und am Sieberufer etwa 50 kräftige Pappeln, die sie in 3-jähriger Pflege aus Stecklingen herangezogen hatten.

Letztmals wurde der „Tag des Baumes" 1965 gefeiert: „... Wie in den Vorjahren diente die Aktion der Verschönerung des Sportplatzes und der Bepflanzung des Sieberufers. ... Die Bäume der ersten Bepflanzung haben heute schon eine stattliche Größe erreicht, aber Jahr für Jahr sind immer wieder junge Bäumchen den Witterungs- und Bodeneinflüssen oder auch Beschädigungen durch Tiere und Frevlerhand zum Opfer gefallen. ... In diesem Jahr wurden nun die letzten Lücken mit jungen Pappeln, die im Schulgarten aus Stecklingen herangezogen worden waren, ausgefüllt. Mit Eifer gingen die Jungen daran, Pflanzlöcher zu graben und die Pappeln zu pflanzen, während die Mädchen fleißig Wasser zum Einschwemmen herbeischleppten. Am Sieberufer wurden 50 Weiden-Stecklinge gesetzt, um das Ufer zu befestigen und zu verhindern, daß die Bälle beim Sport in die Sieber rollen. ... In seiner Ansprache wies der Schulleiter auf die Bedeutung dieses Tages hin. Aus eigener Anschauung heraus sollen die Kinder erfahren, wieviel Arbeit, Mühe und Pflege erforderlich sind, bis einmal ein stattlicher Baum aus einem zarten Pflänzchen geworden ist ...".

Ein Jahr später ging Hauptlehrer Willi Richter in den Ruhestand.

Ende April 1965 erhob die Forstgenossenschaft Hörden Schadenersatz-Ansprüche in Höhe von 700 DM an die Stadt Herzberg. Die Forderung ging auf einen Waldbrand in einer Schonung im Eichholz zurück, zu dem die Herzberger Feuerwehr nicht ausrücken konnte, weil das Kommando der Herzberger Wehr aus Protest an jenem Tag seine Ämter niedergelegt hatte. Der Brand war von der Osteroder und der Lauterberger Wehr bekämpft worden.

Emmi Dix, Lisbeth Deppe, Hildesgard Waldmann

Der November-Orkan von 1971 verursachte 500 fm Windbruch, der durch den freiwilligen Arbeitseinsatz in der „Hohen Linde" aufgearbeitet werden konnte. Für die Rekultivierung waren 26.000 DM nötig. Sturmholz fiel auch 1976 an.

Nachdem der Schneebruch im Januar 1979 erneut einen Verlust von rund 15.000 DM verursacht hatte, wurde im November beschlossen, Hand- und Spanndienste im Genossenschaftsforst durchführen zu lassen. Der Arbeitseinsatz sollte mit 4 DM / Person und Stunde vergolten werden.

Der 1. Vorsitzende stellte 1981 fest: „... *Rückläufige Läuterungen und Durchforstungsarbeiten konnten gut aufgeholt werden, die der geleisteten Arbeit der Mitglieder in Form von Hand- und Spanndiensten zu verdanken ist. Durch diese Leistungen war es möglich, das gesamte Hagental, die Fichten-Partien am Krücker, in der Sackau und um den Nüll herum durchzuforsten* ...".

Im Jahre 1982 wurde für die Hand- und Spanndienste eine neue Regelung getroffen: Volle Stellen sollten 21 Stunden, ½ Stellen 14 Stunden ableisten. Für die Nicht-Leistung der Dienste wurden 15 DM / Stunde erhoben. An Hand- und Spanndiensten sind 1983 insgesamt 1.680 Stunden abgeleistet worden.

Schon 1985 konnten die Hand- und Spanndienste auf 18 Stunden für eine volle und auf 12 Stunden für eine ½ Stelle zurückgefahren werden. Nachdem 1989 noch 9 beziehungsweise 6 Stunden zu leisten waren, wurden die Dienste 1990 „ausgesetzt – aber nicht abgeschafft!"

Weiter konnte sich die Forstgenossenschaft auf die Arbeit der Waldarbeiter und Kulturfrauen verlassen. Die Kulturfrauen pflanzten 1991 etwa 7.500 Laub- und 4.400 Nadelhölzer. Die Männer leisteten 1994 etwa 600, die Frauen rund 300 Arbeitsstunden. Im Jahr 1997 waren es 2.300 Stunden im Betreuungsgebiet.

Auch 1982 hatte die Forstgenossenschaft Hörden 95 Stellen oder Anteile. Der Anteil liegt auf dem Haus oder Grundstück. Manche Mitglieder vertreten nur eine, andere mehrere volle oder halbe Stellen. An manchen vollen oder halben Stellen partizipieren andererseits aber auch mehrere Personen. Eine volle Stelle hat das dreifache, eine halbe Stelle doppeltes Stimmrecht. Daher erfolgt die Aufteilung 15 : 10 zum Beispiel bei Dienstleistungen.

Das alte Waldbild war überwiegend von Laub-Mischwäldern gekennzeichnet. Als Waldweide und Hutung zunehmend zurückgingen, versprach der Anbau von Fichten gute Einnahmen. Doch zunehmende Schad-Ereignisse machten spätestens in den 1980-er Jahren eine umfangreiche Neu-Aufforstung mit Eiche, Buche und Edel-Laubhölzern erforderlich. Gefährdete Nadelholz-Partien wurden mit tiefen Windschutzriegeln aus Eiche, Linde und Hainbuche versehen. Grenzertragsböden haben die Genossen mit Buche, Bergahorn, Esche und Wildkirsche neu aufgeforstet.

Im Jahr 1982 betrug der Nadelholz-Anteil im Hördener Genossenschaftsforst 61 %. Etwa 10 % des Fichten-Bestandes waren zu diesem Zeitpunkt geschädigt.

Zwar wurden Teilflächen weiterhin überwiegend mit Fichte aufgeforstet, aber auch Windschutzstreifen mit Eiche, Buche und Linde angelegt. Am Hausberg wurden im Randbereich Rotbuche, Esche, Wildkirsche, Ahorn, Linde und Elsbeere gepflanzt. Weiter erfolgte eine stufige Waldrandbepflanzung mit diversen Sträuchern und Büschen. Der Laubholz-Anteil hatte sich 1989 so auf 41 % erhöht. Auch im Krücker wurden Fichten-Abtriebsflächen 1993 mit Bergahorn, Esche, Rotbuche und Wildkirsche bepflanzt.

Im Jahre 1996 begannen Verhandlungen mit der Unteren Naturschutzbehörde über die Verpachtung oder den Verkauf von ca. 20 ha am Tannenkopf, in den Schwalbeswiesen und der Abteilungen 17 und 16 am Krücker. Ziel sollte es sein, Flächen aus der Nutzung herauszunehmen und damit ökologisch wertvolle Flächen zu sichern.

Mit dem Orkan am 26. Juni 1997 änderte sich manches.

Es war eine Zerstörung auf großen Teilflächen festzustellen. Fast alle Standorte und Abteilungen waren mit 15.000 – 17.000 fm betroffen. Die Aufforstung sollte mit 140.000 Stück Laubhölzern an der Aschenhütte, in der Sackau und im Eichholz erfolgen. Der Orkan hatte die Gewinnerwartung zunichte gemacht.

Daraufhin verpachtete die Genossenschaft die vom Landkreis gewünschten Teile am Krücker auf 99 Jahre, da, so Bojahr, nach den Orkanschäden in den kommenden Jahren hier keine Einnahme-Möglichkeit gegeben sei.

Ein Jahr nach der Katastrophe war es der Forstgenossenschaft weitgehend gelungen, das Sturmholz aufzuarbeiten und zu verkaufen. Die frei gewordene Fläche wurde zum großen Teil wieder bepflanzt.

Dem Sturm waren 16 Jahres-Hiebsätze zum Opfer gefallen. In 1999 wurden 110.000 DM für Pflanzen und Pflanzarbeiten ausgegeben. Etwa 150.000 Bäume wurden gepflanzt (Eiche, Buche, Fichte, Ahorn, Esche, Wildkirsche, Ulme). Der Laubholz-Anteil betrug nunmehr 64 %.

Ein Teil der Kies-Abbaufläche in der Sackau wurde 1983 / 84 rekultiviert. Etwa 1 ha wurde mit 10.000 Eichen und Buchen bepflanzt.

Im Jahre 1985 führte die Forstgenossenschaft Hörden den bargeldlosen Zahlungsverkehr ein. Früher erfolgte die Ausschüttung durch den Rechnungsführer nach der Jahreshauptversammlung noch im Gasthaus. Die neue Regelung hat den Vorteil, dass nunmehr die gesamte Summe auch den Hof erreicht ...

Die bedrohliche Zunahme der Schäden bei Laub-Baumarten und der Krankheitsgrad der Fichten machte 1989 eine Kompensationskalkung von 3 t / ha im Hagental und im Krücker notwendig.

Immer neue Grundstücks-Ankäufe, wenn sich die Gelegenheit bot, führten zu einer Erweiterung der Fläche. Sie betrug 1990 etwa 194 ha. Im Jahre 1999 waren 195 ha auf 7 Forstorte verteilt, und 2008 lagen 198 ha zu 52 % im Naturschutzgebiet. Zudem kaufte die Forst-Genossenschaft auch Anteile auf.

Als besondere Erfolge der Forstgenossenschaft Hörden sah man 1990
  das Gelingen der Aufforstung von Grenzertragsböden
  die Rekultivierung der Sackau
  die Erweiterung des Flächenbestandes
  die Laubholz-Anreicherung an.
Herausforderungen bedeuten zunehmend der Kampf gegen
  die Luftverschmutzung
  die Versauerung der Böden
  den Borkenkäfer
  Naturkatastrophen.

Eine große Aufgabe bestand für den Vorstand darin, das Holz gewinnbringend zu verkaufen. Forstoberrat Ulrich Krause lobte 1992 das besonnene und vorsichtige Vorgehen des Vorstands beim Einschlag, was zu einem guten und gesunden Bestand geführt habe. Krause: „Die Hördener Forstgenossen haben ein gutes Waldverständnis."

Beim Verkauf die richtigen Sortimente zusammenstellen, den Absatz möglichst im Vorverkauf regeln, bei Tiefpreisen möglichst noch Gewinn erwirtschaften, das waren Grundsätze, die man im Vorstand der Hördener Forstgenossen umzusetzen suchte – meistens mit Erfolg! Doch immer wieder führten Natur-Katastrophen diesen Vorsatz ad absurdum.

Höhepunkte bedeuteten deshalb die Verkäufe von „Sahnestücken": Im Jahre 1995 rund 120 Jahre alte Lärchen mit zum Teil mehr als 35 m Länge, und 1997 ein Ahornstamm mit 3 fm.

Immer wieder wurde die gute Zusammenarbeit zwischen Forstamt, Revier-Försterei, Vorstand und Mitgliedern hervorgehoben. Dazu trugen auch der „Heckenball" – zwischen 1978 und 2003 ausgesetzt – und die von Werner Bojahr initiierten Waldbegehungen bei, die den Hördenern „ihren Wald" näher brachten.

Nach 11 Jahren schied Betreuungsförster FOI Becker, der das Amt von FOI Röcker 1993 übernommen hatte, im Jahre 2004 aus und wurde von FOI von Minkwitz abgelöst.

Im Jahr 1937 war Hans Hildebrandt Revierförster in Hörden. Er wurde 1953 zum Oberförster befördert. Die Leitung der Revierförsterei in Hörden übernahm 1961 Horst Köhler.

Forstamtmann Köhler ging 1984 in den Ruhestand. Sein Nachfolger wurde Forst-Oberinspektor Burkhard Röker. Der wurde 1993 von Forst-Oberinspektor Hans Werner Becker abgelöst. Am 1. Januar 2005 wurde Forst-Oberinspektor Hans von Minckwitz der Betreuungs-förster im Hördener Forst.

Zunächst war die Betreuung vom Forstamt Herzberg ausgegangen. Von 1972 bis zum 30. September 1997 wurde Hörden vom Forstamt Katlenburg betreut. Der zuständige Beamte war Forst-Oberrat Ulrich Krause. Nach der Verwaltungsreform ist seit dem 1. Oktober 1997 das Forstamt Reinhausen für Hörden zuständig.

Forsthaus 1984

Die Personalien in der Hördener Genossenschaftsforst zeichnen sich durch große Kontinuität aus. Der Vorstand wird für 6 Jahre gewählt.

Erster Vorsitzender der Forstgenossenschaft Hörden war von 1969 bis 2008 Werner Bojahr. Immer wieder wurden ihm große Sachkenntnis und viel Geschick bescheinigt. Er habe die Hördener Forstgenossenschaft zu einem gesunden Unternehmen gemacht. Die große Wertschätzung zeigt sich auch darin, dass er mit seinem Ausscheiden aus dem Amt zum Ehren-Vorsitzenden ernannt wurde. Erster Vorsitzender ist seit 2008 Karl Heinz Ueberschär.

Seit 1961 übte August Grüneberg das Amt des 2. Vorsitzenden aus. Er wurde 1983 von Heinrich Brakel abgelöst, der bis 1997 dieses Amt innehatte. Dann übernahm Karl Heinz Ueberschär diese Funktion. Als Ueberschär 2008 erster Vorsitzender wurde, rückte Helmut Trümper jun. auf diesen Platz.

Schriftführer war seit 1972 Willi Rettstadt. Anno 2008 wurde Karl Ernst Kirbach zum Schriftführer gewählt.

Die schwierige Berechnung des Stimmrechts brachte es mit sich, dass es in der Forstgenossenschaft das Amt des stellvertretenden Schriftführers gab. Dieses Amt übte bis 1983 Heinrich Brakel aus. Als der 1983 zum 2. Vorsitzenden gewählt wurde, trat Erwin Daginnus dieses Amt an und wurde 1989 von Helmut Trümper jun. abgelöst. Als Helmut Trümper jun. wiederum 2008 zum 2. Vorsitzenden gewählt wurde, übernahm Sabine Reinhardt (88) das Amt.

Vorstand 1982

Auch der 2. Vorsitzende hat einen Stellvertreter. Das war 1978 Heinrich Gödeke. Er wurde 1983 von Franz Berger abgelöst. Als stellvertretender zweiter Vorsitzender trat Karl Heinz Ueberschär 1995 in den Vorstand ein. Als er 1997 zum 2. Vorsitzenden gewählt wurde, ernannte die Versammlung Ernst Willi Bierwirth zu seinem Nachfolger. Im Jahr 1999 übernahm Rudi Armbrecht das Amt. Ihm folgte 2008 Helmut Bierwirth nach.

Seit 1958 war Wilhelm Wehmeyer Rechnungsführer. Heinz Peter übte das Amt zwischen 1982 und 1997 aus. Dann übernahm Harald Reinhardt (88) die Kassengeschäfte.

Anno 1994 war Werner Bojahr 25 Jahre 1. Vorsitzender

Sagen

Folgende Sagen der Hördener Schulchronik entnommen und überarbeitet:

Das Burgfräulein vom Hausberg

Vor langer langer Zeit weidete der Schäfer von Hörden seine Schafe im Meenstal. Gegen Mittag trieb er sie auf den nahen Hausberg, um sie dort im Schatten des Waldes ruhen zu lassen. Da stand plötzlich ein Burgfräulein vor ihm und sprach ihn an: „Lieber Schäfer, ich habe dich ausersehen, mich und die Meinigen, die in diesem Berg gebannt sind, zu erlösen. Zum Dank sollen dir alle Schätze des Berges gehören." Solche Worte gefielen dem Schäfer gar wohl, und er erklärte sich zu dem Werke bereit, indem er fragte, was er dabei zu tun habe. Die Jungfrau erwiderte: „Morgen um diese Zeit werde ich in einer anderen Gestalt erscheinen und dich um einen Kuss bitten. Fürchte dich nicht, sondern tue, was ich dich geheißen habe." Der Schäfer versprach, dem Wunsche der Jungfrau zu willfahren. Plötzlich war sie verschwunden.

Am anderen Morgen war er schon zeitig mit seiner Schafherde am Berge. Wie langsam schlichen ihm die Stunden dahin. In Gedanken versunken lehnte er sich auf seinen Schäferstab, als hell und klar die Glocke der Hördener Kirche zu ihm herüber tönte. Es schlug 12 Uhr. Noch überlegte er die Worte der Jungfrau, da schlängelte sich eine Schlange an seinem Stock empor und zischelte ihm ins Ohr: „Küss mich!" Erschrocken warf der Schäfer den Stab zur Erde und lief davon.

Nur dunkel noch hörte er die klagenden Worte der Jungfrau: „Nun muss ich noch 100 Jahre verzaubert im Berg wohnen. Wenn dann ein Kirschbaum am Hausberge gewachsen und aus dem Holz eine Wiege gemacht ist, dann erst kann mich das erste Kind, welches in dieser Wiege liegen wird, erlösen." Der Hirte aber war von Stund` an stumm.

Die Wunderblume

Vor alten Zeiten blühte eine wunderbare Blume, die hieß Springwurzel, weil man mit ihr alle Schlösser und Felsen öffnen konnte. Diese Blume blühte aber nur einmal im Jahr am Johannistag zwischen 11 und 12 Uhr. Sie war von gelber Farbe und leuchtete weithin durch das Gras.

Einmal geschah es, dass ein Junge aus Hörden in dem Wald am Lüderholz seine Kühe weidete. Dort fand er plötzlich diese Blume. Weil er noch nie eine solche gesehen hatte, steckte er sie an seinen Hut, um sie daheim zu zeigen. Abends trieb er seine Kühe wieder dem Dorfe zu.

Als er am Hausberg durch die Sieber kam, sah er am Fuße des Berges eine schöne Jungfrau stehen, die ihm lächelnd zuwinkte. Der Junge war neugierig, was die Jungfrau wohl von ihm wollte, und ging zu ihr. Da sah er, wie sich hinter der Jungfrau ein großes Tor öffnete und ein tiefer Gang in den Berg führte. Die Jungfrau ging in den Berg hinein, und der Junge folgte ihr mit bangem Herzen. Plötzlich wurde der Gang breiter und erweiterte sich zu einer großen Höhle. In der Höhle glänzte und glitzerte es von Gold, Silber und Edelsteinen.

Die Jungfrau sprach zu dem Jungen: „Nimm, soviel dein Herz begehrt, aber vergiss das Beste nicht!" Der Junge stopfte seine Taschen voll goldene und silberne Taler. Da forderte ihn die Jungfrau ein zweites Mal auf: „Nimm, soviel dein Herz begehrt, aber vergiss das Beste nicht!" Da zog der Junge sein Hemd aus, legte es auf den Boden und knotete es zu einem Beutel. Dann häufte er Gold- und Silberstücke hinein.

Da rief ihm die Jungfrau zum dritten Mal zu: „Nimm, soviel dein Herz begehrt, aber vergiss das Beste nicht!" Da nahm der Junge seinen Hut vom Kopf und füllte ihn voll Edelsteine. Dabei fiel die Wunderblume zur Erde. Nun nahm der Junge seinen Hut voll Edelsteine und den Beutel mit Gold und Silber und strebte dem Ausgang zu. Schon sah er die Sterne blinken, als das Tor am Ausgang sich zu schließen begann. Der Junge warf Beutel und Hut zur Erde und hastete dem Ausgang zu. Fast hatte er es geschafft, als das Tor donnernd zuschlug. Doch sein linker Fuß blieb zwischen den Flügeln des Tores stecken.

Als man ihn am nächsten Morgen fand, ohne Hemd und Hut, hielt er in seiner linken Faust einen Gold-Dukaten, wie ihn noch niemand in Hörden je gesehen hatte.

Das Engelglöcklein

In einem der vielen Kriege, die den Harzrand im Mittelalter umtobten, erschien eine wilde Horde auch vor dem Kloster auf dem Hausberg und begehrte Einlass. Wie ihr Anführer sagte, wollten sie sich mit Speise und Trank versehen.

Die Äbtissin aber und die Nonnen wussten wohl, was ihrer wartete, wenn sie das Tor öffneten. Sie ließen sich deshalb von freundlichen Worten nicht betören. Das Kloster lag, einer Festung gleich, hoch auf dem Berge und hatte hohe Mauern und ein festes Tor. Zu einem Angriff auf dasselbe fehlten der Horde aber Sturmleitern, Böcke und sonstiges Kriegsgerät. Da beschlossen sie denn, die Klosterleute durch Hunger zur Übergabe zu zwingen. Das wäre ihnen auch beinahe gelungen, denn im Kloster sah es zu jenen bösen Zeiten gar dürftig aus.

Den Bauern, die sonst Lebensmittel zutrugen, hatten sie die Felder zerstört und das Vieh geraubt. Die Ställe standen leer, und in den Scheunen fand sich kein Saatkorn. Frauen und Kinder suchten in den Wäldern nach Essbarem.

In ihrer Not wandten sich die Klosterleute an den lieben Gott. Äbtissin und Nonnen lagen in der Kapelle vor dem Altar auf den Knien und riefen den Herrn mit heißen Tränen an, dass er sie vor der Schmach behüten möge. Während sie noch beteten, flatterte eine Taube durch das Fenster herein mit einem Körbchen im Schnabel und setzte sich auf den Altar.

Die ehrwürdige Äbtissin stand auf und schritt, während aller Blick ihr erwartungsvoll folgten, dem Altare zu und fand in dem Körbchen zwei Glöckchen, ein goldenes und ein silbernes. Sie nahm das goldene Glöckchen heraus. Da ließ es einen wunderbar lieblichen Ton erklingen, und wie auf diesen Ruf erschien ein Engel und fragte: „Was wünschest du?" – „Schutz vor unseren Bedrängern", stammelte erschrocken die Äbtissin. Der Engel hatte einen goldenen Stab in seiner Hand. Damit berührte er jetzt sanft die Erde. Da öffnete sich ein Gang in dem Kalkfelsen. Vertrauensvoll folgten die Nonnen dem voranschreitenden Engel auf seinen Wink hin. Bald standen sie in einer weiten, von hunderten von Wachskerzen erleuchteten Grotte, und der Engel verschwand. Alle warfen sich auf die Knie und dankten ihrem Gott.

Nun schauten sie sich ihre Zufluchtstätte näher an und sahen auf einer Seite derselben eine große Anzahl Betten, auf einer anderen eine Reihe gedeckter Tische. Es war alles da: Teller und Schüsseln, Messer und Löffel, aber weder Speise noch Trank. Da merkten sie erneut ihren Hunger. Seit Tagen hatten sie nichts mehr gegessen.

Da berührte die Äbtissin wie von ungefähr das Körbchen, so dass darin das silberne Glöckchen erklang. In demselben Augenblick wurden zwei Engel sichtbar und fragten nach ihrem Begehr. Kaum hatten sie die Bitte um Nahrung vernommen, so besetzten sie die Tische auch schon reichlich mit guten Speisen und erquickenden Getränken.

Die rohen Kriegsknechte lagen schon sieben Tage vor den Klostermauern. Sie versuchten die Mauern zu erklimmen und warfen Feuerbrände über das Tor, aber vergeblich. Alle Anstrengungen waren umsonst. Da mussten sie die Belagerung aufgeben und die erhoffte Beute fahren lassen.

Als die Horde abgezogen war, nahmen die Nonnen mit Dank gegen Gott von ihrer alten Wohnstätte wieder Besitz und luden nun ihrerseits die Bauern von Hörden zu Speise und Trank auf den Hausberg.

Der Fuhrmann im Spukeloch

Nördlich von der Aschenhütte befindet sich hinter dem „Schwarzen Pfuhl" ein sehr tiefes, kesselförmiges Erdloch, dessen Grund ein kleiner Teich ausfüllt. Östlich davon, ungefähr 200 Schritte entfernt, führt der alte Heerweg durch das „Meenstal" vorbei. Dieser Erdfall heißt im Volke das „Spukeloch". Von ihm wird erzählt:

In alten Zeiten, als noch die Bergeshöhen von Burgen gekrönt waren, stand eine solche auf dem Hausberge bei der Aschenhütte. Die Ritter, die dort wohnten, erhoben von den auf der Landstraße verkehrenden Wagen und Reitern Wegezoll, und zwar da, wo die Straße durch die Sieber führt. Ein Fuhrmann aus Osterode musste mehrmals in der Woche an der Burg vorbei. Mit Ingrimm bezahlte er jedes Mal den kleinen Zoll. Tag für Tag sann er darüber nach, wie er den Ritter betrügen könne.

Als er wieder einmal in die Nähe der Burg kam und noch kein Mittel gefunden hatte, den Ritter zu hintergehen, geriet er in eine solche Wut, dass er seine ganze Fuhre zum Teufel wünschte. Kaum hatte er den Fluch ausgesprochen, als er einen Mann in schwarzem Habit, mit einer roten Feder am Hut, neben sich auf dem Kutschbock gewahrte.

Als er sich von seinem Schrecken erholt hatte, bot ihm der schwarz Gekleidete an, ihn von der Abgabe zu befreien. Als Gegendienst sollte ihm nach 13 Jahren des Fuhrmanns Seele gehören. Der leichtsinnige und gottvergessene Mann ging auf das Anerbieten ein, und von da an vermochte er den Zoll zu passieren, ohne dass er aufgehalten wurde und Zoll bezahlen musste. Die Jahre vergingen. Der Fuhrmann hatte dadurch, dass er keinen Zoll zahlen musste, eine Menge Geld verdient. Es ging ihm gut, und er dachte nicht mehr an den Pakt mit dem Teufel.

Als er wieder einmal den Weg durch das Meenstal nach Herzberg fuhr, saß plötzlich der Mann im schwarzen Habit mit der roten Feder am Hut erneut neben ihm auf dem Kutschbock und forderte seine Seele. In höchster Todesangst suchte der Fuhrmann dem Teufel zu entrinnen. Er schlug auf die Pferde ein, und in rasender Fahrt ging es das Meenstal hinab. Plötzlich fuhr das Gefährt über einen großen Stein, die Pferde brachen aus. Es ging eine kleine Anhöhe hinauf. Als es wieder bergab ging, stürzten Rosse und Wagen in das Loch, ohne eine Spur zu hinterlassen.

Doch das Volk weiß bestimmt, dass der Frevler noch heute an diesen Ort gebannt ist, denn in der Neujahrsnacht hört man hier ein Hämmern und Klagen aus der Tiefe. Es ist der Fuhrmann, der seinen Wagen wieder zurechthämmern will.

Der Landmesser vom Hagenberg

Einst wohnte in Hörden ein Mann, der wegen seiner Klugheit in der Gemeinde hoch geschätzt wurde. Besonders gebrauchte ihn die Gemeinde bei der jährlichen Zuteilung der Wiesen und Felder. Aber Habsucht und Geldgier verleiteten ihn, jede sich bietende Gelegenheit zu seinem eigenen Vorteil zu nutzen. So teilte er denen die besten Felder und Wiesen zu, die ihm für seine eigene Tasche das Meiste versprachen. Die kleinen Leute, die selbst kaum das Nötigste zum Leben hatten, bekamen das bergigste, steinigste und unfruchtbarste Land. Sie mussten sich darauf sehr quälen und schinden, wenn sie den geringen Böden auch nur einigen Ertrag abgewinnen wollten.

Obwohl jeder in der Gemeinde wusste, wie ungerecht der Landmesser die Verteilung vornahm, wagte doch niemand gegen ihn etwas zu unternehmen.

Im Laufe der Jahre war er nicht nur der vermögenste, sondern auch der einflussreichste Mann des Dorfes geworden. Die Unzufriedenen konnten nur die Faust in der Tasche ballen und ihn im Stillen verwünschen und verfluchen.

Als er nun eines plötzlichen Todes gestorben war, konnte er im Grabe keine Ruhe finden. Nacht für Nacht muss er nun in der Geisterstunde versuchen, sein begangenes Unrecht wieder gutzumachen und das Land immer wieder neu vermessen. In mondhellen Nächten hat ihn schon mancher mit so langen Schritten über den Hagenberg gehen sehen, dass seine Nase fast den Erdboden berührte. Und doch kann er hier auf Erden seine Schuld nicht mehr sühnen, auch das begangene Unrecht nicht wieder gutmachen.

Die Zwerge in der Jettenhöhle

In der Jettenhöhle wohnten vor langer Zeit Zwerge, die den Bewohnern von Hörden und Düna gerne manchen Schabernack spielten, ohne jedoch bösartig zu sein. Einmal hatte ein Bauer aus Hörden auf seinem Feld in der Nähe der Höhle Erbsen ausgesät.

Er hoffte auf eine recht gute Ernte, denn die Erbsen hatten reichlich geblüht und auch sehr gut angesetzt. Er hatte aber die Rechnung ohne die Zwerge gemacht, die selber gerne Erbsen aßen.

Als die Erbsen anfingen zu reifen, holten sie sich täglich eine Menge reifer Schoten, und der Bauer sah nur, wie seine Erbsen schwanden. Niemals gelang es ihm, auch nur einen der Diebe zu sehen oder zu erwischen, so sehr er auch aufpasste. Ein alter Mann, bei dem er Hilfe suchte, sagte ihm, dass es die Zwerge seien, die ihm an die Erbsen gingen.

All sein Drohen und Schelten könne ihm nicht helfen, denn diese kleinen Männlein setzten ihre Nebelkappen auf und könnten dann von den Menschen nicht gesehen werden. Der alte Mann gab ihm den Rat, in der Mittagszeit eine lange Stange über die Erbsen hin und her zu schwenken. Der Bauer tat, wie ihm geheißen, und plötzlich hörte er dicht vor seinen Füßen ein jämmerliches Gegreine. Er fasste zu und hatte einen der Zwerge im Genick, dem er die Nebelkappe vom Kopfe geschlagen hatte. Nun sah der Bauer, wie der Zwerg zwischen den Erbsen saß und einen Beutel umgehängt hatte, der schon voll Erbsenschoten war. In seiner Wut beutelte er den Wicht gar tüchtig und drohte, ihn zu zerschmettern. Flehentlich bat der Zwerg um sein Leben und bat den Bauern: „Gib dich nur zufrieden, ich will dir den Schaden schon wieder gutmachen. Komm nur morgen wieder her, dann soll für dich ein Sack hier bereit stehen." Kaum hatte der Bauer seinen harten Griff etwas gelockert, als der Zwerg auch schon verschwunden war.

Obwohl er nicht an eine Wiedergutmachung glaubte, ging der Bauer am nächsten Mittag doch wieder zu seinem Feld, das noch genauso dalag, wie er es am Vortage verlassen hatte. Er haderte im Stillen mit sich selbst, dass er so leichtgläubig gewesen war und den Zwerg hatte laufen lassen.

Dann ging er aber doch zu der Stelle, an der er am Vortage den Zwerg in seinen Fingern gehabt hatte. Hier fand er, unter den Erbsen versteckt, einen kleinen Beutel, angefüllt mit altem Eisen. Da fühlte er sich betrogen und schimpfte: „Was soll ich mit dem alten Eisen anfangen?" Aber er nahm den Beutel dennoch mit, um durch den Verkauf des Eisens wenigstens ein paar Pfennige zu erlösen. Doch als er den Beutel zuhause ausschüttete, war es kein Eisen, sondern ein Goldklumpen.

Von dieser Zeit an hatten die Bauern und auch ihre Erbsenfelder vor den Zwergen Ruhe. Man hat nie wieder etwas von den Zwergen in der Jettenhöhle gehört.

Vom Räuber Jetto

In alten Zeiten, als noch dichter Wald die ganze Gegend bedeckte, hauste in der Jettenhöhle ein Räuber. Von hier aus unternahm er seine Streifzüge, ohne dass es den Behörden gelang, seinen Schlupfwinkel zu entdecken. Durch seine ruchlosen Taten hatte er die Bevölkerung so in Angst und Schrecken versetzt, dass sich niemand mehr alleine aus den Dörfern herauswagte und nur mehrere zusammen sich getrauten, den Stadtweg nach Osterode über die „Hohe Straße" zu benutzen. Wiederholt hatte man die Wälder von Militär durchsuchen lassen, aber den Räuber bekamen sie nicht zu fassen.

Auch wenn Einzelne ihn einmal zu Gesicht bekamen, so verstand er es doch immer wieder, sich dem Zugriff der Obrigkeit zu entziehen. In den Wäldern zwischen Düna und Hörden verloren sich immer wieder seine Spuren. Solange Militär in der Nähe war, hielt Jetto sich verborgen, doch vermehrten sich die Überfälle sofort wieder, wenn das Militär abgerückt war.

Einmal musste ein junges Mädchen aus Hörden nach Osterode, um für ihren schwerkranken Vater Medizin zu holen. Weil sie auf Begleitung nicht warten wollte, ging sie alleine los. Als sie den Sudberg erreicht hatte, fiel sie der Räuber an, der hinter einem Gebüsch gelauert hatte, um sich ihre geringe Barschaft anzueignen.

Schon hatte er sie zu Boden geworfen, da fasste sie nach seinem Gürtel, riss das Jagdmesser heraus und stieß es ihm in die Brust.

Der Räuber sank zu Boden. Nun sprang das Mädchen auf und lief nach Düna. Als sie dort von ihrer Begegnung mit dem Räuber berichtet hatte, bewaffneten sich sogleich die Knechte mit Dreschflegeln, Sensen und Knüppeln und folgten dem Mädchen zur Stelle des Überfalls. Dort war aber nichts mehr von dem Räuber zu sehen. Doch die Hunde, die sie mitgenommen hatten, vermochten einer hinterlassenen Blutspur sehr gut zu folgen. Die Spur führte in den Wald zu einem Höhleneingang, der ganz versteckt hinter einem Felsen lag. In der Höhle sahen sie den Räuber tot auf der Erde liegen. Die Männer untersuchten seine Kleidung und sahen aus den Papieren, die er bei sich trug, dass sein Name „Jetto" war. Seitdem heißt die Höhle „Jettenhöhle".

Inzwischen weiß man, dass die „Jettenhöhle" die „Ziegenhöhle" ist, denn mit „jette" ist manchmal volkstümlich die „Ziege" bezeichnet. Die Höhle dürfte im Sommer an heißen Tagen, auch bei schlechtem Wetter vom Ziegenhirten mit seinen Ziegen aufgesucht worden sein.

Inhaltsverzeichnis

Seite

- 3 Vorwort
- 5 Im 19. Jahrhundert
- 11 Dorfleben im 18. und 19. Jahrhundert
- 11 - Kirchenbücher
- 13 - Familiennamen
- 19 - Personennamen
- 21 Ein Menschenleben
- 38 - Unfälle
- 40 - Kinderarbeit
- 43 - Frauenarbeit
- 45 Funktionen und Berufe
- 45 - Vogt
- 46 - Bauermeister
- 47 - Förster
- 48 - Flurschütze
- 49 - Nachtwächter
- 50 - Landmänner
- 57 - Knechte
- 58 - Hirten
- 61 Handwerker
- 61 - Schmied
- 63 - Rademacher
- 64 - Tischler, Schneider, Schuster
- 66 - Zimmermann
- 67 - Seiler
- 67 - Leineweber
- 69 - Maurer
- 71 - Waldarbeiter
- 72 - Andere Berufe
- 76 Aschenhütte
- 78 Zurück auf Anfang
- 82 Alte Straßen
- 86 - Straßennamen
- 92 Gewässer
- 98 Der Dorfplatz

Seite

101	Der Rezess
111	Schützen-Gesellschaft
127	- Das Kleinod
140	- Die Fahnen
142	- Das Offizium
149	Krüge und Kreuger
149	- Gasthaus Weißes Roß
160	- Gasthaus Hermann Peter
166	- Gasthaus Aschenhütte
175	Kriegerverein > Kyffhäuser Kameradschaft
188	Die Post
200	Brauchtum
227	Forst-Genossenschaft
249	Sagen